CRISE D'OTAGES

DU MÊME AUTEUR

AUX ÉDITIONS DE L'ARCHIPEL

Promesse de sang, 2008.
Garde rapprochée, 2007.
Lune de miel, 2006.
L'amour ne meurt jamais, 2006.
La Maison au bord du lac, 2005.
Pour toi, Nicolas, 2004.
La Dernière Prophétie, 2001.

AUX ÉDITIONS LATTÈS

Le Cinquième Ange de la mort, 2007.
Sur le pont du loup, 2007.
Quatre fers au feu, 2006.
Grand méchant loup, 2006.
Quatre souris vertes, 2005.
Terreur au troisième degré, 2005.
Deuxième chance, 2004.
Noires sont les violettes, 2004.
Beach House, 2003.
Premier à mourir, 2003.
Rouges sont les roses, 2002.
Le Jeu du furet, 2001.
Souffle le vent, 2000.
Au chat et à la souris, 1999.
La Diabolique, 1998.
Jack et Jill, 1997.
Et tombent les filles, 1996.
Le Masque de l'araignée, 1993.

AU FLEUVE NOIR

L'Été des machettes, 2004.
Vendredi noir, 2003.
Celui qui dansait sur les tombes, 2002.

JAMES PATTERSON

CRISE D'OTAGES

traduit de l'américain
par Sebastian Danchin

l'Archipel

Ce livre a été publié sous le titre
Step on a Crack
par Little, Brown & Company, New York, 2007.

Si vous désirez recevoir notre catalogue et
être tenu au courant de nos publications,
envoyez vos nom et adresse, en citant ce
livre, aux Éditions de l'Archipel,
34, rue des Bourdonnais 75001 Paris.
Et, pour le Canada,
à Édipresse Inc., 945, avenue Beaumont,
Montréal, Québec, H3N 1W3.

ISBN 978-2-8098-0055-5

PROLOGUE

Le dernier repas

1

Avant de se pencher au-dessus de la table et de déposer un baiser sur la bouche de sa femme, Stephen Hopkins attendit que le maître d'hôtel s'éloigne. Savourant la fraîcheur du champagne sur les lèvres de son mari, Caroline ferma les yeux. Elle les rouvrit aussitôt, sentant la main de Stephen tirer sur l'une des minces bretelles de sa robe Chanel.

— Je ne sais pas si tu as remarqué, mais j'ai déjà les seins à moitié à l'air, sourit-elle en reprenant son souffle. Si tu continues, on frise l'incident diplomatique. Mais tu ne m'as pas dit comment tu trouvais mon rouge à lèvres ?

— Délicieux, répondit Stephen avec un sourire charmeur en lui caressant la cuisse sous la table.

— Stephen ! Je te rappelle que tu n'as pas quinze ans, mais cinquante !

Tout en repoussant la main baladeuse, Caroline se dit qu'elle avait bigrement de la chance d'avoir un mari aussi amoureux. Leur escapade de Noël à New York était un moment de pur bonheur. Cela faisait maintenant quatre ans qu'ils sacrifiaient à ce rituel, avec un plaisir toujours renouvelé. Leur dîner à L'Arène, le plus romantique des restaurants français de la ville, était l'un des moments privilégiés de leur programme annuel, sans parler de la promenade en calèche à travers Central Park et de la suite présidentielle au Pierre.

Comme par magie, de gros flocons apparurent de l'autre côté de la vitre, tourbillonnant à la lueur des réverbères en fer forgé de Madison Avenue.

— Si tu pouvais faire un vœu pour Noël, que demanderais-tu ? s'enquit brusquement Caroline.

Stephen leva sa flûte de Laurent-Perrier Grand Siècle, à la recherche d'une boutade.

— Je voudrais... Je voudrais...

Il plongea les yeux dans le liquide ambré et sa mine se fit plus grave.

— À la place de ce champagne, je voudrais une tasse de chocolat chaud.

Désarçonnée, Caroline ouvrit la bouche, emportée par de vieux souvenirs.

À l'époque, ils étaient tous les deux en première année à Harvard. Boursiers, ils n'avaient pas les moyens de rentrer chez eux à Noël. Un matin, ils s'étaient retrouvés seuls dans l'immense hall Annenberg, à l'heure du petit déjeuner, et Stephen était venu s'installer en face d'elle.

— Je me sentirai moins perdu, avait-il déclaré timidement.

Ils avaient entamé la discussion. Leur volonté commune de se tourner vers les sciences politiques avait facilité les choses. Plus tard, devant la façade de brique de Hollis Hall, Caroline s'était spontanément laissée tomber dans la neige afin d'y laisser son empreinte. Leurs haleines s'étaient mêlées lorsque Stephen l'avait aidée à se relever. Elle s'était empressée de plonger le nez dans la tasse de chocolat chaud subtilisée au réfectoire, histoire de ne pas risquer d'embrasser cet inconnu qui l'attirait déjà.

Caroline revoyait encore le Stephen d'alors, un sourire aux lèvres, sa mince silhouette nimbée par la lumière froide de l'hiver. Elle était loin de se douter qu'elle finirait par l'épouser. Qu'ils auraient ensemble une fille ravissante. Et qu'il deviendrait un jour président des États-Unis.

La question qu'il lui avait posée trente ans plus tôt résonna en elle avec une clarté cristalline.

— Ton chocolat aussi a un petit goût de champagne ?

Caroline porta sa flûte à ses lèvres. Du chocolat au champagne, la route avait été longue ; et voilà qu'il voulait retrouver la candeur de ces années-là. Après vingt-cinq ans de vie commune, la boucle était bouclée.

Ils avaient eu une vie de rêve. Elle n'en regrettait pas un seul instant, d'autant...

— Excusez-moi de vous déranger, monsieur le Président, fit une voix. Je suis vraiment désolé de vous déranger.

Un inconnu blond en costume gris se tenait à quelques pas de leur box, un stylo et un menu à la main. Henri, le maître d'hôtel, se précipita afin d'écarter l'importun, avec l'aide de Steve Beplar, le garde du corps des Hopkins.

— Je suis absolument désolé, balbutia l'inconnu. Je voulais juste demander au président de me dédicacer le menu.

— C'est bon, Steve, réagit Stephen Hopkins avec un petit geste de la main, tout en s'excusant auprès de sa femme d'un haussement d'épaule.

« La rançon de la gloire, se dit Caroline en reposant sa flûte sur la nappe immaculée. Quelle connerie. »

— Ça vous ennuierait de dédicacer le menu à ma femme ? poursuivit l'inconnu, à demi dissimulé par la carrure impressionnante du garde du corps. Elle s'appelle Carla. Carla ! insista-t-il d'une voix stridente. Mon Dieu, qu'est-ce qui m'arrive ? J'ai la chance de tomber sur le meilleur président qu'on ait eu depuis un siècle, et voilà que je perds tous mes moyens. Je dois être rouge comme une pivoine. Que ça ne m'empêche pas de vous dire que vous êtes superbes, tous les deux. Surtout vous, madame Hopkins.

— Joyeux Noël à vous, monsieur, rétorqua Stephen Hopkins avec un sourire forcé.

— Excusez-moi encore de vous avoir dérangés, fit l'inconnu, qui esquissa une courbette avant de s'éloigner.

— Nous déranger ? grommela Stephen Hopkins en souriant à sa femme. Comment le mari de Carla peut-il s'imaginer nous déranger à l'instant le plus romantique de toute notre existence ?

Ils riaient encore lorsqu'un serveur au sourire radieux apporta les entrées. Caroline contempla l'architecture avant-gardiste de sa terrine de foie gras tandis que son mari lui versait du champagne.

« J'ai honte de détruire un tel chef-d'œuvre, pensa Caroline en prenant son couteau et sa fourchette. Mais je crois que je vais quand même oser. »

La première bouchée était tellement sublime qu'elle mit quelques instants à remarquer un curieux arrière-goût.

Mais il était déjà trop tard.

Une onde de chaleur lui dévora la gorge et les poumons. Les joues en feu, elle crut que les yeux allaient lui sortir des orbites. Sa fourchette retomba bruyamment sur l'assiette de porcelaine.

— Caroline, ma chérie ! s'exclama Stephen en la regardant d'un air horrifié. Steve ! À l'aide ! Vite, Caroline est en train de s'étouffer !

2

« Mon Dieu, je vous en supplie, pas ça ! », pensa Stephen en se levant précipitamment. Steve Beplar était déjà là. Il écarta la table d'un geste brusque, faisant voler verres et assiettes. Au même moment, Susan Wu, un autre membre de leur protection rapprochée, tira Caroline Hopkins de la banquette où elle suffoquait. Elle lui ouvrit la bouche et lui glissa un doigt dans la gorge, au cas où un aliment aurait provoqué l'étouffement, puis elle se plaça derrière elle et la prit à bras-le-corps en lui comprimant fortement la cage thoracique.

Paralysé par l'émotion, Stephen Hopkins vit le visage de sa femme se congestionner.

— Non, arrêtez ! s'écria-t-il. Elle n'est pas en train de s'étouffer, c'est sûrement son allergie. Elle est allergique aux arachides. Vite ! Son flacon d'adrénaline ! L'espèce de petit stylo qui ne la quitte jamais ! Où est son sac ?

— Dans la voiture, répliqua Susan Wu.

La jeune femme traversa le restaurant en courant et revint quelques instants plus tard avec le sac à main de Caroline.

Stephen Hopkins le vida précipitamment sur la banquette de satin.

— Il n'est pas là ! hurla-t-il en écartant le poudrier et le parfum de sa femme.

Steve Beplar aboya des ordres dans le micro accroché à sa manche, puis il prit l'ex-First Lady dans ses bras, comme un enfant endormi.

— Il faut l'emmener d'urgence à l'hôpital, monsieur, déclara-t-il en se dirigeant vers la sortie, sous le regard horrifié des autres convives.

Quelques instants plus tard, sur la banquette arrière d'une voiture de police qui filait toutes sirènes hurlantes à travers les rues de New York, Stephen Hopkins tenait la tête de sa femme serrée contre lui. Un sifflement rauque s'échappait de la gorge de Caroline, comme le chuintement d'une paille dans un verre. Son époux la vit grimacer de douleur et son cœur se serra.

Un médecin et une civière attendaient sur le trottoir lorsque l'auto s'arrêta devant les urgences de l'hôpital Saint Vincent sur la 52e Rue.

— Vous pensez qu'il s'agit d'une réaction allergique? s'enquit le médecin en prenant le pouls de Caroline, que deux brancardiers poussaient en direction des portes coulissantes.

— Elle est allergique aux arachides depuis qu'elle est toute petite, répondit Stephen en suivant la civière au pas de course. Le restaurant était au courant, mais ils ont pu faire une erreur.

— Elle est en état de choc, reprit le médecin, barrant la route de l'ancien président devant une porte sur laquelle s'étalait l'inscription « Accès réservé au personnel médical ». Nous allons tout faire pour stabiliser son état avant de…

Stephen Hopkins fit taire le médecin d'un geste brusque.

— Je reste avec elle. C'est un ordre.

Avant même d'être emmenée en salle des urgences, Caroline avait reçu une perfusion et un masque à oxygène. Hopkins fit la grimace en voyant le personnel soignant déchirer la robe de sa femme et la dénuder jusqu'au nombril afin de poser sur sa poitrine les capteurs d'un appareil de monitoring cardiaque.

La machine émit un horrible bip continu et la bande de papier commença à se dérouler, faisant apparaître une ligne noire continue. Une infirmière se précipita.

— Poussez-vous, hurla le médecin en posant les électrodes d'un défibrillateur sur le torse de Caroline.

La poitrine se souleva et un léger bip se fit entendre tandis qu'un pic s'inscrivait sur la bande, suivi d'un autre. Le cœur repartait.

Des larmes de soulagement commençaient à rouler sous les paupières de Stephen Hopkins lorsque l'horrible biiiiiiiip retentit à nouveau.

Le médecin avait beau s'acharner, la note stridente refusait de s'arrêter. Au terme de minutes interminables, le garde du corps arracha la prise du mur afin de faire taire l'appareil.

— Je suis désolé, monsieur, murmura-t-il d'une voix tremblante. On ne peut plus rien pour elle.

3

Assis du bout des fesses à l'arrière d'un taxi crasseux, l'inconnu aux cheveux blonds de L'Arène demanda au chauffeur de s'arrêter sur la 9e Avenue, à quelques dizaines de mètres de l'entrée de Saint Vincent. Il lui glissa un billet de dix dollars et ouvrit la portière d'un coup de coude afin de ne pas se salir. On ne le surnommait pas Mr Clean pour rien.

Une camionnette de Channel 12 freina le long du trottoir dans un long crissement de pneus. L'inconnu vit des agents en uniforme repousser la foule des journalistes et des cameramen agglutinés devant les urgences.

Déjà fini ? Quel dommage ! Juste au moment où ça commençait à devenir drôle...

Il traversa la 52e Rue et avisa une ambulancière qui s'éloignait de l'hôpital, totalement bouleversée.

— Mademoiselle ? la héla-t-il en s'approchant. Vous allez pouvoir me renseigner. C'est bien ici que la femme du président a été amenée ?

La brancardière, une jeune Latino à la silhouette épaisse, hocha la tête avant d'éclater en sanglots. Les joues inondées de larmes, elle se couvrit la bouche d'une main.

— Elle vient de mourir, bégaya-t-elle. Caroline Hopkins est morte.

Mr Clean fut brièvement pris de vertige, comme s'il venait de recevoir un coup à l'estomac. Il secoua la tête en papillonnant des yeux, à la fois surpris et ravi.

— Non ? finit-il par dire. Vous êtes sûre ?

La malheureuse se jeta contre sa poitrine.

— *Ay dios mio* ! Cette femme-là était une sainte. Quand je pense à tout ce qu'elle a fait pour les malades du sida… Un jour où elle visitait la cité où vit ma mère, dans le Bronx, elle nous a serré la main. J'étais aussi émue que si c'était la reine d'Angleterre. C'est un peu grâce à elle que je fais ce métier, à cause de la campagne qu'elle avait lancée, « Au service de l'Amérique ». Je n'arrive pas à croire qu'elle soit morte.

— À l'heure qu'il est, elle est entre les mains de Dieu, tenta de la réconforter Mr Clean.

Il frissonna en pensant aux millions de microbes que son interlocutrice devait véhiculer, au monde de crasse et de misère que côtoyait quotidiennement le personnel médical d'une ville comme New York. *Hell's Kitchen* – « la cuisine de l'enfer » : le quartier méritait bien son sobriquet.

— Mon Dieu ! s'exclama la malheureuse en reculant brusquement. Je sais pas ce qui m'a pris. Ça doit être le choc. Je voulais acheter des bougies, des fleurs, n'importe quoi. Je n'arrive pas à y croire… Excusez-moi, je ne me suis même pas présentée. Je m'appelle Yolanda.

— Euh, et bien… Il va falloir que j'y aille, Yolanda, bredouilla Mr Clean en s'éloignant sans autre forme de procès.

Il traversa précipitamment la 9e Avenue, sortit son portable et composa un numéro. À l'autre bout du fil, les bruits d'assiettes et les exclamations en français des cuisiniers lui confirmèrent que son interlocuteur se trouvait à L'Arène.

— Julio ? C'est fait. Toutes mes félicitations, mon vieux. Tu as tué l'ancienne première dame des États-Unis. Je te conseille maintenant de ne pas moisir dans le coin.

Mr Clean esquissa un rictus amusé en se disant que la chance était décidément de son côté. Son sourire se figea brusquement : il se trompait, la chance n'avait rien à voir là-dedans.

Pensif, il tourna le coin de la 49e Rue. Trois ans. Il lui avait fallu trois longues années pour mettre au point son projet – et il ne lui restait que trois jours pour le mener à bien.

Quelques minutes plus tard, il remontait la 8e Avenue à bord d'un taxi. Il tira un paquet de lingettes de son portefeuille, s'essuya longuement le visage et les mains puis épousseta le revers de sa veste et croisa les doigts, fuyant la saleté de la cité dont les lumières défilaient de l'autre côté de la vitre.

« Tu n'arrives pas à y croire, n'est-ce pas, ma petite Yolanda ? », se dit-il intérieurement tandis que la voiture s'engageait sur Broadway après avoir fait le tour de Columbus Circle.

« Eh bien, dis-toi que la mort de Caroline Hopkins n'est qu'un début ! »

PREMIÈRE PARTIE

Le clan des dix

1

Même dans les rues de New York, où l'attention de mes concitoyens est une denrée plus rare qu'un taxi un jour de pluie, les gens se retournaient sur nous en ce triste après-midi de décembre.

Le plus insensible des habitants de la Grosse Pomme avait, il est vrai, de quoi être ému par la vision du clan Bennett au grand complet : Chrissy, trois ans ; Shawna, quatre ; Trent, cinq ; les jumelles Fiona et Bridget, sept ans ; Eddie, huit ; Ricky, neuf ; Jane, dix ; Brian, onze, et Julia, douze, tous sur leur trente et un, en rang d'oignons derrière moi.

En sortant avec ma tribu du métro devant chez Bloomingdale's, j'aurais dû me réjouir en constatant que notre mégalopole conservait une lueur d'humanité au fond de son âme blasée. Mais je ne voyais même pas les sourires complices des mères de famille yuppies avec leurs poussettes Maclaren, ou les petits signes de connivence des ouvriers du bâtiment et des vendeurs de hot-dogs dont nous croisions la route.

J'avais d'autres soucis en tête.

L'unique exception à cette ribambelle de New-Yorkais attendris fut le vieil homme en robe de chambre, debout devant l'entrée, une cigarette à la main, qui poussa d'une main distraite la potence à laquelle était accrochée sa perfusion pour nous laisser pénétrer dans le pavillon de cancérologie.

Lui aussi devait avoir d'autres soucis en tête.

Je ne sais pas exactement comment l'hôpital de New York recrute le personnel chargé des patients en phase terminale, mais je ne serais pas surpris que le DRH ait piqué le fichier des saints dans le disque dur de saint Pierre. La sensibilité et la générosité avec lesquelles nous avons toujours été accueillis ne laissent pas de me surprendre.

Il n'empêche. En passant devant l'accueil, où siégeait Kevin et son éternel sourire, et en croisant un peu plus loin Sally Hitchens, un ange déguisé en infirmière-chef, il m'a fallu tout mon courage pour relever la tête et leur adresser un petit signe.

Dire que je n'étais pas d'humeur communicative relève de l'euphémisme.

— Regarde, Tom ! s'exclama dans l'ascenseur une femme d'une cinquantaine d'années venue rendre visite à son mari. Un instituteur avec ses élèves ! Ils viennent sûrement chanter des mélodies de Noël. Comme c'est mignon ! Joyeux Noël, les enfants !

Ce genre de truc nous arrive tout le temps. Je suis d'origine irlandaise, mais mes gamins, tous adoptés, ont des allures d'arc-en-ciel. Trent et Shawna sont afro-américains, Ricky et Julia, latinos, et Jane est coréenne. Ma petite dernière adore le dessin animé *The Magic School Bus.* Quand on lui a offert le DVD, elle m'a tout de suite dit : « Regarde, papa ! C'est nous ! »

Avec une perruque rousse frisée, je ferais une Mme Frizzle d'un mètre quatre-vingt-cinq et quatre-vingt-dix kilos à peu près crédible. Il faut dire que je ressemble à tout sauf à ce que je suis réellement : un inspecteur de la Brigade criminelle du NYPD, entremetteur, négociateur et homme à tout faire.

La femme de l'ascenseur avait décidé de ne pas nous lâcher.

— Dites-moi, les enfants : est-ce que vous connaissez *It Came Upon a Midnight Clear*?

J'allais la remettre à sa place lorsque Brian, mon fils aîné, s'est interposé :

— Non, madame, désolé, on ne la connaît pas. Mais on peut vous chanter *Jingle Bells*, si vous voulez.

Le temps d'arriver au quatrième étage et mes dix gamins l'ont gratifiée d'une version enlevée du tube de Noël. Mon fils avait sauvé la situation avec le savoir-faire d'un diplomate onusien ; la brave femme en avait les larmes aux yeux. Après tout, elle n'était pas non plus là pour s'amuser.

J'aurais volontiers embrassé Brian sur le front, si je ne m'étais souvenu à temps que, de nos jours, les garçons de onze ans tuent pour moins que ça. Je me suis contenté d'une légère tape virile dans le dos, tout en remontant le couloir à la tête de ma petite troupe.

Un bras autour des épaules de Shawna, qu'elle a baptisée sa « meilleure petite copine », Chrissy en était au deuxième couplet de *Rudolph the Red-Nosed Reindeer* quand nous sommes passés devant le bureau des infirmières. Avec leurs jolies robes et leurs nattes amoureusement tressées par Julia et Jane, mes benjamines ressemblaient à des poupées de porcelaine.

J'ai des enfants géniaux, et le terme est faible. Comme tout le monde ces derniers temps, ils acceptaient la situation avec une force de caractère qui me laissait pantois – ce qui ne m'empêchait pas d'en vouloir à la vie de leur imposer un tel calvaire.

Au bout d'un deuxième couloir, assise sur un fauteuil roulant à l'entrée de la chambre 513, nous attendait une femme dont la robe à fleurs dissimulait mal la maigreur extrême, une casquette des Yankees posée sur son crâne chauve.

— Maman ! crièrent les enfants dans un bel ensemble, avant que le tumulte de vingt chaussures sur le sol ciré ne vienne troubler le calme relatif du service.

2

À en juger par le peu qui restait de ma femme, je ne sais pas comment les enfants ont fait pour la prendre tous en même temps dans leurs bras. Ils y sont néanmoins parvenus, et j'ai fini par me joindre à eux. Même sous morphine, codéine et Percocet, les seuls moments où elle ne souffrait pas étaient ceux où elle avait ses poussins autour d'elle.

— Michael, murmura Maeve. Merci. Merci infiniment. Ils sont magnifiques.

— Toi aussi, répondis-je dans un souffle. J'espère que tu n'es pas sortie du lit toute seule, cette fois-ci ?

Elle veillait systématiquement à s'habiller lors de nos visites, sa perfusion d'antalgiques dissimulée sous ses vêtements, et le sourire aux lèvres.

— Si tu ne voulais pas d'une femme pomponnée, monsieur Bennett, il fallait en épouser une autre, répliqua-t-elle en veillant à ne pas laisser paraître son épuisement.

Le matin du jour de l'an précédent, Maeve s'était plainte de douleurs à l'estomac. Nous avions mis cela sur le compte des fêtes. La douleur ne disparaissant pas, le médecin avait insisté pour lui faire passer une laparoscopie. L'examen avait révélé des grosseurs sur les ovaires ; les biopsies effectuées dans la foulée avaient montré qu'il s'agissait de tumeurs malignes. Une semaine plus tard, une biopsie des glandes lymphatiques, retirées en même temps que l'utérus, confirmait la mauvaise nouvelle : le cancer était en train de se généraliser.

— Laisse-moi t'aider, pour une fois, glissai-je à l'oreille de Maeve, qui faisait mine de se lever.

— Tu ne voudrais quand même pas que je te fasse mal ? rétorqua-t-elle en me faisant les gros yeux. Inspecteur Gros-Bras !

Au seuil de la mort, Maeve préservait sa dignité avec une détermination sauvage. Elle prenait son cancer à bras-le-corps, avec une férocité épique, à la manière de Jake LaMotta vieillissant s'attaquant au fringant Sugar Ray Robinson dans les années 1950.

Infirmière de profession, elle avait tout mis en œuvre pour s'en sortir, usant de son expérience et de son carnet d'adresses. On lui avait fait toutes les chimios et tous les traitements par rayons possibles et imaginables – au point que son cœur avait failli lâcher. Malgré cela, les scanners avaient révélé la présence de nouvelles tumeurs cancéreuses au niveau des poumons, du foie et du pancréas.

Une phrase de Jake LaMotta me revint à l'esprit lorsque je vis Maeve se dresser sur ses jambes en allumettes, la main agrippée au dossier du fauteuil roulant : « T'as même pas réussi à me mettre au tapis, Ray », aurait murmuré l'ancien champion alors que Robinson venait de le mettre KO. « T'as même pas réussi à me mettre au tapis. »

3

Maeve s'assit sur le lit et saisit une grande feuille posée sur sa table de nuit.

— J'ai quelque chose pour vous, les enfants, annonça-t-elle d'une voix douce. Comme je suis apparemment obligée de rester encore quelque temps ici, j'ai décidé de confier une mission précise à chacun d'entre vous.

— Maman ! grondèrent les plus grands.

— Je sais, je sais, personne n'aime les corvées, mais c'est comme ça. Alors je me suis dit que si vous vous y mettiez tous ensemble, l'appartement pourrait rester présentable jusqu'à mon retour. D'accord, tout le monde ? Alors j'y vais : Julia, tu seras maître-nageur-sauveteur pendant que les petits prendront leur bain, et c'est toi qui auras la charge de les habiller le matin. Brian, tu seras mon GO attitré, d'accord ? Jeux de sociétés, jeux vidéo, colin-maillard, tout ce que tu veux tant que vous ne regardez pas la télé. Je te charge d'occuper ces petits messieurs le mieux possible. Jane, c'est à toi que revient la charge de surveiller les devoirs. Tu te feras assister par Eddie, notre petit génie. Ricky, je te nomme officiellement cuisinier en chef, responsable du déjeuner. Sandwichs au beurre de cacahuète et à la confiture pour tout le monde, sauf pour Eddie et Shawna, qui préfèrent le saucisson. Maintenant, voyons un peu : Fiona et Bridget, vous mettrez le couvert et vous débarrasserez. Partagez-vous la tâche, arrangez-vous comme vous voulez…

— Et moi ? s'inquiéta Trent d'une petite voix. C'est quoi, ma mission ? Tu m'as encore rien donné.

— Toi, Trent Bennett, tu t'occuperas des chaussures. J'ai assez entendu : « Où sont mes chaussures ? Où sont mes chaussures ? » Tu rassembles les paires de tout le monde et tu les mets au pied du lit de chacun. Sans oublier les tiennes.

Du haut de ses cinq ans, Trent approuva gravement.

— J'oublierai pas.

— Shawna et Chrissy, à présent. Les filles, j'ai une mission pour vous.

— Oui, fit Chrissy en esquissant un entrechat.

Depuis qu'elle avait reçu le DVD de *Barbie et le Lac des cygnes* pour son anniversaire, un mois plus tôt, la moindre émotion se traduisait par un pas de danse improvisé.

— Vous savez où se trouve la gamelle de Socky dans la cuisine ?

Socky était un chat tigré au caractère capricieux que Maeve avait sorti d'une poubelle au pied de notre immeuble de West End Avenue. Ma femme avait le cœur large. Le fait qu'elle m'ait épousé en était la meilleure preuve.

Shawna hocha la tête d'un air convaincu. À quatre ans, c'était la plus sage et la plus obéissante de toute la fratrie. Avec Maeve, nous avions souvent ri de l'éternel débat entre partisans de l'éducation et tenants de la prédestination. Chacun de nos dix enfants était venu au monde avec son caractère. Si les parents peuvent contribuer, ou nuire, à l'épanouissement d'un enfant, je vois mal comment ils pourraient modifier sa nature profonde : un gamin introverti ne devient pas extraverti par la simple volonté de ceux qui l'élèvent.

— Alors, les filles, je vous demande de faire attention à ce que la gamelle d'eau de Socky soit toujours pleine. Maintenant, écoutez-moi tous, a conclu Maeve en changeant de position.

À ce stade de la maladie, le simple fait de rester trop longtemps immobile la faisait souffrir.

— Je voudrais qu'on se mette tous d'accord sur deux ou trois autres choses avant d'oublier. J'ai bien l'intention qu'on fête les anniversaires dans cette famille. Je me fiche que vous ayez quatre ans, quatorze ou quarante, ou bien que vous soyez à l'autre bout du monde. La famille avant tout. Même chose pour les repas. Tant que vous vivrez sous le même toit, j'entends que vous preniez au moins un repas par jour tous ensemble, même s'il ne s'agit que d'un hot-dog devant cette cochonnerie de télévision. J'ai toujours été là pour vous, pas vrai ? Eh bien, vous devrez continuer à faire pareil même si je ne suis plus là. C'est bien compris ? Trent, tu m'écoutes ?

— On peut manger des hot-dogs devant la télé, a approuvé Trent avec un sourire lumineux. J'adore regarder la télé en mangeant un hot-dog.

Sa repartie a eu le mérite de faire rire tout le monde.

— Et moi, c'est toi que j'adore, lui a répondu Maeve dont les paupières commençaient à s'alourdir. Vous ne pouvez pas savoir à quel point je suis fière de vous. De toi aussi, mon cher inspecteur de mari.

Maeve affrontait la mort avec une dignité dont je n'aurais jamais cru capable un être humain, et c'est elle qui était fière de nous ? De moi ? Un frisson glacé me parcourut l'échine. J'aurais voulu hurler ma rage ou casser quelque chose. N'importe quoi – la fenêtre, la télé, la vieille lucarne en plomb qui laissait filtrer un jour glauque dans la salle d'attente. Au lieu de ça, j'ai écarté les enfants, j'ai soulevé la casquette de ma femme, et je l'ai embrassée sur le front.

— Allez, les enfants ! Il faut y aller. En route, mauvaise troupe !

J'aurais donné n'importe quoi pour que ma voix ne se déchire pas comme venait de le faire mon âme.

4

Il était quatre heures moins le quart lorsque Mr Clean pénétra dans la cathédrale St Patrick sur la 5e Avenue.

Il eut un ricanement en apercevant les quelques bonnes âmes agenouillées qui priaient en silence. Le Bon Dieu avait de quoi être fier, surtout au cœur de cette Gomorrhe moderne.

Une vieille rombière collet monté occupait le banc le plus proche du confessionnal, côté sud. En s'installant à côté d'elle, Mr Clean se demanda ce que cette vieille taupe pouvait bien avoir à se reprocher. « Pardonnez-moi, mon père : j'ai pris la marque de chocolat la moins chère pour faire un gâteau à mes petits-enfants. »

Un prêtre s'approcha, la quarantaine élégante avec une coupe de cheveux à la mode. Il dissimula à grand-peine sa surprise en découvrant le sourire inquiétant de Mr Clean.

Ce dernier n'eut pas longtemps à attendre, car la vieille peau mit plus de temps à se lever de son siège qu'à se confesser. Il la bouscula sans ménagement en prenant sa place dans le confessionnal.

— Oui, mon fils ? fit la voix du père Patrick Mackey de l'autre côté du grillage.

— Salut, Fodder. Rendez-vous dans vingt minutes au coin de la 51e et de Madison.

Près d'une demi-heure s'était écoulée lorsque le père Mackey ouvrit la portière de la camionnette dans laquelle l'attendait Mr Clean, moteur au ralenti. Il avait troqué sa tenue de prêtre contre un jean et une parka bleu pétard dont il tira un tube en carton.

— Génial ! le félicita Mr Clean. Bien joué, Fodder. Tu es un bon assistant.

Le prêtre acquiesça machinalement en levant les yeux sur la cathédrale.

— On ferait mieux de ne pas rester ici, dit-il.

Dix minutes plus tard, la camionnette se garait dans un terrain vague à côté d'un héliport abandonné. De l'autre côté du pare-brise, l'East River ressemblait à un champ de boue. « Ça sent le pyralène par ici », faillit plaisanter Mr Clean en retirant le couvercle du rouleau apporté par le prêtre.

Il y trouva deux plans jaunis qu'il examina avant de poser l'index au centre du second. C'était donc bien vrai ! Il ne s'agissait pas d'une rumeur. Il tenait enfin la pièce du puzzle qui lui manquait pour accomplir son chef-d'œuvre.

— Tu n'as parlé de ces documents à personne ? s'inquiéta Mr Clean.

— À personne, répondit le prêtre. La paranoïa de l'Église m'étonnera toujours, ajouta-t-il en pouffant de rire. Décidément, je travaille pour une drôle de boîte.

Hypnotisé par les plans de la cathédrale, Mr Clean laissa échapper un clappement de langue avant de saisir sous la banquette un colt Woodsman muni d'un silencieux. Le double claquement de l'arme s'entendit à peine à l'intérieur de l'habitacle, mais il fit l'effet d'une grenade dans la boîte crânienne du père Mackey.

— Bon voyage en enfer, laissa tomber Mr Clean.

Il jeta un coup d'œil dans le rétroviseur et sursauta, horrifié, en apercevant les minuscules gouttes de sang qui s'étalaient sur son front. Il ne reprit son souffle qu'après avoir essuyé les taches avec des lingettes et appliqué sur son visage la moitié d'un flacon d'alcool à 90°. Son calme retrouvé, il roula les plans et les glissa dans leur étui cartonné en sifflotant un air muet.

« Un véritable chef-d'œuvre… », pensa-t-il.

5

Les enfants sont rentrés très excités. Le clan Bennett s'activait dans tous les sens, les bruits habituels de télévision et de jeux électroniques laissant place à la rumeur d'activités infiniment plus satisfaisantes.

Dans la salle de bains, Shawna et Chrissy faisaient gicler l'eau sous l'œil attentif de Julia. Quant à Brian, armé d'un jeu de cartes, il initiait Trent et Eddie aux joies du vingt-et-un.

— Bam, faisait Ricky depuis la cuisine où il étalait de la confiture sur des tranches de pain de mie. Bam et bam...

Jane pour sa part avait posé des cartes par terre dans sa chambre, en prévision d'un jeu éducatif destiné à Fiona et Bridget.

Le tout sans un cri, sans une récrimination, ni même une question idiote.

Il aurait fallu ajouter l'ingéniosité à la somme des qualités de ma femme. Consciente de leur détresse et de leur impuissance face à une situation qu'ils ne maîtrisaient pas, elle avait trouvé le moyen de combler le vide laissé par son absence. Si seulement j'avais pu trouver la même recette pour moi...

La plupart des parents vous le diront, le moment du coucher est de loin le plus pénible. Tout le monde est usé par les activités de la journée, et la fatigue peut rapidement se transformer en pleurs et en grincements de dents, voire en punitions. Je ne sais pas comment Maeve s'y prenait avant son hospitalisation (sans doute son sens de la mesure et sa patience y étaient-ils pour beaucoup). Depuis son absence, l'épreuve du coucher était celle que je redoutais le plus.

Pourtant, à en juger par le silence qui régnait dans l'appartement dès huit heures ce soir-là, les voisins auraient pu croire que nous étions partis en vacances pour Noël.

En me rendant dans la chambre des filles, je m'attendais presque à trouver la fenêtre ouverte, une corde à nœuds improvisée avec des draps accrochée à la poignée, mais Chrissy, Shawna, Fiona et Bridget étaient sagement bordées dans leur lit. Julia fermait le livre qu'elle venait de leur lire.

— Bonne nuit, Chrissy. Papa t'aime, dis-je en déposant un baiser sur son front.

En terminant ma tournée, j'étais presque fier de moi.

Les garçons aussi étaient couchés. Je me suis penché pour embrasser Trent.

— Bonsoir, mon bonhomme. Tu as bien travaillé aujourd'hui. Tu devrais m'accompagner au bureau demain.

Trent a froncé les sourcils comme s'il réfléchissait à ma proposition.

— C'est l'anniversaire de quelqu'un, demain à ton bureau ? a-t-il fini par demander.

— Non.

— Alors j'irai à l'école. Demain, c'est l'anniversaire de Lucy Shapiro et il y aura du gâteau au chocolat.

— Bonne nuit les garçons, ai-je murmuré sur le seuil de la chambre. Jamais je n'y arriverais sans vous.

— Oui, papa, m'a répondu la voix de Brian depuis le lit du dessus. Te fais pas de bile, on veille au grain.

6

La porte refermée, je me suis arrêté un instant dans le couloir. Autrefois, quand nous vivions normalement et que je rentrais du boulot une demi-heure après elle, je trouvais Maeve qui m'attendait dans le salon en lisant ou en regardant la télé. Lorsqu'à travers la porte entrouverte j'ai aperçu la pièce plongée dans le noir, j'ai compris pour la première fois de mon existence la signification du mot « obscurité ».

Je suis entré dans le salon, j'ai allumé, je me suis assis sur le canapé et j'ai regardé autour de moi, plongé dans mes souvenirs.

Le papier peint qu'on avait eu tant de mal à poser. Les photos des enfants encadrées par Maeve – les balades de Noël au jardin botanique du Bronx, le jour où on avait cueilli des citrouilles à la campagne… Elle avait fabriqué des compositions murales pour chacune de nos vacances, avec des coquillages et du sable ramassés à Myrtle Beach deux ans auparavant, des pommes de pin et des feuilles mortes rapportées de notre séjour en août dans la région des Poconos.

Comment trouvait-elle l'énergie de faire tout cela ? Et le temps ? Je m'étais toujours posé la question, et je n'étais pas le seul, car tout le monde sans exception adorait Maeve.

Lorsqu'elle avait quitté son travail à l'hôpital pour consacrer plus de temps à Julia, que nous venions d'adopter, elle s'était occupée d'un vieux monsieur qui vivait sur West End Avenue. M. Kessler avait quatre-vingt-quinze ans ; il était l'héritier d'un ancien roi du rail et détestait littéralement le monde moderne et tout ce qui allait avec. Avec le temps, à force de gentillesse et d'attention, Maeve avait réussi à l'apprivoiser. S'il faisait soleil, elle poussait sa chaise roulante jusqu'à Riverside Park, histoire de lui rappeler qu'il appartenait encore au monde des vivants.

En quelques mois, le vieillard grincheux et amer s'était transfiguré, au point de se réconcilier avec sa fille.

À sa mort, nous avons appris que M. Kessler avait légué son appartement à Maeve. Nous y vivons toujours.

En lieu et place des bibelots précieux et des tapis persans qui meublent l'intérieur de la plupart de nos voisins, Maeve avait mis des enfants. Quatre mois après être entrés en possession de cet appartement, nous adoptions Brian. Jane était arrivée six mois plus tard.

Je sais bien que le mot « saint » est galvaudé, mais, assis seul sur mon canapé, la tête pleine de tout ce que ma femme avait réalisé, c'est le terme qui me venait spontanément à l'esprit.

Maeve avait vécu comme une sainte et elle allait mourir en martyre.

J'ai violemment sursauté en entendant sonner à la porte.

Je ne voulais pas répondre, décidé à laisser le monde se débrouiller tout seul, mais on a sonné une deuxième fois.

Sans doute un invité des Underhill, nos voisins de palier, qui s'était trompé de porte.

J'ai fini par me lever, agacé, en entendant sonner une troisième fois.

En voilà un qui a mal choisi son jour, ai-je pensé en ouvrant rageusement la porte, prêt à voler dans les plumes de l'importun.

7

À voir le jean fatigué et le vieux caban bleu marine de la fille blonde qui se tenait sur le palier, j'ai compris qu'elle ne se rendait pas à un cocktail chic.

Si j'en croyais la besace usée qu'elle portait sur le dos et le sac de voyage qu'elle tenait à la main, elle se rendait pourtant quelque part.

— Monsieur Bennett ? a-t-elle demandé en lâchant son sac pour me tendre une jolie petite main. Monsieur Michael Bennett ?

Son accent irlandais était aussi chaleureux que sa main était glacée.

— Je suis Mary Catherine. J'ai fini par arriver.

Je me suis douté qu'il s'agissait d'une parente du côté de ma femme, et j'ai mentalement passé en revue les visages des rares proches de Maeve présents à notre mariage. J'avais juste gardé le souvenir d'un grand-oncle, d'une poignée de cousins et de trois vieilles filles. De qui pouvait-il bien s'agir ?

— Je suis la jeune fille au pair, m'a expliqué Mary Catherine. Nona m'a dit qu'elle vous en avait parlé.

Une jeune fille au pair ? Nona ? Je me suis soudain souvenu que la mère de Maeve se prénommait Nona. Ma femme ne s'était jamais étendue sur son enfance dans le Donegal, mais j'avais cru comprendre que sa famille était quelque peu excentrique.

— Je suis désolé, euh… Mary, c'est ça ? Mais j'ai bien peur de ne pas comprendre de quoi vous parlez.

Mary Catherine a ouvert la bouche, puis elle s'est ravisée. Son visage de porcelaine est devenu tout rouge et elle a ramassé son sac.

— Je m'excuse de vous avoir dérangé, monsieur, a-t-elle dit très vite d'un air abattu. J'ai dû faire erreur. Excusez-moi encore.

Son sac de voyage lui a échappé au moment où elle atteignait l'ascenseur. C'est en voulant l'aider que j'ai aperçu le petit tas de lettres au sol : mon courrier s'était accumulé depuis quelques jours, et mes charmants voisins, les Underhill, l'avaient glissé sous la console que nous partagions sur le palier, afin de ne pas faire d'ombre à leur précieuse collection de casse-noisettes anciens.

Une petite enveloppe un peu bizarre dépassait de la pile.

— Attendez une seconde, Mary Catherine.

J'ai déchiré l'enveloppe et trouvé un feuillet couvert de pattes de mouche à peine lisibles. J'ai péniblement déchiffré un « Cher Michael », quelques « Mary Catherine », « Dieu vous bénisse en cette période d'épreuves », et un « Nona » en guise de conclusion.

Je n'étais pas plus éclairé. Il faut l'avouer, à ce moment précis, je n'aurais même pas su dire si ma belle-mère était encore en vie. Quoi qu'il en soit, il était tard et j'étais trop fatigué pour chercher à comprendre.

— Mais oui ! me suis-je exclamé au moment où Mary Catherine ouvrait la porte de l'ascenseur. Vous êtes la jeune fille au pair.

Une lueur d'espoir a éclairé son regard bleu clair. Restait à savoir où j'allais pouvoir la caser. Mon auberge espagnole était déjà pleine à craquer, mais j'ai pensé à la chambre de bonne du dernier étage, dont on se servait comme débarras.

— Venez, je vais vous montrer votre chambre.

J'ai attrapé son sac et je suis monté avec elle dans l'ascenseur.

En tout, il m'a fallu vingt bonnes minutes pour évacuer le berceau, les vieux jouets, les sièges bébés, le vélo Barbie de Chrissy et le vélo de Shawna. Le temps de redescendre chercher des draps, Mary Catherine avait déroulé le matelas sur le sommier métallique et rangeait soigneusement ses affaires sur la commode qui nous avait longtemps servi de table à langer.

J'en ai profité pour l'observer. Elle approchait la trentaine. Sans être grande, elle avait en elle quelque chose de décidé et d'énergique. C'était aussi bien comme ça, étant donné le job qui l'attendait.

— Nona ne vous a peut-être pas dit combien nous avions d'enfants ?

— Une belle tripotée, je crois que c'est l'expression qu'elle a employée.

— Par curiosité, chez vous, ça fait combien, une belle tripotée ?

Mary Catherine a levé les sourcils.

— Cinq ?

J'ai fait non de la tête en levant le pouce vers le haut.

— Sept ?

J'ai cru voir un vent de panique sur ses traits quand je lui ai fait signe qu'elle était encore en deçà de la réalité.

— Pas dix, tout de même ?

J'ai acquiescé.

— Dieu merci, ils sont tous propres. Et ce sont des gamins supers ; mais si vous décidez de repartir tout de suite, ou demain, ou même la semaine prochaine, je ne vous en voudrai pas.

— Dix ? a répété Mary Catherine.

J'ai souri.

— Dix : un, suivi de zéro. Autre chose : si vous décidez de rester, appelez-moi Mike. Ou alors « pauvre imbécile », si vous voulez, mais pas monsieur Bennett.

— D'accord, Mike.

En la quittant, j'ai bien vu qu'elle n'était pas très rassurée.

— Dix, ai-je grommelé entre mes dents.

Le clan des dix.

8

De retour à l'appartement, je me suis glissé entre les draps glacés, mais je n'ai pas réussi à m'endormir. Les obsèques de Caroline Hopkins devaient avoir lieu le lendemain. Un drame de plus.

Allongé dans le noir, j'écoutais le vent siffler le long de l'immeuble. Une alarme de voiture s'est déclenchée quelque part du côté de Broadway. Elle n'en finissait pas d'ululer. Elle ne s'est tue que pour mieux recommencer quelques instants plus tard.

Pendant plus d'une heure, je me suis contraint à ne pas m'apitoyer sur mon sort. Ce n'était pas mon corps qui s'était rebellé, ce n'était pas moi qui avais dédié ma vie aux autres pendant trente-huit ans, avec pour toute récompense la perspective de ne pas franchir le cap des trente-neuf.

Et puis je me suis mis à pleurer. C'est venu lentement, douloureusement, comme l'eau gelée d'un étang dont on perçoit les premiers craquements après s'être aventuré trop loin. En moins d'une minute, ma résolution s'était définitivement effritée.

Au départ, lorsque nous avons compris que nous ne pourrions pas avoir d'enfants, je m'étais contenté de suivre ma femme dans son désir d'adoption. Je l'aimais trop pour ne pas vouloir la rendre heureuse.

Je dois avouer qu'après Jane, j'ai hésité à poursuivre l'aventure. Trois enfants à New York ? Je n'étais pas Crésus, et les charges de l'appartement étaient lourdes.

Maeve m'a montré que nous avions assez de place à la maison, et dans notre cœur, pour un autre petit. Après Fiona et Bridget, je levais les yeux au ciel chaque fois que Maeve me parlait d'un nouvel enfant abandonné. Dans ces cas-là, elle me disait invariablement : « Un kilo de plus n'a jamais fait de mal à un éléphant. »

Mais comment l'éléphant allait-il pouvoir survivre si on lui arrachait le cœur ? Allongé dans mon lit, je pleurais à chaudes larmes.

Je ne voyais pas comment j'allais pouvoir m'en tirer. Les aînés approchaient de l'adolescence et les plus jeunes... Mon Dieu, comment les rendre heureux, leur construire à moi tout seul un avenir ?

J'ai entendu s'entrebâiller la porte.

— Peep-peep, a fait une petite voix.

C'était Chrissy. Auparavant, elle venait tous les matins dans notre chambre, un bol de céréales vide à la main, en imitant chaque fois un animal différent : un chaton, un chiot, un bébé pingouin, ou même un bébé tatou.

J'ai entendu le bruit de ses pieds nus sur le sol.

— Peep-peep arrive pas à dormir.

J'ai essuyé mes larmes sur l'oreiller.

— Papa Peep-peep non plus.

Elle n'avait plus dormi avec nous depuis l'âge de deux ans, et je m'apprêtais à la remettre dans son lit quand j'ai brusquement écarté les couvertures.

— Viens vite dans le nid, bébé Peep !

Chrissy s'est précipitée entre les draps et j'ai tout de suite compris à quel point je me trompais. Comme d'habitude. Loin d'être un fardeau, les enfants étaient mon unique raison de vivre.

Chrissy s'est endormie en moins de deux minutes. Ses petits pieds glacés dans les reins, je me suis dit que si je n'étais pas le plus heureux des hommes, c'était du moins la première fois depuis des semaines que j'entrevoyais une lueur d'espoir.

9

Cette putain de journée promettait d'être intéressante. Historique, même.

Sur la 5e Avenue, le son cristallin des cloches de St Patrick résonnait encore dans l'air glacé du matin lorsque Mr Clean s'arrêta face au parvis de la cathédrale. Un gobelet de café à la main, il leva les yeux au ciel en voyant les crétins massés sur le trottoir derrière les barrières de sécurité.

Les obsèques de Caroline Hopkins ne débutaient que dans quarante minutes, mais la foule était aussi compacte que les montagnes de fleurs empilées pêle-mêle contre la façade du bâtiment. À en croire le journal du matin sur 1010 WINS, l'enterrement de l'ancienne première dame ferait davantage recette que le sapin géant du Rockefeller Center et le spectacle de Noël du Radio City Music Hall réunis. Certes, Caroline avait battu des records de popularité à l'époque où son mari était à la Maison Blanche, mais tous ces imbéciles venaient avant tout saluer la mémoire d'une New-Yorkaise de souche qu'ils reconnaissaient comme l'une des leurs. Tu parles ! Elle faisait autant partie de leur monde que cet enfoiré de maire, oui.

Mr Clean avala une gorgée de café en observant la scène. En haut des marches de Saint Paddy, un joueur de cornemuse rougeaud du corps des pompiers de New York tentait désespérément d'empêcher le vent de soulever son kilt.

À l'intérieur de la cathédrale, près des énormes portes de bronze, un sergent achevait d'inspecter la garde d'honneur composée d'éléments de l'armée de terre, de la Navy, de l'Air Force et des Marines. Il rabattit d'un geste sec une veste bleu nuit et chassa une poussière imaginaire de l'épaulette d'un marin.

Le ballet des limousines venait de commencer.

Le maire, Andrew Thurman, un proche des Hopkins, arriva le premier. Puis ce fut au tour de Marilyn et Kenneth Rubinstein, un couple d'acteurs engagés. Ardents défenseurs de l'environnement, ils avaient réalisé avec Caroline une série de spots publicitaires contre les forages pétroliers en Alaska, ou une autre connerie du même style. En attendant, les deux ados qu'ils élevaient ensemble dans un bled de riches au nord de New York défrayaient la chronique avec leurs problèmes de drogue et d'alcool.

Kenneth Rubinstein se retourna en entendant quelqu'un siffler, affichant le sourire ravageur qui lui avait valu deux Oscars. Il agita la main avec enthousiasme, comme s'il venait d'en recevoir un troisième. Mr Clean sourit en voyant son épouse lui balancer un grand coup de coude dans les côtes. Un vrai moment de cinéma vérité, ricana intérieurement Mr Clean.

Venait ensuite le roi du béton, Xavier Brown, accompagné de sa femme, une diva de la mode en Chanel répondant au doux prénom de Céleste. Ceux-là aussi étaient des proches du couple présidentiel. À se demander qui ne l'était pas.

Une nouvelle limousine s'avança, dont descendit Todd Snow, des New York Giants. Il passa le bras autour des épaules de sa femme, un top model, veillant à faire briller la bague que lui avait valu la victoire de son équipe au Superbowl. Lui aussi s'était illustré auprès de Caroline Hopkins à l'occasion d'opérations caritatives.

Mr Clean constata avec satisfaction que le convoi des limousines aux vitres teintées formait un bouchon le long de la 5e Avenue. Bienvenue, mesdames et messieurs, le show va bientôt commencer.

Se dandinant sur le trottoir pour réchauffer ses pieds gelés, l'homme leva les yeux vers la gigantesque rosace et les flèches de la cathédrale.

Avec une telle concentration d'egos au centimètre carré, il se demanda s'il y aurait encore de la place pour le cercueil.

10

John Rooney afficha un sourire automatique en découvrant la foule au moment où sa limousine s'arrêtait devant St Patrick. La star hollywoodienne la plus rentable du moment avait appris à apprécier la loyauté des fans qui suivaient le moindre de ses faits et gestes. Il s'agissait pour la plupart de gens ordinaires désireux de lui manifester leur attachement, à des années-lumière de ces sangsues de paparazzi.

Pourtant, en apercevant la nuée de téléphones portables qui le mitraillaient, il fut pris d'une soudaine lassitude. L'idée de devoir jouer des coudes pour assister à un enterrement, même aussi prestigieux que celui-ci, lui tapait gentiment sur les nerfs.

Le parvis de la cathédrale était fort heureusement réservé aux VIP, et Rooney descendit de voiture sans encombre, sous la protection de Big Dan, son garde du corps. Tout le petit monde de la presse s'agglutinait déjà des deux côtés du passage.

Il fit un effort pour ne pas se retourner lorsqu'une voix cria : « Quoi de neuf, Dork ? », la phrase fétiche de sa dernière comédie. Incapable de résister au plaisir de se retourner vers les journalistes, il sentit une décharge d'adrénaline monter en lui à l'instant où se déclenchait un orage de flashs. Il leva la tête, regarda un instant le ciel plombé et se gratta le crâne avant de décocher son sourire légendaire.

— Je ne suis pas certain que ce soit une bonne idée, les gars, laissa-t-il tomber d'une voix neutre. Quelqu'un sait si on annonce de l'orage à la météo ?

Aux mines amusées des journalistes qui l'entouraient, il constata avec satisfaction que sa plaisanterie avait fait mouche. Il allait poursuivre sur sa lancée lorsqu'une jolie brune postée près de l'entrée lui lança un regard sévère.

Comprenant qu'il n'avait pas le droit de cabotiner un jour pareil, Rooney se composa une expression de circonstance et pénétra sous la voûte. Il tendit son invitation à un agent de sécurité en tenue rouge. Plusieurs personnes installées au fond du sanctuaire se retournèrent en se donnant des coups de coude.

Eh oui, c'est moi, en personne, pensa Rooney, agacé. La célébrité avait ses avantages, mais il avait assez vite vu le revers de la médaille. Ce n'était pas toujours très drôle de voir les gens se retourner sur lui dans la rue, au restaurant, ou à l'aéroport. Il n'avait jamais vraiment su ce qu'ils attendaient et il les soupçonnait de ne pas le savoir non plus. On croit que les stars portent des lunettes de soleil pour se déguiser – alors qu'il s'agit avant tout d'éviter le regard des autres.

Rooney se retourna en entendant un nouveau crépitement d'appareils photo.

Tiens, tiens, qui voilà !

Linda Thompson, vingt ans et déjà bombardée à la une des magazines par la grâce d'une émission de téléréalité. Elle venait d'arriver, en même temps que Mercedes Freer, une chanteuse de variétés issue de la même génération. Comme si les voir partager un bout de trottoir ne suffisait pas à apaiser la fringale des photographes, elles avaient toutes les deux choisi par hasard la même robe noire mini mini et le même voile.

Pour ne rien gâter, Charlie Conlan, une légende du rock des années 1970, descendait justement de voiture à quelques mètres des deux tigresses. Il devait flirter avec la soixantaine, mais avec son allure éternellement décontractée, personne n'aurait pu le deviner.

L'année précédente, Conlan avait composé et enregistré trois chansons magiques destinées à un film pour enfants dont Rooney était la vedette. Les deux hommes avaient effectué ensemble une courte tournée promotionnelle. Conlan avait passé son temps à sourire et à distribuer des pourboires à tous les serveurs, portiers et chauffeurs dont ils croisaient la route, signant des autographes à la demande. Même les paparazzi semblaient l'apprécier.

— Putain de cirque, déclara-t-il de la voix rauque qui avait fait sa gloire. Toi aussi, t'es venu faire le clown, Johnny ?

— Je te verrais bien en Monsieur Loyal, plaisanta Rooney sous l'œil des caméras.

Dehors, un nouveau murmure parcourut les rangs des curieux. Eugena Humphrey venait d'arriver dans sa célèbre Lincoln Town Car rose.

— Voyons, voyons, les tança gentiment la très populaire animatrice de l'émission « La Reine de L.A. ». C'est un enterrement, pas une remise de prix. Je vous en prie, un peu de tenue !

La rumeur s'apaisa aussitôt.

— Eugena, c'est vraiment la reine, s'exclama un anonyme que personne ne songea à contredire.

11

À la recherche de l'image choc du jour, Cathy Calvin, du *New York Times*, ne savait plus où donner de la tête. Le corbillard de la First Lady apparut en haut de la 5e Avenue déserte, précédé par neuf motards du NYPD, déployés en V, qui avançaient à vitesse réduite, leurs Harley pétaradant dans le silence glacé.

La garde d'honneur, statufiée jusqu'alors sur le seuil de la cathédrale, s'ébranla et descendit lentement le parvis. Elle s'arrêta au bord du trottoir à l'instant précis où le corbillard parvenait à sa hauteur. Sous une pluie de flashes, les soldats sortirent cérémonieusement de la longue voiture noire le cercueil recouvert d'un drapeau.

Vêtus de costumes sombres, deux agents des services secrets sortirent de la foule et se joignirent à la garde d'honneur qui venait de hisser le cercueil à hauteur d'épaule.

Les porteurs s'arrêtèrent en haut des marches, juste derrière l'ancien président et sa fille, tandis qu'un bourdonnement sourd s'élevait en direction du sud.

Quelques instants plus tard, une escadre de cinq F-15 fit son apparition dans le ciel de Manhattan. À hauteur de la 42e Rue, l'un des ailiers se détacha du reste du groupe et exécuta une chandelle tandis que les autres appareils survolaient la cathédrale dans le tonnerre de leurs réacteurs.

La garde d'honneur attendit que l'écho des moteurs, réverbéré par les façades de pierre et d'acier de la 5e Avenue, se soit tu pour pénétrer dans la cathédrale avec la dépouille de Caroline Hopkins.

L'ancien président avança à son tour sous la nef. La plainte aiguë de la cornemuse s'éleva dans l'air du matin. On aurait dit que la ville tout entière observait une minute de silence tandis que retentissait le vieil hymne *Amazing Grace*.

Cathy Calvin posa les yeux sur la foule, consciente de tenir un sujet en or : les gens se découvraient les uns après les autres et mêlaient leurs voix à celle de la cornemuse, la main sur le cœur. Tout autour d'elle, ce peuple new-yorkais que l'on disait blasé pleurait à chaudes larmes.

Cathy Calvin croyait avoir tout vu dans son métier, mais en portant machinalement la main à sa joue, elle s'aperçut qu'elle pleurait aussi.

12

Confortablement installé dans un fauteuil tournant à l'arrière de sa camionnette noire, Mr Clean observait la scène à l'aide de jumelles. Pour un peu, il y aurait été de sa petite larme.

Putain de Dieu, à force de sourire, il avait mal aux joues, et s'il pleurait, c'était de satisfaction.

La camionnette était garée à l'angle de la 51e Rue, de l'autre côté de la 5e Avenue. Dissimulé derrière la vitre sans tain du véhicule, il observait depuis plus d'une heure la parade des dignitaires et des invités de marque.

Ce n'est pas difficile de prédire un événement, songea Mr Clean en voyant les lourdes portes de la cathédrale se refermer derrière le président Hopkins et son entourage de larbins. Non, le plus difficile, c'est de ne jamais se tromper dans ses prédictions.

Il baissa les jumelles et prit une lingette dans la boîte en plastique posée à ses pieds. À peine commençait-il à se nettoyer les mains qu'un picotement délicieux envahit ses doigts rougis. D'habitude, il emportait toujours avec lui une provision de lotion Jergens, mais dans l'excitation, il l'avait oubliée.

« Sinon, je serais comblé », sourit-il en jetant à ses pieds la lingette qui atterrit sur une montagne de consœurs usagées.

Il reprit ses puissantes jumelles et observa attentivement les pourtours du bâtiment, scrutant longuement chacun des postes de sécurité.

Une rangée de policiers avait été postée devant la cathédrale, près du carré réservé à la presse ; des camions du NYPD bloquaient les rues avoisinantes.

Reconnaissables à leurs casquettes de base-ball, les types des unités d'élite, un pistolet mitrailleur Colt Commando autour du cou et un gobelet de café à la main, fumaient tranquillement en se vantant sans doute de ce qu'ils allaient faire avec le fric des heures sup'.

Mr Clean se demanda s'ils étaient vraiment aussi bêtes qu'il y paraissait. Il finit par conclure que oui.

Le couinement de la cornemuse venait de s'éteindre lorsque son téléphone portable se mit à sonner. Mr Clean reposa ses jumelles et porta vivement l'appareil à son oreille.

Il avait les nerfs à vif.

— Tout va bien, Jack, dit-il à son interlocuteur. Tu peux y aller.

13

À l'intérieur de la cathédrale, le dénommé Jack mordillait nerveusement l'antenne de son téléphone en observant les dizaines de flics, d'agents de sécurité et de fonctionnaires des services secrets postés un peu partout.

Pour la millième, ou plus vraisemblablement la dix millième fois, il se demanda si ça pouvait marcher. L'heure de vérité avait sonné. Il rempocha son téléphone et se dirigea d'un pas alerte vers l'entrée donnant sur la 51e Rue.

Il descendit les marches de marbre et retira le crochet qui maintenait ouverte l'épaisse porte de bois. Une fliquette en uniforme, cigarette à la main, le regarda d'un air agacé.

— Vous entrez ou vous restez dehors ? lui demanda Jack avec un sourire charmeur. La messe va bientôt commencer et je dois fermer la porte.

Au cours du briefing, tôt ce matin-là, les équipes de sécurité avaient reçu pour recommandation de ne pas entraver le travail du personnel de la cathédrale.

— Euh… je reste dehors, répliqua la fliquette.

« T'as fait le bon choix, ma jolie, pensa Jack en repoussant le lourd battant avant de le verrouiller et de casser volontairement la clé dans la serrure. Sans le savoir, t'as choisi la vie. »

Il remonta vivement les marches et longea le bas-côté jusqu'au déambulatoire, se glissant entre les prêtres en surplis blanc.

Jack rejoignait le transept sud lorsque les premières notes d'orgue s'élevèrent de la tribune. Le cercueil fit son apparition.

L'homme verrouilla de la même manière la porte de la 50e Rue, évitant cette fois de casser la clé dans la serrure : il n'allait pas tarder à en avoir besoin.

« Maintenant, passons aux choses sérieuses », soupira intérieurement Jack. La moitié des huiles d'Hollywood, de Wall Street et de Washington se trouvaient désormais prises au piège.

Sans perdre de temps, il regagna le déambulatoire jusqu'à un petit passage barré par un cordon, à demi dissimulé par un pilier derrière l'autel. Il enjamba le cordon et s'enfonça dans les profondeurs du bâtiment.

Au bas des marches de marbre se trouvait une porte de cuivre ouvragée, oxydée par le temps, au-dessus de laquelle était vissée une pancarte portant l'inscription « Crypte des archevêques de New York. »

Jack y pénétra et referma la porte derrière lui. Dans la pénombre, on distinguait à peine les formes des sépultures disposées en arc de cercle le long des murs.

— C'est moi, bande de crétins, chuchota-t-il. Allumez les lumières.

Un clic résonna sous la voûte et les appliques s'allumèrent.

Derrière les sarcophages se tenaient une dizaine d'individus musclés aux mines peu rassurantes, presque tous en tee-shirt et pantalon de jogging.

Sans un mot, dans un grattement de velcro, ils endossèrent leurs gilets pare-balles et glissèrent des Smith & Wesson. 9 mm dans leur holster, avant d'enfiler des mitaines noires renforcées au niveau des articulations.

Les membres du commando passèrent ensuite des robes de bure à capuche, sans oublier de mettre dans leur poche des matraques électriques dernier cri. Puis ils dissimulèrent dans leurs manches des fusils de chasse automatiques, armés pour certains de balles de caoutchouc, et pour d'autres de cartouches de gaz lacrymogène.

Des cagoules de ski achevèrent de leur donner une allure fantomatique une fois leurs capuches rabattues.

Jack leur adressa un sourire approbateur et s'équipa à son tour.

— Maintenant, les filles, c'est le moment d'avoir les couilles bien accrochées, plaisanta-t-il en tirant à lui la lourde porte de la crypte. Allons mettre un peu de fun dans cet enterrement.

14

John Rooney retint son souffle en voyant la garde d'honneur traverser la nef chargée du cercueil recouvert de la bannière étoilée.

Les hommes s'arrêtaient à chaque pas, comme si leur fardeau était trop lourd pour être transporté d'une seule traite. L'interminable procession était soulignée par les accords graves de l'orgue.

En voyant la garde d'honneur déposer la bière, l'acteur repensa, la gorge nouée, aux obsèques de son père au cimetière d'Arlington. Pas de doute, les militaires savaient y faire dans ce genre de circonstances.

Du coin de l'œil, il vit apparaître sur sa droite des moines en robe brune. Ils avançaient en direction de l'autel avec la même solennité que la garde d'honneur. Une autre rangée de moines apparut de l'autre côté de la nef.

Dans la pénombre et sous les capuches, les visages étaient invisibles. Rooney s'était attendu à une cérémonie grandiose, mais il fallait bien reconnaître que si les militaires s'y entendaient pour honorer les morts, les catholiques avaient le don de vous foutre la trouille.

L'orgue allait crescendo lorsque, brusquement, les moines s'arrêtèrent et s'écartèrent les uns des autres.

Rooney sursauta en entendant des détonations étouffées. Des nuages blancs s'élevèrent de tous côtés.

Très digne jusque-là, l'assemblée parut se transformer en *rave party*. Les invités se ruaient dans un même élan vers l'allée centrale, toutes griffes dehors.

Au même moment, Rooney crut voir l'un des moines tirer au fusil dans la foule.

« Non, j'hallucine », pensa-t-il, incrédule, en fermant les yeux.

Il souleva lentement les paupières et vit un flic en uniforme s'effondrer un peu plus loin, du sang lui sortant du nez et des oreilles.

À côté de lui, son garde de corps sortit un .9 mm de l'étui qu'il portait à la ceinture. Big Dan hésitait encore, ne sachant dans quelle direction tirer, lorsqu'un moine sortit d'un nuage de fumée et le frappa au cou à l'aide d'un boîtier noir rectangulaire. Big Dan lâcha son arme et s'affala sur son banc avec un bruit sinistre, tremblant de tous ses membres comme un pentecôtiste en transe.

Pris de panique, Rooney entendit l'orgue s'arrêter et les cris de terreur se répercuter sous la nef.

Un commando venait de prendre la cathédrale d'assaut !

15

Depuis la maladie de Maeve, je n'avais plus les idées très claires et c'est la tête lourde que j'ai compté les enfants avant de démarrer. Il était huit heures quarante et une et il me restait à peine quatre minutes pour atteindre Holy Name si je ne voulais pas que mes gamins soient punis avant même d'entamer la journée.

On aurait pu apercevoir l'école des enfants depuis le toit de mon immeuble, puisqu'elle se trouvait au carrefour de la 97e Rue et d'Amsterdam Avenue, mais ceux qui connaissent Manhattan aux heures de pointe vous diront à quel point il est téméraire de vouloir faire trois cents mètres en quatre minutes.

En fait, j'aurais mieux fait de les laisser y aller à pied. Julia, Brian et les autres aînés étaient parfaitement capables de gérer les plus petits, mais je m'étais juré de ne jamais leur donner l'impression de les abandonner.

Après tout, peut-être était-ce moi qui avais besoin d'eux.

J'étais de repos ce jour-là et je leur aurais volontiers fait manquer l'école sous un prétexte quelconque – s'il n'y avait eu sœur Sheilah, la directrice de Holy Name. J'avais été convoqué suffisamment souvent chez le principal quand j'avais leur âge pour ne pas leur infliger ça.

Nous sommes arrivés juste à temps et je suis descendu en trombe de la fourgonnette – un ancien Ford Super Duty douze places de la police acheté à une vente des domaines. Les monospaces, c'est bien pour les bourgeoises au foyer avec une moyenne de 2,2 enfants. Pour transporter le clan Bennett au complet en plein New York, j'ai besoin d'un transport de troupes nettement plus sérieux.

— Allez-y, courez ! ai-je crié en les prenant à bras-le-corps avant de les déposer sur le trottoir.

Shawna a franchi la porte de chêne à l'instant où sœur Sheilah la refermait. La vieille femme m'a lancé un regard féroce et j'ai fui le lieu du crime en démarrant sur les chapeaux de roue.

16

De retour à l'appartement, je me suis demandé si je n'avais pas des hallucinations olfactives : des effluves de bon café bien fort s'échappaient de la cuisine.

Et puis autre chose, comme une odeur de gâteau.

J'ai pénétré dans la cuisine et j'ai vu Mary Catherine qui sortait du four une plaque de muffins. Des muffins aux myrtilles ! Les muffins aux myrtilles me font à peu près le même effet que les doughnuts sur Homer Simpson. Je voyais mal comment ma nouvelle fille au pair aurait pu, à elle seule, en avaler six au petit déjeuner. Avec un peu de chance, elle avait peut-être l'intention de m'en donner un.

La cuisine, quant à elle, étincelait littéralement. Le plan de travail et l'évier étaient impeccables ; les bols de céréales avaient disparu de la table. Je me suis même demandé si l'équipe de l'émission « Clean Sweep » n'avait pas fait un détour par chez moi.

— Mary Catherine ?

— Monsieur Bennett ! a-t-elle sursauté en soufflant sur la mèche blonde qui lui barrait le visage.

Elle a posé le plat de muffins brûlant sur la cuisinière.

— Où étiez-vous tous ? En descendant ce matin, j'avais l'impression d'être Blanche-Neige découvrant la maison des nains. Il y avait des lits partout et personne dedans.

— Les nains sont à l'école.

Mary Catherine m'a regardé avec le même air que sœur Sheilah quelques minutes plus tôt.

— À quelle heure vont-ils à l'école ?

J'ai répondu machinalement, hypnotisé par les muffins fumants.

— Aux alentours de huit heures

— Alors il fallait me dire d'être prête à sept heures, monsieur Bennett. Je ne suis pas venue d'aussi loin pour me tourner les pouces.

— Je suis désolé. Et je vous ai demandé de m'appeler Mike. Sinon, je me demandais si ces…

— Après le petit déjeuner. Comment aimez-vous vos œufs, euh… Mike ?

Après le petit déjeuner ? Et moi qui croyais que c'était ça, le petit déjeuner. Après tout, l'idée d'avoir une fille au pair n'était peut-être pas si mauvaise…

— Mes œufs ? Sur le plat, cuits des deux côtés.

— Avec des saucisses ou du bacon ?

Le « peut-être » est de trop, ai-je souri intérieurement en secouant la tête.

Je commençais tout juste à me faire à mon bonheur lorsque mon portable a vibré. J'ai regardé l'écran pour voir qui m'appelait. Mon patron. J'ai fermé les yeux avec l'espoir de faire disparaître son nom – mais je ne dois pas être télépathe car le portable continuait à gigoter dans ma main comme une truite sortie de l'eau.

Malheureusement pour moi il ne s'agissait pas d'une truite, sinon je l'aurais rejetée sans l'ombre d'une hésitation.

17

Si mon patron m'appelait chez moi un jour où j'étais de repos, ça ne pouvait signifier qu'une chose : j'allais recevoir en express un joli colis d'emmerdements.

— Bennett à l'appareil.

— Dieu soit loué, a fait la voix de Harry Grissom.

Harry dirige le service dans lequel je travaille, la Criminelle de Manhattan Nord. Quand j'annonce que je suis le négociateur attitré de la Crim', la plupart des flics se mettent au garde-à-vous ; mais à cette heure j'aurais volontiers troqué la considération de tous mes collègues contre deux œufs au plat. Et un bon gros muffin aux myrtilles.

— Tu es au courant ? a poursuivi mon patron.

Avec ce genre d'entrée en matière, je m'attendais au pire.

— Où ? Quand ?

J'ai dû dire ça sur un ton anxieux car Mary Catherine s'est retournée. Depuis le 11 septembre, la plupart des New-Yorkais, à commencer par les flics, les pompiers et les ambulanciers, ne se demandent pas s'il y aura une prochaine fois, mais quand elle aura lieu.

— Pourquoi ? Qu'est-ce qui se passe ? ai-je insisté.

— Calme-toi, Mike. Inutile de partir en vrille. Pas tout de suite, en tout cas. Je sais juste qu'on a signalé des coups de feu à la cathédrale St Patrick pendant l'enterrement de la First Lady, ce qui n'annonce rien de bon.

J'ai cru qu'un camion venait de me tomber dessus. Des coups de feu lors d'obsèques présidentielles ? À St Patrick ? Ce matin ?

— Des terroristes ? ai-je demandé.

— Apparemment, personne n'est au courant. Tout ce que je sais, c'est que le commissaire Matthews de Manhattan Sud est sur place et qu'il te réclame.

Probablement parce qu'avant de rejoindre la Criminelle, j'avais été négociateur au sein de la cellule spécialisée dans les prises d'otages.

Restait à savoir si mes soucis personnels ne risquaient pas d'amoindrir mon efficacité.

C'est toujours comme ça dans la vie : un ennui ne vient jamais seul. Il fallait espérer qu'il s'agisse d'un drame mineur. Un meurtre ou un forcené, passe encore, mais l'idée d'être confronté à une crise majeure me faisait froid dans le dos.

— Tu sais s'il a besoin de moi comme négociateur ? Ou bien s'il y a eu meurtre ? Ce serait sympa d'éclairer ma lanterne, Harry.

— Ils hurlaient tellement fort, je ne leur ai pas posé la question – mais je doute qu'ils aient besoin de toi comme enfant de chœur, si tu veux mon avis. Dépêche-toi de filer là-bas et tiens-moi au courant.

— Okay, je file.

J'ai raccroché et je me suis précipité dans ma chambre pour enfiler un jean, un sweat et mon blouson du NYPD. Celui-ci sur lequel est écrit « Brigade criminelle ».

Je me suis passé le visage à l'eau froide et j'ai sorti mon Glock du coffre qui se trouve dans le placard.

Mary Catherine m'attendait dans l'entrée avec un mug à couvercle et un sachet rempli de muffins. Dans ma hâte, j'ai remarqué que Socky, qui déteste tout le monde sauf Maeve, Chrissy et Shawna, se frottait contre ses jambes. J'avais rarement vu quelqu'un d'aussi efficace.

J'ai voulu la remercier tout en lui donnant un minimum d'instructions au sujet des enfants, mais elle a ouvert la porte et m'a poussé dehors.

— Allez-y, Mike.

DEUXIÈME PARTIE

Priez pour nous, pauvres pécheurs

1

J'ai laissé échapper un petit sifflement en arrêtant ma voiture de service, une Impala bleue, face au barrage érigé sur la 5e Avenue à hauteur de la 52e Rue. Je n'avais jamais vu autant de flics devant la cathédrale, en dehors du défilé de la St Patrick.

Mais au lieu des toques, des trèfles et des sourires irlandais, je me retrouvais face à des types casqués et armés jusqu'aux dents.

J'ai montré mon badge à une femme sergent postée près d'une barrière blanche et bleue. Du doigt, elle m'a indiqué le QG, un mobile home garé en face de la cathédrale, et m'a demandé de me garer un peu plus loin, à côté des camions-poubelles qui bloquaient l'avenue près d'un second barrage installé au carrefour de la 50e Rue.

Deux barrages, un QG mobile... Il ne s'agissait plus d'un simple meurtre, mais d'une catastrophe annoncée.

En descendant de voiture, j'ai entendu un ronronnement au-dessus de ma tête et aperçu un hélicoptère de police qui émergeait derrière le Rockefeller Center. Il a survolé la cathédrale dans un tourbillon de vieux journaux et de couvercles de gobelets de café. La porte de l'appareil était grande ouverte ; un sniper tenait le bâtiment en joue dans la lunette de son fusil.

La tête en l'air, j'ai bien failli percuter un animateur radio, connu pour ses éditoriaux provocateurs, qui faisait salon devant les barrières installées au pied du parvis.

— Je me demande bien ce que ces satanés curés ont encore pu inventer, a-t-il grommelé au moment où je passais à côté de lui.

Je me suis arrêté net devant les camions-poubelles en voyant une demi-douzaine de flics en gilet pare-balles, des types des forces spéciales, traverser l'avenue tête baissée et se plaquer contre l'immense corbillard noir garé le long du trottoir.

Comment l'enterrement de Caroline Hopkins avait-il pu tourner ainsi à la catastrophe ?

2

Pas plus d'un mètre soixante-dix, le nez cassé et un regard à vous traverser l'âme (sauf peut-être celle de sa mère), Will Matthews était le flic d'origine irlandaise le plus combatif du NYPD. Quand je me suis approché, il attendait sur le trottoir devant le QG mobile. On aurait dit un boxeur qui venait de disputer quatorze reprises et demie à mains nues.

— Content de vous voir, Bennett.

— Ça tombe bien, je n'avais pas encore eu le temps de voir le sapin du Rockefeller Center.

J'ai bien cru qu'il allait m'assommer. Comme quoi, l'humour n'est pas toujours le plus sûr remède en cas de crise.

— Je ne suis pas d'humeur à rigoler, Bennett. Le maire, un ancien président, le cardinal, une batterie de stars de l'écran, de la chanson et du sport… Qui d'autre encore ? Ah oui, Eugena Humphrey et trois mille autres célébrités sont retenues en otages par une douzaine de types cagoulés et en armes. Compris ?

Je n'ai pas percuté tout de suite. Le seul fait d'imaginer le maire et l'ancien président Hopkins pris en otages suffisait à faire froid dans le dos.

Matthews me regardait d'un air mauvais, attendant que je sois retombé sur terre avant de poursuivre ses explications.

— Nous ne savons pas si nous avons affaire à des terroristes. Les agents qui ont été relâchés semblent d'accord sur le fait que le chef du commando n'est pas arabe. D'après eux, je cite, *il s'exprimait comme un Blanc.* Quoi qu'il en soit, ils ont neutralisé trente et un flics et une bonne vingtaine d'agents fédéraux, y compris les gardes du corps de l'ancien président. Le tout à l'aide d'armes passives : gaz lacrymogènes, balles en caoutchouc et matraques électriques. Ce n'est pas tout. Il y a vingt minutes, ils ont ouvert les portes donnant sur la 50e Rue et ils ont poussé au bas des marches tous les flics et les fédéraux. On ne compte plus les nez cassés et les yeux au beurre noir. Ceci dit, ils auraient pu les abattre. Une maigre consolation dans notre malheur.

J'avais le plus grand mal à ne pas laisser percer ma stupéfaction. Comment ces types-là avaient-ils pu neutraliser des agents aussi aguerris, surtout sans faire usage d'armes à feu ?

Perplexe, j'ai demandé :

— En quoi puis-je vous être utile ?

— Bonne question. Ned Mason, notre meilleur négociateur, ne sera pas là avant un bon bout de temps. Il a une maison au diable vauvert dans le comté d'Orange, du côté de Newburgh, je crois. Je sais que vous ne faites plus partie de la cellule de négociation, mais je voulais quelqu'un de sérieux au cas où les preneurs d'otages nous contacteraient avant son arrivée. Je crois également me souvenir que vous avez une bonne expérience des médias. Je risque d'avoir besoin de vous pour canaliser les dizaines de journalistes qui affluent comme des mouches. La direction des opérations a été confiée à Steve Reno : coincez-le quand il descendra d'hélicoptère. En attendant, réfléchissez à ce que vous allez pouvoir annoncer à la presse.

Je patientais, les yeux rivés sur la silhouette de la cathédrale, me demandant qui avait bien pu imaginer pareille opération, lorsque j'ai entendu un grand bruit du côté de la 50e Rue.

J'ai machinalement sorti mon arme en voyant un type blond torse nu et une rousse très maquillée contourner le barrage. Ils ont traversé la 5e Avenue en courant. Ils montaient déjà les marches du parvis quand trois agents des forces spéciales, dissimulés derrière le corbillard, les ont interceptés.

La perruque rousse a volé, révélant une coupe en brosse. Le type blond souriait d'un air niais, les pupilles dilatées. Manifestement shooté, il criait à tue-tête : « L'amour sera transgénique ou ne sera pas ! », tandis que les flics l'emmenaient, ainsi que son copain travesti, du côté des barrières installées à l'entrée de la 51e Rue.

J'ai poussé un soupir de soulagement. Rien de grave. Le cirque habituel dans cette ville de fous.

En rengainant mon Glock, j'ai vu que le commissaire Matthews observait la scène avec des yeux ronds. Il a retiré son chapeau et s'est passé la main sur le crâne.

— Vous n'auriez pas une cigarette, par hasard ?

J'ai fait non de la tête.

— Désolé, je ne fume pas.

— Moi non plus, mais j'aurais volontiers commencé, a répliqué Matthews en s'éloignant.

3

Le FBI est arrivé en grande pompe dix minutes plus tard.

Quatre Chevy Surburban noires ont franchi le barrage de la 49e Rue et déversé des commandos en uniforme noir, tous armés jusqu'aux dents. Grands, rapides et efficaces. On aurait dit une équipe d'athlètes olympiques. Étant donné la situation, il devait sûrement s'agir de la fameuse unité d'intervention du FBI.

Un type d'une cinquantaine d'années, les cheveux aussi noirs que son costume, s'est approché et m'a tendu la main.

— Mike Bennett ? a-t-il demandé d'une voix aimable. Cellule de gestion de crise. Le Bureau nous envoie pour vous donner un coup de main.

La cellule de gestion de crise du FBI est ce qu'il existe de mieux quand on doit faire face à une prise d'otages. Son chef, Martelli, est connu de tous les négociateurs. Le bouquin qu'il a écrit sur le sujet est un peu notre bible.

En général, je me passe allègrement des fédéraux, mais la présence de Martelli n'était pas pour me déplaire. J'avais été confronté à un certain nombre de situations délicates au cours de mes trois années en tant que négociateur, mais rien de comparable à ce qui se passait à St Patrick. Sans parler de ma situation personnelle avec Maeve et les enfants.

— Je vois que vous avez les choses en main, y compris avec les médias, a remarqué Martelli en embrassant du regard le QG et les barrages disséminés un peu partout. Dites-moi, Mike : qui est le négociateur en chef ?

Le calme de Martelli était contagieux ; on comprenait facilement pourquoi ce type était si apprécié dans son boulot.

— Pour l'instant, c'est moi, répliquai-je. On m'a demandé de tenir la maison en attendant l'arrivée de notre meilleur négociateur. Le lieutenant Steve Reno des forces spéciales assure la direction des opérations sur le terrain, mais c'est le commissaire Matthews qui pilote le tout.

En situation de crise, la chaîne de commandement est un élément crucial. Le négociateur ne prend aucune décision : il doit s'adresser à sa hiérarchie avant d'entreprendre quoi que ce soit. Ça permet de gagner du temps tout en créant un lien entre le preneur d'otage et le négociateur. Il est donc indispensable que quelqu'un sur place soit habilité à prendre les décisions qui s'imposent. En règle générale, les négociateurs ont tendance à vouloir poursuivre la discussion le plus longtemps possible, tandis que les équipes de terrain privilégient l'action.

— À ce stade, a précisé Martelli avec un petit sourire, le tout est d'être patient. Il faut gagner du temps, histoire de nous organiser et de laisser les groupements d'intervention prendre le pouls de la situation – tout en calmant les choses à l'intérieur en faisant retomber la pression.

J'avais déjà lu ça quelque part… Dans le bouquin de Paul Martelli, bien sûr.

4

Nous nous sommes retournés tous les deux en apercevant un motard, son blouson du NYPD au vent, franchir le barrage de la 49e Rue sur une Suzuki 750 poussiéreuse.

— Ils ont cherché à te contacter ? m'a crié Ned Mason en descendant de son engin.

J'avais eu l'occasion de travailler brièvement avec lui avant de quitter la cellule de négociation. Mason est un grand sportif devant l'éternel. La plupart des gens le trouvent très prétentieux, mais je le connais assez pour savoir qu'il est simplement de ceux qui réussissent mieux seuls qu'en équipe.

— Non, ils ne m'ont pas encore contacté, ai-je répondu.

J'étais en train de l'informer des derniers développements quand un sergent des services techniques a passé la tête par la porte du QG en brandissant un portable.

— C'est eux !

Nous avons grimpé en quatrième vitesse dans le mobile home, où nous a rejoints le commissaire Matthews.

— Écris tout ce que je te dis, m'a recommandé Mason sur un ton autoritaire. N'oublie rien.

Ce cher Mason n'avait visiblement pas changé.

— C'est Police secours qui nous a transmis l'appel, nous a expliqué le technicien. Lequel de vous deux leur répond ?

Mason lui a arraché le portable des mains. Matthews, Martelli et moi avons enfilé des casques à la hâte.

— Je ne sais pas qui vous êtes, mais écoutez-moi bien, a lancé Mason d'une voix qui ne plaisantait pas. Je m'exprime au nom de l'US Army. Il est hors de question de négocier quoi que ce soit avec vous. La Maison Blanche nous a donné le feu vert pour passer à l'action. Vous avez cinq minutes pour relâcher les otages. Vous aurez la vie sauve à condition de déposer immédiatement les armes et de laisser sortir tout le monde. C'est votre seule et unique chance de nous donner une réponse, alors réfléchissez bien. Que choisissez-vous : la vie ou la mort ?

Mason prenait un risque énorme. Cette stratégie discutable, mise au point par les services secrets des armées, visait à foutre la trouille aux preneurs d'otages. D'entrée de jeu, Mason jouait son va-tout.

À l'autre bout du fil, son interlocuteur a hésité un court instant avant de répondre d'une voix tout aussi tranchante :

— Si cette espèce de trou du cul n'a pas refilé le téléphone à quelqu'un d'autre dans les cinq secondes, notre ancien président rejoint sa femme au paradis. Cinq…

J'ai presque eu pitié de Mason en le voyant se décomposer. Son coup de bluff venait de faire long feu, et il n'avait aucun plan de rechange.

— Quatre… a poursuivi la voix.

Le commissaire Matthews s'est avancé.

— Mason !

— Trois…

Mason, le poing serré autour du portable, ne donnait plus l'impression de respirer. Autour de nous, personne ne disait rien.

— Deux…

J'avais toujours eu la réputation d'être un bon négociateur, mais je n'avais pas exercé depuis trois ans. Le moment était mal venu pour me jeter à l'eau. D'un autre côté, Ned Mason venait de se planter magistralement et il était de mon devoir d'intervenir.

— Un…

J'ai pris le téléphone des mains de Mason.

5

— Bonjour, je m'appelle Mike. Désolé pour ce pataquès. Le type qui vient de vous parler n'était pas habilité à négocier avec vous. Ne tenez pas compte de ce qu'il vient de vous dire. Je prends le relais. Nous n'avons pas l'intention de passer à l'attaque. Encore une fois, je suis désolé de ce qui vient de se passer. Pourriez-vous me dire qui vous êtes ?

— Autant m'appeler Jack, puisque je suis un hijacker.

— Okay, Jack. Merci d'accepter de discuter avec moi.

— *No problemo.* Fais-moi plaisir, Mike : j'ai un petit message pour la tête de con que je viens d'avoir au bout du fil. Dis-lui de ma part qu'avant de rejouer *Raid sur Entebbe*, il faut savoir à quoi s'en tenir. Les portes, les vitraux et les murs de cette charmante petite église sont bardés de pains de plastic reliés à des détonateurs sensoriels. À la moindre tentative d'effraction de votre part, tout pète. À votre place, j'éviterais de laisser les pigeons chier dans le coin, sinon ça pourrait bien faire sauter tout le quartier. Un dernier petit conseil : il serait plus prudent d'éloigner l'hélico du NYPD qui nous tourne au-dessus, et fissa.

Je me suis tourné vers le commissaire Matthews et je lui ai fait signe d'obtempérer. Will Matthews a transmis ses instructions. L'un de ses adjoints a sorti une radio et le bourdonnement de l'hélicoptère s'est rapidement éloigné.

— C'est bon, Jack. J'ai demandé à mon chef de renvoyer l'hélico. Sinon, comment ça se passe, là-dedans ? J'ai cru comprendre qu'il y avait des personnes âgées ; elles risquent d'avoir besoin d'un médecin. On me dit aussi que des coups de feu ont été tirés. Vous avez des blessés ?

— Pas encore, mais ça pourrait venir.

Je n'ai pas souhaité relever. Mieux valait attendre qu'un lien s'établisse entre nous avant de lui demander de baisser d'un cran. Je devais commencer par faire retomber la tension.

— Est-ce que vous avez de quoi boire et manger ?

— Tout va bien pour l'instant. À ce stade, j'ai deux trucs importants à te faire comprendre : non seulement vous allez nous donner ce qu'on réclame, mais en plus, on va s'en tirer. Vas-y, Mike, répète.

— Nous allons vous donner ce que vous réclamez et vous allez vous en tirer.

J'avais répondu sans l'ombre d'une hésitation. Tant que notre position restait aussi précaire, l'essentiel était de l'amener à s'habituer à moi le plus rapidement possible, tout en lui laissant croire que j'étais prêt à accepter ses conditions.

— C'est bien, mon grand. Je comprends que t'aies un peu de mal à t'y faire, mais autant que tu saches la vérité tout de suite. Vous pouvez toujours brasser de l'air avec vos gros bras, c'est nous qui allons gagner.

— Mon boulot est de m'assurer que tout le monde s'en tire sain et sauf. Vous aussi, Jack. Je voudrais que vous me croyiez.

— Oh, Mike, comme c'est gentil ! Mais n'oublie pas une chose : les dés sont jetés, et les gagnants, c'est nous. À plus tard, Léonard.

Sur ces douces paroles, il a raccroché.

6

— Alors, Mike ? Ton avis ?

Mason avait retrouvé sa voix et j'allais lui répondre lorsque, par la fenêtre du mobile home, je remarquai un mouvement sur le parvis de la cathédrale.

— Attends une seconde. Les portes viennent de s'ouvrir ! Il se passe un truc.

Les radios se sont mises à crépiter à l'intérieur du QG : on aurait dit la superballe d'un de mes gosses rebondissant en tous sens.

Il faisait noir à l'intérieur de la cathédrale. Je n'ai pas compris tout de suite ce qui se passait. Et puis j'ai vu un type, la chemise déchirée, qui émergeait sur le parvis en clignant des yeux devant la lumière du jour.

J'aurais été bien en peine de dire qui il était et ce qu'il faisait là.

— Je l'ai dans mon viseur, a fait la voix d'un sniper sur une fréquence d'urgence.

— Ne tirez pas ! a ordonné Will Matthews.

Soudain, une femme chaussée de hauts talons cassés est apparue derrière l'inconnu à la chemise déchirée.

— Bon sang..., a grommelé Matthews tandis que des dizaines de personnes sortaient brusquement de la cathédrale.

En l'espace de quelques minutes, plusieurs centaines d'individus se sont retrouvés sur la 5e Avenue.

Les preneurs d'otages avaient-ils brusquement décidé de relâcher tout le monde ? Autour de moi, mes collègues observaient la scène, bouche bée.

Les gens dévalaient les marches de la cathédrale dans une pagaille indescriptible. Les flics des forces spéciales se sont précipités afin de les évacuer en direction de la 49e Rue.

— Faites venir tous les inspecteurs disponibles. Ceux du grand banditisme, des mœurs, tout le monde ! Procédez à l'identification des otages libérés et recueillez immédiatement leur témoignage, a ordonné Matthews.

Au même moment, les portes de la cathédrale se sont refermées aussi mystérieusement qu'elles s'étaient ouvertes.

Martelli m'a gentiment tapoté l'épaule.

— Beau boulot, Mike. Vous avez agi dans les règles de l'art. Vous venez de sauver plusieurs centaines de personnes.

Je mentirais en disant que son compliment ne m'a pas touché, mais je n'étais pas convaincu d'être pour grand-chose dans ce qui venait de se produire.

La manière forte employée par Mason avait peut-être fait effet... à moins que les preneurs d'otages n'aient pris peur pour une autre raison.

De toute façon, cette histoire était surréaliste.

— Vous croyez vraiment que c'est terminé ? a demandé Will Matthews.

La sonnerie du téléphone nous a fait sursauter.

— À mon avis, la réponse est non, ai-je laissé tomber avant de décrocher.

7

— Mike ? a fait la voix de Jack. Comment ça va, vieux ? Tout le monde est sorti sans encombre ? J'aurais pas voulu que quelqu'un se fasse écraser dans la bousculade.

— Je crois que c'est bon, Jack. Merci de vous être montré raisonnable.

— Je fais de mon mieux, Mike. Sincèrement. Mais ne te mets pas de fausses idées en tête… maintenant qu'on a relâché les petits poissons, il serait peut-être temps de parler des baleines qu'on a gardées avec nous.

J'ai regardé par la fenêtre et j'ai compris. Je n'apercevais nulle part le président Hopkins, le maire, ou encore Eugena Humphrey. Les invités les plus importants se trouvaient toujours à l'intérieur, et je ne savais même pas combien ils étaient.

J'ai dû penser trop fort car Jack a répondu à ma question.

— Pour t'éviter de compter, il nous en reste trente-quatre. Des stars, des grands patrons et des politiques. Si tu me donnes un numéro de fax, Mike, je t'envoie la liste avec le détail de nos revendications. Avec tes copains, vous verrez ensuite si vous voulez ou non que les choses se passent bien.

Je commençais à comprendre où les ravisseurs voulaient en venir. Il s'agissait d'un véritable kidnapping de masse, le plus spectaculaire de tous les temps.

— Autant te le dire tout de suite, Mike, on a tous les atouts en main. Jusqu'ici, personne n'a été blessé, mais si jamais vous essayez de nous avoir par surprise, je vous garantis un bain de sang comme vous n'en avez jamais vu.

Il faut regarder les choses en face, les gens n'ont plus que les *people* pour se distraire. Des stars de la chanson et du cinéma, c'est le seul truc qu'on exporte encore de nos jours, pas vrai ? Alors c'est très simple, Mike : vous nous donnez ce qu'on veut et on oublie tout ça. Faudra vous y faire, on a été plus malins que vous sur ce coup-là.

Aussi incroyable que ça puisse paraître, j'étais presque soulagé. J'ai une sainte horreur des criminels en général et des kidnappeurs en particulier, mais il était rassurant de savoir qu'on n'avait pas affaire ici à des terroristes décidés à perpétrer un carnage au prix de leur propre vie. Ces types-là avaient la ferme intention d'en sortir vivants, ce qui nous laissait une chance de les avoir.

— Croyez-moi, Jack, nous sommes aussi soucieux que vous de trouver une solution.

— Je m'en réjouis, Mike. C'est d'autant plus super d'entendre ça que je comptais te proposer un bon moyen de vous sortir de ce merdier. On va faire ça à l'américaine, en parlant pognon.

8

À peine avait-il noté le numéro de fax fourni par notre technicien que Jack a raccroché. Paul Martelli a retiré son casque et il est venu me rejoindre.

— Bravo, Mike. C'est bien de garder la tête froide.

— Que pensez-vous de ce type, Paul ? À première vue, en tout cas.

— D'abord, nous n'avons pas affaire à un déséquilibré mental. Je le trouve même particulièrement sûr de lui, étant donné les circonstances. Ce type se retrouve assiégé par la moitié des flics du pays, et il se permet de faire de l'humour. J'ai la nette impression qu'il est au courant d'un truc qui nous échappe, mais de là à savoir quoi…

J'ai acquiescé. J'avais exactement la même intuition.

— Nous sommes très certainement face à un truand endurci. À certains détails, je me suis demandé s'il n'aurait pas reçu une formation militaire.

— Oui, les références aux explosifs installés sur les murs et les fenêtres. À votre avis, c'est du bluff ?

— À la façon dont il s'y est pris jusqu'à maintenant, je dirais que non. J'aurais tendance à prendre son avertissement au sérieux. Ce type-là est capable de faire sauter la cathédrale si nous essayons d'entrer en force.

J'ai cherché Ned Mason des yeux. Assis dans un coin, il avait décidé de faire profil bas.

— Ned, je voudrais avoir ton avis. Pourquoi ont-ils relâché tous ces gens ? Ça te paraît logique ?

Mason a levé les yeux, surpris qu'on lui adresse encore la parole, et il nous a rejoints.

— Essayons de réfléchir. Sur le plan logistique, d'abord. Pourquoi s'encombrer d'otages dont on n'a pas besoin ? Il suffit que quelqu'un se fasse mal pour que ça te retombe dessus. Ou alors, un otage pourrait avoir envie de jouer les héros. C'est une chose de disperser une foule, c'en est une autre de maîtriser tant de monde sur la durée. En fait, ça paraît assez censé. Tu remarqueras qu'ils ont relâché les flics et les fédéraux dès le début pour éviter toute tentative de rébellion.

Martelli a hoché la tête.

— Ils ont également pu se dire que libérer la plupart des otages aurait un impact médiatique. Relâcher les gens normaux en gardant les riches, un peu comme Robin des Bois. Ils cherchent à mettre le grand public de leur côté.

— Ces salopards ont pensé à tout, a enchaîné Mason. Un lieu central, en plein Manhattan. Une attaque réglée comme du papier à musique. Il leur aura fallu des mois, peut-être même des années, pour mettre au point un aussi gros coup.

J'ai tapé du poing sur la table, faisant trembler les tasses à café. Mais bien sûr ! Je comprenais enfin ce qui me taraudait depuis un moment ; j'en avais froid dans le dos.

— Nous sommes tous d'accord pour dire qu'ils n'ont rien laissé au hasard, okay ? Dans ce cas, comment ont-ils pu prévoir que des obsèques d'État allaient se dérouler à St Patrick ? La réponse est simple : ce sont eux qui ont tué Caroline Hopkins.

9

Mr Clean poussa un petit ricanement en observant la 5e Avenue depuis l'une des baies vitrées du quatrième étage de Saks Fifth Avenue.

« Regarde-moi ces connards courir dans tous les sens. Il suffirait de remplacer leurs chants de Noël de merde par une musique de bastringue pour se croire dans un vieux film de Charlot. Putain, quel bonheur ! »

Il dissimula son sourire d'une main qui tremblait légèrement. Pourquoi le nier ? Il avait attendu ce moment toute sa vie. Une vie passée à entretenir les fantasmes les plus sanglants. Il s'était souvent imaginé au milieu de la foule à la gare de Grand Central, en pleine heure de pointe. Il sortait des replis de son manteau un sabre de samouraï, une tronçonneuse ou, mieux encore, un lance-flammes, déclenchant une panique aussi indescriptible que jouissive.

À voir les représentants de « l'autorité » et tous ces prétendus « experts » se démener comme des pantins, il lui fallait bien reconnaître que la réalité dépassait de loin ses rêves les plus fous. Cette fois, il menait vraiment la danse.

La musique s'arrêta brusquement, interrompant ses pensées.

— Mesdames et messieurs, à la demande de la police, nous sommes dans l'obligation de fermer le magasin. Merci de vous diriger vers la sortie la plus proche en gardant votre sang-froid ; il s'agit d'une simple mesure de précaution.

Mr Clean ne put réprimer un sourire.

À force de ténacité, il était parvenu à affiner ses pulsions, à en faire une arme redoutable.

Il était tout simplement génial.

Il tira de sa poche une lingette, dont il déchira l'enveloppe d'une main qui ne tremblait presque plus. Le temps de se nettoyer le visage et il avait recouvré son calme.

Il décida de passer un coup de téléphone chez lui afin de rassurer sa femme et ses enfants.

— Tout va bien, Helen. Il n'y a aucun danger.

10

Stephen Hopkins était assis à l'écart dans une petite chapelle, derrière l'autel, la tête entre les mains. Il en arrivait presque à remercier le ciel que Caroline ne soit pas là pour contempler ce désastre.

Une trentaine d'otages étaient éparpillés sur les bancs voisins. L'ancien président connaissait la plupart des visages. Des gens célèbres qui s'étaient impliqués auprès de Caroline dans diverses opérations caritatives.

Il releva la tête et posa les yeux sur les trois hommes masqués postés à l'entrée de la chapelle. Impossible de tromper la vigilance de ces salopards. On aurait dit des militaires. L'ancien président en avait suffisamment côtoyés au cours de sa carrière pour se demander si ces types-là n'étaient pas d'anciens soldats.

Dans ce cas, pouvait-il s'agir d'une machination politique ? Il avait d'abord cru à une opération menée par des terroristes moyen-orientaux, avant de comprendre qu'il s'agissait d'Américains, mais de là à savoir ce qu'ils voulaient vraiment… En tout cas, ces types étaient prêts à tout, et ils n'avaient pas peur de mourir.

Un preneur d'otages râblé, tout en muscles, s'avança dans l'allée centrale en se raclant la gorge de façon théâtrale.

— Salut tout le monde. Je suis Jack. Le colosse que vous voyez là-bas est mon adjoint. Il s'appelle Little John. Je commencerai par m'excuser de vous retenir ici contre votre gré. Ceux qui ont besoin d'aller aux toilettes n'auront qu'à lever la main, l'un d'entre nous les y conduira. Nous avons à manger et à boire en quantité suffisante ; là encore, le cas échéant, levez la main. Si vous êtes fatigués, vous pouvez vous allonger sur un banc ou bien par terre. Tant que vous faites ce qu'on vous dit, il ne vous arrivera rien, mais je vous préviens tout de suite : attendez-vous au pire si vous cherchez à faire les marioles. C'est vous qui voyez.

Qui était ce petit crétin qui osait leur faire la leçon comme à des gamins en retenue ?

Le maire de New York se leva au moment où Stephen Hopkins faisait de même, avant de se rasseoir aussitôt.

— Je voudrais savoir ce qui se passe, demanda l'ancien président d'un ton impérieux. Qu'attendez-vous de nous ? Comment pouvez-vous porter ainsi atteinte à la mémoire de ma femme ?

— Monsieur le président, répondit l'autre en s'avançant avec un sourire. Je vous prierai de m'adresser la parole sur un autre ton. J'ai fait des efforts pour me montrer poli, je vous demanderai de vous comporter de même.

La main de Stephen Hopkins se crispa sur le dossier du banc. Personne ne lui avait parlé de la sorte depuis des années.

— Excusez-moi, grinça-t-il. Si je comprends bien, vous êtes à cheval sur l'étiquette. Dans ce cas, la personne qui se dissimule derrière une cagoule de ski aurait-elle l'obligeance de nous dire pourquoi elle nous retient en otages ?

Quelques rires nerveux s'élevèrent des bancs alentour.

Le chef des ravisseurs balaya l'assemblée du regard, avec un petit rire. À l'instant où l'on s'y attendait le moins, il saisit la crinière blanche de l'ancien président.

— Pourquoi, pourquoi, pourquoi ? lui murmura-t-il à l'oreille. Mon cher vieux Stevie, je reconnais bien là tes mauvaises manières. Il faut toujours que tu intellectualises les choses.

— Espèce d'enfant de salaud ! s'écria Hopkins sous l'effet de cette poigne brutale qui lui arrachait à moitié les cheveux.

— Tu insultes mes parents, maintenant ? répliqua Jack. À force de t'en prendre aux autres, tu oublies que tu n'es pas invulnérable, mon petit bonhomme. Encore une remarque de ce genre, espèce de connard, et je te fais avaler tes couilles.

Jack tira violemment l'ancien président de son banc, l'envoyant rouler par terre dans l'allée centrale, puis il regarda les autres otages avec un grand sourire.

— Excusez-moi, messieurs-dames, je crois que je me suis laissé aller. Au cas où vous ne l'auriez pas remarqué, la patience n'est pas ma qualité première.

Jack marqua une longue pause avant de poursuivre en désignant l'ancien président du pouce.

— Vous savez quoi, monsieur le président ? La journée a été dure pour vous ; vous feriez mieux de rentrer chez vous. Allez, viré, le président ! Sortez-moi ce crétin.

Deux des preneurs d'otages attrapèrent Hopkins par la manche et l'entraînèrent sans ménagement en direction du portail de la cathédrale.

— Hé, Hopkins ! fit la voix de Jack dans le dos du président. Maintenant que je te connais personnellement, je suis vraiment content d'avoir voté Nader. Les deux fois.

11

Celui que le *L.A. Times* avait baptisé « l'acteur comique de la décennie » priait. Même s'il l'avait oublié depuis longtemps, John Rooney était chrétien et il récitait intérieurement le *Notre Père*, immobile sur son banc.

Il s'arrêta en pleine prière, sentant une piqûre au niveau du cou. Il baissa les yeux et découvrit une minuscule boulette de papier à ses pieds.

Il s'agissait d'une page de missel minutieusement repliée sur laquelle était écrit à l'encre noire, en capitales, « OUVRE-MOI ».

Rooney ramassa la boulette de papier en veillant à ne pas se faire voir de ses gardiens. Le plus imposant d'entre eux, le mal-nommé Little John, était assis tranquillement sur l'autel, comme sur un vulgaire capot de voiture. Il bâilla à s'en décrocher la mâchoire, et Rooney en profita pour déplier le petit papier : « Rooney, je suis derrière toi. Déplace-toi lentement vers le milieu du banc pour qu'on puisse se parler. Fais attention à ce que l'autre enfoiré ne remarque rien. Charlie Conlan. »

Rooney glissa le billet dans sa poche en attendant de pouvoir s'en débarrasser, puis il se rapprocha de son voisin de derrière en glissant sur le banc de bois ciré, millimètre par millimètre.

Il atteignait le point qu'il s'était fixé lorsqu'une voix rauque souffla dans son dos :

— Putain, Johnny. Je t'avais dit d'y aller mollo, mais quand même pas d'attendre le Jugement dernier.

— Désolé, répliqua Rooney dans un murmure.

— Tu as vu ce qui est arrivé à Hopkins ?

Rooney hocha imperceptiblement la tête.

— À ton avis, qu'est-ce qu'ils veulent ? demanda-t-il.

— Rien de bon, c'est tout ce que je peux te dire. Le truc qui me fout le plus la trouille, c'est le nombre de flics qui grouillent dans le coin. On est la seule monnaie d'échange de ces types s'ils ne veulent pas se faire descendre ou finir en taule.

— Qu'est-ce qu'on peut y faire ? demanda Rooney.

— Se battre, laissa tomber Conlan. Todd Snow est assis derrière moi, il en a déjà discuté avec Xavier Brown, qui est assis un peu plus loin. Avec toi, ça fait quatre.

— Pour faire quoi ? Tu as vu ce qui est arrivé à Hopkins quand il a ouvert la bouche.

— T'énerve pas. Pour l'instant, on attend le bon moment. À quatre, on devrait pouvoir en maîtriser un ou deux. Après, il sera toujours temps d'aviser. Tu sais, John, on risque de ne pas avoir le choix.

12

Le soulagement de Cathy Calvin s'était vite dissipé. À peine relâchée par les ravisseurs, la journaliste du *New York Times* avait patienté des heures avec les autres avant d'être enfin interrogée par le NYPD. Les enquêteurs avaient parqué tout le monde devant Saks Fifth Avenue. Avant d'être autorisé à quitter l'enclos, chacun était invité à raconter sa version de l'histoire à l'un des inspecteurs installés derrière une table.

En tournant la tête, Calvin aperçut les antennes des camionnettes de télévision, semblables aux mâts d'une armada embusquée derrière les barrières de police bleu et blanc.

La journaliste prit brutalement conscience de la chance qu'elle avait dans son malheur. Alors que tous ses collègues devaient se contenter d'observer les événements de loin, elle se trouvait au cœur de l'action.

Son cerveau tournait à toute vitesse. Il s'agissait d'en profiter pour faire le papier du siècle. Installée aux premières loges, elle avait assisté à toute l'opération.

Elle avisa un peu plus loin Carmella, un top-model spécialisé dans la lingerie féminine. Ce n'était pas un très gros poisson, mais c'était suffisant pour un début.

— Carmella ? Bonjour, je suis Cathy Calvin du *Times*. J'espère que vous êtes un peu remise de vos émotions. Où étiez-vous au moment de l'attaque ? Qu'avez-vous vu exactement ?

— J'édais fers le devant, zur la gauche, répondit la blonde statuesque à l'accent autrichien prononcé. Le zercueil de zette bauvre Garoline venait de basser à ma hauteur gand Eberhard, mon garde du gorps, a rezu une grenate lagrymochène endre les jampes. Je ne zais même bas où il est. J'ai peau lui enfoyer des SMS, il ne rébond pas. Fous ne l'auriez pas fu, bar hasard ?

Cathy Calvin la regarda, interloquée, ne sachant trop si elle devait attribuer cette question à l'émotion ou à la bêtise.

— Euh… non, je ne crois pas, bégaya-t-elle. J'ai cru comprendre que tous les otages n'avaient pas été libérés. En sauriez-vous davantage ?

— Quel zgandale ! s'exclama la blonde du haut de son mètre quatre-vingt-cinq. Vous avez fu John Rooney ? Et Laura Winston, ou engore zette petite pouffe de Merzedes ? Ils sont restés à l'indérieur. Le maire auzzi. Zes breneurs d'otages n'ont bas de goût, zinon bourquoi m'auraient-ils laissée bartir alors qu'ils ont gardé zes losers ?

« Bourquoi en effet », pensa Cathy en s'éloignant précipitamment. Cette espèce de cinglée aurait fait n'importe quoi pour appartenir au dernier carré de célébrités retenues dans la cathédrale. Voilà qui achevait de convaincre la journaliste des carences intellectuelles de certaines stars.

Les conversations s'arrêtèrent brusquement derrière Cathy et elle se retourna. Tous les regards étaient braqués sur la cathédrale.

À demi masqué par l'un des camions-poubelles, le portail de St Patrick venait de s'entrouvrir. Intriguée, elle fendit la foule et s'approcha le plus près possible.

Pour la troisième fois ce matin-là, Cathy Calvin écarquilla les yeux, incrédule.

— Mon Dieu, dit-elle à voix haute.

13

Je me trouvais dans le mobile home, discutant stratégie avec Martelli et Mason, lorsque les portes de la cathédrale se sont entrouvertes.

J'ai bien cru avoir une attaque en reconnaissant la silhouette qui s'avançait sur le parvis.

Qu'est-ce que ça pouvait bien vouloir dire ?

Stephen Hopkins, l'air hébété, descendait les marches d'un pas hésitant tandis que le portail se refermait dans son dos. Pourquoi diable relâcher l'ancien président ?

Depuis le début, les preneurs d'otages réagissaient de façon imprévisible, ce qui n'était pas pour me rassurer. Je me réjouissais de la libération de Hopkins, mais leur manière d'agir ne me disait rien qui vaille.

Des applaudissements sont montés spontanément des rangs de la police et du public, des deux côtés des barrières.

Will Matthews s'est énervé dans sa radio.

— Allez-y ! Allez le chercher. Je répète, allez chercher le président et évacuez-le. Tout de suite !

Une demi-douzaine de types des forces spéciales ont aussitôt fondu sur l'ancien président, qu'ils ont entraîné précipitamment à l'abri des camions-poubelles bloquant l'avenue au coin de la 50e Rue.

Depuis la fenêtre du QG, j'ai longuement regardé la cathédrale avec ses arches gothiques sinistres, sa façade de granit blafarde et ses vitraux plongés dans l'obscurité. Au moins Stephen Hopkins en était-il sorti indemne.

Comment débloquer la situation ? J'ai pensé à Maeve et aux enfants. Je ne suis pas du genre à me trouver des excuses, mais j'avais suffisamment de problèmes comme ça sans qu'on en rajoute.

J'étais plongé dans mes pensées quand Paul Martelli m'a posé la main sur l'épaule.

— Vous faites de votre mieux, mon vieux. N'oubliez jamais que ce sont eux les responsables de ce guêpier. Pas nous.

On aurait pu croire qu'il lisait dans mes pensées.

— Hé, les gars, vous connaissez l'histoire des différents services qu'on envoie chasser le lapin en forêt ? s'est exclamé Ned Mason dans son coin.

Je me suis retourné. Dans ce genre de situation, il faut toujours que quelqu'un y aille de son histoire drôle.

— Non, j'ai dit poliment.

— On commence par mettre la CIA sur le coup, a repris Mason. Les types de la CIA reviennent en disant qu'il n'y a ni lapin ni forêt. Alors on envoie les gars du Bureau fédéral des imbéciles, et on se retrouve avec un feu de forêt. Quand on leur demande ce qui s'est passé, ils racontent que le lapin a toujours aimé les feux d'artifice et qu'on l'a vu avec un Zippo. Alors, on envoie le NYPD et vous savez ce qui arrive ?

Pauvre Mason. J'ai grimacé un sourire forcé.

— Non, mais tu vas nous le dire.

— Deux inspecteurs du NYPD s'enfoncent dans les bois. Ils reviennent cinq minutes plus tard en traînant un ours avec un œil au beurre noir. L'ours a des menottes et il n'arrête pas de répéter : « C'est bon, c'est bon. Je suis un lapin. »

J'ai levé les yeux au ciel, mais Martelli s'est montré encore moins charitable :

— Elle n'est pas mauvaise, ta blague. Elle est très mauvaise.

14

Pétrifiée sur son banc, hypnotisée par les cierges dressés devant l'autel, Eugena Humphrey aurait bien voulu trouver un sens aux événements de la matinée.

Le meilleur moyen de supporter l'horreur de la situation était encore de ne pas se laisser submerger par ses émotions. Les rangées de photophores alignés sur toute la longueur de la chapelle avaient très vite attiré son attention, comme si les flammes vacillantes dans leur coquille rouge pouvaient la rassurer.

Je vais m'en tirer, se promit-elle. À l'heure qu'il était, il devait y avoir des centaines de policiers massés autour de la cathédrale. Sans parler de la presse. Jamais on ne les laisserait tomber comme ça.

La gorge nouée, Eugena poussa un long soupir.

C'était sûr, on allait les tirer de là.

En pénétrant sous la nef peu avant le début de la cérémonie, elle avait été impressionnée par la froideur solennelle de ces murs de marbre et de pierre. Au bout de quelques minutes, le silence et la présence rassurante des cierges lui avaient rappelé la chaleur de la petite église baptiste de son enfance, dans laquelle elle se rendait tous les dimanches avec sa mère, en Virginie-Occidentale.

— Mon Dieu, murmura sa voisine. Quand est-ce que tout ça s'arrêtera ?

Elle reconnut Laura Winston, une institution des magazines de mode new-yorkais. La malheureuse tremblait de tous ses membres ; ses yeux d'un gris bleuté lui sortaient littéralement de la tête. Un jour, Eugena l'avait appelée pour la recevoir dans son émission. Une reine de la mode donnant des conseils à ceux qui n'ont pas les moyens de fréquenter les grands couturiers : l'idée était séduisante, mais elle n'oublierait jamais le rire suraigu de Laura à l'autre bout du fil.

— Qui a pu vous donner une idée pareille ? Je suis sûre que c'est encore un coup de Calvin. Eh bien, vous lui direz que j'irai sur le plateau d'Eugena le jour où il travaillera pour Gap.

Le pire était peut-être que Laura Winston ait accepté de participer à un talk-show trois mois plus tard autour du thème « La haute couture au service de la rue ». Ce jour-là, c'était Oprah, la grande rivale d'Eugena, qui la recevait.

Mais un jour comme aujourd'hui, Eugena était prête à tout pardonner.

Elle avança la main et serra doucement celle de Laura. Le contraste était frappant entre la main douce et noire d'Eugena, et celle, blanche et osseuse, de sa voisine. La pauvre était dans tous ses états, et Eugena lui passa un bras autour des épaules.

— Allons, allons. Nous sommes dans une église, Dieu nous protège, lui dit-elle d'une voix qu'elle voulait rassurante.

Eugena en était persuadée, ils finiraient tous par s'en tirer, d'une façon ou d'une autre.

— Vous verrez, tout va bien se passer, insista-t-elle. Allez, Laura, ce n'est qu'un mauvais moment à passer.

— Vous croyez vraiment qu'on en sortira vivants ?

15

Laura Winston sécha ses larmes à l'aide d'un foulard de soie rouge retrouvé dans la poche de sa veste. Elle allait remercier sa voisine lorsqu'un bruit fit sursauter les deux femmes.

Quelqu'un venait de se lever !

À sa mini-robe noire et ses mèches blondes en pétard, Laura reconnut Mercedes Freer, la dernière chanteuse trash à la mode.

Elle avançait d'un pas décidé en faisant claquer ses talons stratosphériques.

— Retournez tout de suite à votre place ! cria l'un des preneurs d'otage.

— Si ça ne vous dérange pas trop, je voudrais parler à votre putain de chef, répliqua vertement la diva, l'écho de ses paroles se réverbérant sous la voûte de la chapelle. Faut que je parle à quelqu'un, bordel !

Laura et Eugena tendirent le cou afin de voir ce qui allait se passer, tout en se demandant quelle mouche avait bien pu piquer la jeune femme.

Le chef des preneurs d'otages arrivait déjà.

— Qu'est-ce qu'il y a ? demanda Jack. Après tout, moi aussi je suis l'un de vos fans ; alors dites-moi ce que vous voulez.

Mercedes retira solennellement l'une, puis l'autre de ses boucles d'oreille en diamant et les tendit à Jack.

— Ce sont des Cartier, déclara-t-elle de façon à ce que tout le monde l'entende. J'ai dû les payer quelque chose comme 250 000 dollars. Je suis censée passer ce soir dans l'émission de Jay Leno. L'enregistrement à lieu à dix-huit heures à Los Angeles, et je suis déjà en retard. Pigé ? Je suis pas du genre à m'intéresser à la politique ou à la religion, c'est pas mon truc. Ma maison de disques m'avait juste demandé de venir chanter l'*Ave Maria.* Je comptais faire l'aller-retour en avion, et basta. Prenez : c'est des vrais diamants, je vous les donne. Si ça le fait pas, j'appelle mon manager et on se met d'accord sur le prix. OK, chéri ?

Eugena fit la grimace. Les efforts de la chanteuse pour faire peuple étaient douloureux à voir. Lorsqu'elle l'avait reçue dans son émission l'année précédente, Eugena avait découvert dans sa bio que c'était une fille de la bourgeoisie de New Canaan, dans le Connecticut. Quand elle repensait à tous les traités d'élocution qu'elle-même avait empruntés à la bibliothèque dans l'espoir de faire oublier ses origines plébéiennes, Eugena en avait froid dans le dos. Quel monde !

Le preneur d'otages soupesa les boucles d'oreille comme pour en apprécier la valeur. Au moment où la chanteuse s'y attendait le moins, il les lui envoya en pleine figure.

— Je pense pas qu'on va pouvoir faire affaire. Le mieux serait encore que tu poses ton gagne-pain sur le premier banc venu et que tu arrêtes tes conneries.

Le visage de Mercedes s'empourpra et elle claqua des doigts sous le nez de son interlocuteur.

— Mon gagne-pain ? répliqua-t-elle, furieuse. Pour qui tu te prends, espèce de nabot ?

Elle n'avait pas fini sa phrase que Jack sortait de sa poche une bombe lacrymogène dont il l'aspergea en l'attrapant par les cheveux. Sous l'effet du gaz, les traits de Mercedes se congestionnèrent et elle poussa des hurlements en tombant à genoux.

Très calmement, Jack tira la chanteuse par les cheveux jusqu'au fond de la chapelle, puis il la fourra à l'intérieur d'un confessionnal avant d'en claquer la porte.

— Voilà qui mettra un peu de piment dans sa vie. Quelqu'un d'autre a une réclamation ?

Dans le silence, seul résonnait le bruit de son pied qui battait nerveusement la cadence.

— Je vois que tout le monde est satisfait. Maintenant, écoutez-moi. On va vous interroger les uns après les autres. Je vous demanderai de vous lever et de patienter bien sagement devant la première porte à droite, en attendant qu'on vous appelle individuellement. Tout de suite !

Eugena obtempéra sans se faire prier, à l'instar de ses compagnons d'infortune. En passant devant le confessionnal, elle entendit les pleurnichements de Mercedes.

Pour un peu, elle aurait eu pitié d'elle. Mais pourquoi avoir pris le risque de les énerver ? À quoi s'attendait-elle ? Habituée à ce que tout le monde se plie à ses caprices de gamine gâtée, elle avait dû croire qu'ils la laisseraient partir.

Eugena comprit soudain que si quelqu'un avait une petite chance d'arriver à parler aux ravisseurs, c'était elle.

C'était son destin, pour le meilleur ou pour le pire.

16

Debout devant l'un des confessionnaux, entouré de ses camarades d'infortune, Charlie Conlan attendait que les ravisseurs veuillent bien « l'interroger ».

Il n'était pas dupe. Les robes de bure, les cagoules, les interrogatoires, tout ce cinéma sentait le mélodrame à plein nez. Les preneurs d'otages souhaitaient leur faire peur. Ces types-là avaient manifestement décidé de jouer sur l'atmosphère gothique du lieu, histoire d'effrayer les gens et de les déstabiliser un peu plus. À bien y réfléchir, leur tactique se révélait plutôt efficace.

Contrairement à la plupart des vieilles légendes du rock, Conlan n'était pas un dur de pacotille. Ce que l'école de la rue dans les quartiers pauvres du Detroit de son enfance ne lui avait pas enseigné, il l'avait appris lors d'un long séjour au Hilton de Hanoï[1] en 1969.

Il s'arma de courage en voyant la porte sombre s'ouvrir sur la silhouette de Marilyn Rubinstein. La jeune actrice aux cheveux blonds plaqués par la sueur était visiblement choquée par l'interrogatoire qu'elle venait de subir ; les yeux vitreux, on aurait dit qu'elle venait d'assister à une scène insoutenable.

En passant près de Conlan, poussée par ses gardiens, elle surprit le regard étonné du rocker.

---

1. Surnom donné à la sinistre prison de Hôa Lò, dans laquelle étaient enfermés les prisonniers de guerre américains pendant la guerre du Viêtnam. Du temps de l'occupation coloniale française, Hôa Lò était une centrale réservée aux prisonniers politiques. *(N.d.T.)*

— Faites ce qu'ils vous disent, chuchota-t-elle.

— Suivant, appela l'un des ravisseurs d'une voix lasse. Hé, la vedette, c'est ton tour.

Après un instant d'hésitation, Conlan pénétra dans ce qu'il croyait être un confessionnal. Surpris, il découvrit un PC sécurité avec une table, des chaises pliantes, une machine à café et une forêt de talkies-walkies en charge, alignés sur une console le long d'un mur.

Jack trônait derrière la table. Il fit signe à Conlan de s'installer en face de lui.

— Je vous en prie, monsieur Conlan. Je suis l'un de vos admirateurs, vous savez.

— Merci, répliqua Conlan en s'asseyant.

Deux objets étaient posés sur la table : une paire de menottes dans un sachet en plastique transparent et un rouleau de gros scotch. Conlan tenta de maîtriser son angoisse. Pas la peine de leur montrer que tu as la trouille, mon vieux Charlie.

Jack saisit un bloc posé sur ses genoux et ouvrit son stylobille d'un clic.

— Bien, monsieur Conlan. Pour gagner du temps, je vais commencer par vous demander les noms et numéros de téléphone des personnes qui s'occupent de vos affaires financières. Si vous avez un code ou un mot de passe pour accéder à vos comptes, autant me les indiquer tout de suite.

Conlan s'obligea à sourire en regardant Jack droit dans les yeux.

— C'était donc une question de fric ?

Son interlocuteur tapota son bloc à l'aide du stylo, les sourcils froncés à travers les trous de sa cagoule.

— Je n'ai pas vraiment le temps de discuter avec vous, monsieur Conlan. Je voudrais uniquement savoir si vous comptez coopérer ou non. C'est la dernière fois que je vous le demande.

Conlan décida de pousser le bouchon un peu plus loin.

— Laissez-moi réfléchir une petite minute, dit-il en se caressant le menton du doigt. Euh… eh bien, la réponse est non.

Jack sortit lentement les menottes du sachet en plastique, puis il se leva, se glissa derrière son prisonnier et lui attacha les poignets dans le dos avec l'aisance de quelqu'un qui a fait ça toute sa vie.

Conlan serra les mâchoires, s'attendant à ce qu'on le frappe. On lui avait déjà arraché plusieurs dents avec une pince ; si l'autre croyait pouvoir l'avoir à ce petit jeu-là, il se fourrait le doigt dans l'œil.

Mais le premier coup ne venait pas et Conlan ne comprenait plus très bien. Un froissement de plastique se fit entendre derrière lui. En un instant, Jack lui avait glissé le sachet sur la tête.

Le temps de sentir le scotch s'enrouler autour de son cou et Conlan se retrouva prisonnier du sac. Des gouttes de sueur jaillirent de ses pores et il aspira machinalement l'air enfermé dans son bocal, collant le plastique à ses narines.

— Il fait chaud là-dedans, tu ne trouves pas ? fit Jack près de son oreille.

Conlan étouffait, sa gorge le brûlait. Mon Dieu, non, pas comme ça…

Jack se rassit et croisa nonchalamment les jambes en bâillant tandis que le visage de Conlan commençait à se convulser. Au bout d'une éternité, il regarda sa montre.

— Tu es prêt à signer mon programme « fric contre oxygène » ? demanda-t-il. C'est toi qui vois.

Conlan hocha énergiquement la tête dans un bruit de plastique.

Jack tendit la main et perça le plastique du doigt, laissant pénétrer un filet d'air frais.

— Moi qui croyais que tu avais été influencé par les Beatles, Charlie, sourit Jack en pianotant du bout des doigts sur le plateau de la table. C'est pourtant bien eux qui disaient que le meilleur est gratuit dans la vie, non[1] ?

---

1. Allusion au vers « The best things in life are free » dans « Money (That's What I Want) », une chanson empruntée au chanteur noir Barrett Strong. *(N.d.T.)*

Affalé sur la table, Conlan reprenait péniblement son souffle. Il sentit son interlocuteur lui glisser le bloc et le stylo sous le menton.

Tandis que son cerveau se réoxygénait lentement, une pensée traversa la tête de Conlan.

« Mon Dieu. On s'est fait baiser sur toute la ligne. »

17

J'ai raccroché en me disant que j'avais encore plus besoin d'entendre la voix de Maeve qu'elle la mienne.

Au même moment, Steve Reno a débarqué dans le QG avec des sandwiches et du café. Il m'a tendu un gobelet avant de me serrer la main.

J'avais déjà eu l'occasion de le croiser plusieurs fois. Comme la plupart des huiles du NYPD, Steve n'a pas vraiment le profil du job, avec sa carrure d'athlète et ses cheveux longs. Je n'ai jamais vu quelqu'un d'aussi patient et souple quand il s'agit de négocier avec un forcené derrière une porte, ni d'aussi décidé quand la décision a été prise de donner l'assaut. Pour moi, Steve Reno est un mystère. Trois femmes au compteur jusqu'à présent, cinq enfants, un appartement chic à Soho d'un côté, de l'autre une vieille camionnette avec un autocollant sur lequel on peut lire « *Semper Fi*[1] », la devise des Marines.

Steve était accompagné de deux commandos du FBI en rangers noirs. Le plus petit aurait pu être plombier ou prof dans un lycée technique, mais ses yeux d'un vert lumineux ont scanné le QG et ses occupants, moi compris, avec une efficacité redoutable.

— Mike, je te présente Dave Oakley de l'unité d'intervention, a fait Steve. Le meilleur spécialiste sur le marché.

— Et je compte bien rester sur le marché encore longtemps, alors évitons de déconner aujourd'hui. Okay, Steve ?

1. Abréviation de *Semper Fidelis* : Fidélité éternelle. *(N.d.T.)*

a répondu Oakley avec un rire grave en me tendant une main calleuse. Quelles nouvelles de nos amis ?

Je l'ai briefé. Il s'est contenté de serrer les mâchoires quand je lui ai parlé de la présence possible d'explosifs. Mon petit topo terminé, il a lentement hoché la tête.

Reno a fini par rompre le silence.

— On vient de s'entretenir avec les services secrets. D'après le président Hopkins, les otages restants sont retenus dans une chapelle au fond de la cathédrale. À l'entendre, les ravisseurs sont calmes, mais ils ne s'en laissent pas conter. Ils sont bien entraînés, parfaitement disciplinés. Ce ne sont pas des terroristes et il s'agit apparemment d'Américains. J'avoue être surpris.

— Tu n'es pas le seul.

La porte du QG s'est ouverte. Un flic des forces spéciales est entré avec un vieux type coiffé d'une casquette en tweed, tenant à la main un long tube en carton. Il s'est aussitôt présenté.

— Bonjour, messieurs. Mike Nardy. Je suis le gardien de St Patrick. Au presbytère, on m'a demandé de vous apporter ceci.

Je l'ai aidé à dérouler une liasse de plans jaunis que j'ai étalés sur la table en les maintenant aux quatre coins avec des talkies. Reno, Oakley et le commissaire Matthews se sont approchés.

Du dessus, le bâtiment dessinait une croix au pied de laquelle se trouvait le portail donnant sur la 5e Avenue. Aux bouts des branches, deux entrées annexes s'ouvraient sur les 50e et 51e Rues. La chapelle, située à l'extrémité supérieure de la croix, ne disposait d'aucune issue.

— J'ai posté des snipers à la fois sur la 49e et sur la 5e, juste derrière nous, a expliqué Oakley. Je vais en mettre un autre sur Madison Avenue pour surveiller la chapelle, mais avec ces satanés vitraux, on ne voit rien à l'intérieur. Monsieur Nardy, vous allez peut-être pouvoir me renseigner car c'est difficile à voir sur ce plan : y a-t-il une ligne de tir possible sur la chapelle depuis la rosace de la façade ?

— En partie, a répondu le vieux monsieur avec une curieuse grimace. L'ennui, c'est qu'il y a plusieurs piliers derrière le chœur, et un baldaquin en bronze de vingt mètres de hauteur au-dessus de l'autel.

— St Patrick fait tout un pâté de maisons, c'est-à-dire à peu près deux cents mètres de long, c'est bien ça ? a demandé Oakley. On pourrait essayer d'introduire une caméra à fibre optique par l'un des vitraux. Avec un capteur à infrarouge, on devrait localiser les armes des ravisseurs, via leur signature thermique. À l'heure H, on n'aura plus qu'à descendre en rappel le long de la façade avant de faire exploser simultanément la rosace et les vitraux de la chapelle.

— Mes oreilles doivent me jouer des tours, s'est interposé le vieux gardien, parce que j'ai cru un instant que vous projetiez de détruire la grande rosace de la cathédrale St Patrick.

— Je ne crois pas que ce genre de décision soit de votre ressort, monsieur Nardy. Je vous rappelle que des vies humaines sont en jeu et que nous ferons ce que nous avons à faire.

— Et moi, je vous rappelle que cette rosace est vieille de cent cinquante ans, monsieur, a rétorqué le vieil homme en croisant ses bras maigres. Il s'agit d'une œuvre d'art unique, tout comme les vitraux de la chapelle et l'ensemble des statues de la cathédrale. Vous y réfléchiriez à deux fois avant de faire un trou dans la statue de la Liberté, vous ne croyez pas ? Eh bien, cette cathédrale est notre statue de la Foi, et je vous conseille vivement de modifier vos plans. Il faudra me passer sur le corps avant de démolir cette rosace.

Oakley était au bord de l'implosion.

— Quelqu'un pour raccompagner M. Nardy, s'il vous plaît.

— Écoutez-moi ! s'est écrié Nardy tandis qu'un type des forces spéciales l'entraînait vers la sortie. J'alerterai la presse s'il le faut.

Comme si on avait besoin de ça... On ne risquait pas de trouver une solution à ce casse-tête si tout le monde nous mettait des bâtons dans les roues.

Oakley a mis sa casquette noire à l'envers et soufflé bruyamment dans ses mains. On aurait dit un joueur de baseball qui vient de rater son coup.

— Vous avez vu ça ? s'est-il exclamé. Une vraie forteresse. Des murs en granit de plus de cinquante centimètres d'épaisseur et des portes en bronze massif. Je n'ai pas le souvenir d'avoir jamais forcé de vantail aussi épais, encore moins en bronze... Même ces chers vitraux ont des montants de pierre. Pas d'immeuble mitoyen depuis lequel creuser un tunnel, rien de rien ! St Patrick est sans doute le seul endroit de New York capable de soutenir un siège, et il faudrait y pénétrer sans rien abîmer ? Je me demande quelquefois ce qui m'a pris de choisir un boulot pareil.

— On fait tous ça pour le fric en attendant de publier des best-sellers avec nos souvenirs, c'est bien connu, ai-je répliqué.

Tout le monde a ri, y compris le très sérieux Oakley. J'avais réussi à détendre l'atmosphère et c'était le principal.

À ce stade, mieux valait rire que pleurer.

18

Dix minutes plus tard, nous étions dans la rue, en plein courant d'air glacé, les yeux rivés sur la façade de St Patrick. Contournant l'un des camions-poubelles, Oakley, radio en main, ordonnait à ses snipers de viser les précieux vitraux de la chapelle.

Une lumière terne maintenait dans l'ombre la rosace et le portail de la cathédrale. On aurait dit un visage d'ogre avec ses grands yeux et son énorme bouche figée en un rictus offensé.

Lorsque les cloches ont retenti, ma main s'est machinalement posée sur la crosse de mon Glock. Un instant, j'ai cru à une nouvelle manœuvre des preneurs d'otages – avant de m'apercevoir qu'il était midi.

Sans doute déclenchées par une minuterie, les cloches de la cathédrale sonnaient l'angélus, rappelant à l'ordre les païens qui se pressaient dans les rues de Midtown. À défaut d'inciter la foule des flics, des journalistes et des badauds à se recueillir, elles réussirent à ramener le silence.

Les coups se répercutaient longuement entre les façades de verre et d'aluminium des gratte-ciel voisins.

Pris d'une inspiration, j'ai cherché des yeux le vieux gardien parmi les curieux rassemblés sur l'avenue. De l'autre côté du barrage de la 50e Rue, Nardy discutait avec une jeune femme. Je l'ai rejoint en courant.

— Monsieur Nardy, où se trouvent les cloches ?

Il m'a regardé d'un air surpris avant de faire la grimace.

— Dans la tour nord.

J'ai levé les yeux en direction de la flèche de pierre ; à une trentaine de mètres de hauteur, j'ai remarqué des ouvertures, protégées par des lames de persiennes vertes – probablement du cuivre patiné par le temps.

— Est-il possible d'accéder aux cloches depuis l'intérieur ?

Le vieux gardien a hoché la tête.

— Oui, il reste un vieil escalier de service. Il date de l'époque où l'on sonnait encore les cloches à la main.

L'opération était risquée, mais à condition de pouvoir s'introduire là-haut en retirant discrètement quelques lamelles, il était possible de prendre pied à l'intérieur du bâtiment.

— Croyez-vous qu'on puisse, depuis la nef, voir ce qui se passe à l'intérieur de la tour ?

— Pourquoi ? s'est interposée la femme avec laquelle discutait Nardy. Vous avez l'intention de faire sauter la tour, inspecteur… ?

19

Jusqu'alors, je n'avais pas fait attention au badge *New York Times* accroché au manteau de la jeune femme. Au temps pour moi et mon célèbre don d'observation.

— Désolé, j'aurais dû me présenter : inspecteur Bennett.

— Ah oui, Bennett. Manhattan Nord, c'est ça ? J'ai entendu parler de vous. Comment s'en tire Will Matthews ?

Comme beaucoup de flics, je ne suis pas toujours d'accord avec les journalistes quand ils prétendent que les gens ont le droit de savoir. Je serais sans doute plus réceptif à leurs arguments si les représentants de la presse étaient moins vénaux. Ils ne distribuent pas leurs journaux gratuitement, que je sache.

J'ai gratifié la pisse-copie de mon plus bel air de flic revêche, mais ça n'a pas eu l'air de refroidir les ardeurs de la jeune femme.

— Vous n'avez qu'à poser la question directement au commissaire, ai-je répondu.

— Il filtre ses appels. Alors, inspecteur, comment ça se présente ? Vous avez décidé de vous taire ou bien vous savez vraiment que dalle ? a-t-elle insisté, abandonnant un instant ses intonations petites-bourgeoises pour me la jouer popu.

— À vous de choisir, ai-je répliqué en tournant les talons.

— Ouais. À propos de choix, je me demande ce que mon rédac' chef préférera : « Bourde royale à l'enterrement présidentiel », ou « Le NYPD botte en touche après avoir gaffé » ? Ça sonne plutôt bien, vous ne trouvez pas ? À moins que ça ne fasse un peu trop *New York Post* ?

J'ai serré les dents en me souvenant des recommandations de Will Matthews. Si jamais le NYPD se faisait étriller dans la presse par ma faute, ce serait ma fête. Contraint et forcé, je me suis retourné.

— Inutile de s'énerver, madame Calvin. J'accepte de vous parler, mais hors micro. D'accord ?

La journaliste s'est empressée d'acquiescer.

— À l'heure qu'il est, vous en savez à peu près autant que nous. Nous sommes en contact avec les ravisseurs, mais ils ne nous ont pas encore fait parvenir leurs exigences. Dès que j'en saurai plus et que j'aurai reçu le feu vert de ma hiérarchie, vous serez la première avertie. Pour l'instant, nous restons très prudents. Il suffirait que ces cinglés soient, par la télé ou la radio, avertis de nos intentions pour que ça tourne mal. Ils retiennent en otages des gens très importants.

Au même moment, j'ai vu Ned Mason m'adresser de grands gestes. Je me suis précipité vers le QG en lançant à la journaliste :

— On a tous intérêt à se serrer les coudes.

20

Avant même que je franchisse le seuil du mobile home, Mason me tendait le téléphone portable.

— Mike à l'appareil.

— Mon vieux pote Mike, a répondu la voix de Jack. Qu'est-ce qui te prend de laisser sonner aussi longtemps ? Tu dormais ou quoi ? Je sais que t'es un type super, sinon je pourrais m'imaginer que tu mijotes un mauvais coup.

— Merci d'avoir relâché le président.

J'étais sincère en le disant.

— Oh, y'a pas de quoi, c'était la moindre des choses. Dis-moi, garçon, c'est pas tout ça, mais je voulais te signaler que nos exigences sont prêtes. Le plus simple serait peut-être de t'envoyer ça par mail. Qu'est-ce que t'en penses ? D'habitude, je suis plutôt du genre à faire confiance à la poste, mais en période de fêtes, je me dis que ce n'est pas très prudent.

La fausse désinvolture de Jack commençait à m'énerver sérieusement. Au cours de mes stages de formation, on m'avait surtout appris à calmer des interlocuteurs qui avaient pété les plombs – ce qui n'était pas le cas de Jack.

Ce type-là était un petit malin arrogant, probablement doublé d'un assassin.

Dans le jargon du NYPD (et sans vouloir vexer nos amis les chiens), on traite de « corniauds » les criminels qui ont perdu toute forme d'humanité. À cet instant-là, le téléphone à la main, je me souviens avoir pensé que Jack était le corniaud par excellence. Un corniaud habile et organisé, mais un corniaud quand même.

J'ai ravalé ma colère en m'imaginant lui passer les menottes et le traîner par la peau du cou devant les otages qu'il terrorisait. J'étais certain d'y arriver un jour ; le tout était d'être patient.

Le technicien du NYPD m'a tendu un papier avec une adresse e-mail.

— Très bien, Jack. Voilà notre adresse Internet.

— Okay, a fait mon interlocuteur en notant les coordonnées que je lui indiquais. On t'envoie la demande dans les minutes qui suivent. Je te laisse le temps de bien regarder tout ça et je te rappelle, d'accord ?

— C'est parfait.

— Ah, Mike, j'allais oublier !

— Oui ?

— Avec mes gars, on trouve ça super que vous soyez tous aussi coopératifs. Si ça continue comme ça, tout le monde passera un joyeux Noël.

Sur ces mots, Jack a raccroché.

21

— La voilà ! s'est écrié un jeune flic posté devant un ordinateur portable à l'autre bout du mobile home. La demande de rançon !

Je me suis précipité et j'ai écarquillé les yeux en découvrant sur l'écran non pas un chiffre, mais un tableau assez élaboré.

Dans la colonne de gauche se succédaient les noms des trente-trois otages, avec en regard le montant de la rançon exigée pour chacun (entre deux et quatre millions de dollars en moyenne) suivi des coordonnées des agents, avocats, managers ou conjoints.

Au bas de la liste se trouvait un numéro de compte bancaire accompagné d'instructions très précises quant à la manière d'effectuer le virement par Internet.

Incroyable. Au lieu de négocier une rançon globale avec nous, les ravisseurs avaient décidé de se servir directement à la source.

Derrière moi, Steve Reno a fait craquer ses doigts en grommelant d'un air furieux :

— Non seulement ils nous mettent hors-jeu, mais en plus ils nous prennent pour leurs larbins.

Steve avait raison. Les ravisseurs agissaient comme si nous n'existions pas, comme l'aurait fait un kidnappeur bien planqué, et non comme une dizaine de gangsters assiégés par plusieurs bataillons du NYPD et du FBI armés jusqu'aux dents.

— Bon, a grommelé Matthews. On va avoir besoin de renforts pour appeler tous ces numéros et mettre en branle l'opération. En attendant, transmettez les coordonnées du compte destinataire au FBI, au cas où ça pourrait nous donner une piste.

Les yeux fermés, je me suis cogné la tête avec mon portable pour essayer de rassembler mes idées. Comme ça ne menait à rien, j'ai regardé ma montre. Je n'aurais pas dû. Ce cirque durait depuis quatre heures à peine, mais j'avais l'impression d'avoir quatre semaines dans les pattes.

Une âme charitable m'a tendu un café dans un gobelet orné de rennes et d'un Père Noël hilare. L'espace d'un instant, je me suis pris à rêver au moment où je pourrais enfin rentrer chez moi. Je voyais Maeve et nos dix lutins décorer le sapin sur fond de chants de Noël, quand je me suis brusquement souvenu qu'il n'y avait ni sapin, ni Maeve.

J'ai reposé le gobelet et attrapé une copie de la demande de rançon. Mon doigt tremblait légèrement en passant en revue la liste des numéros de téléphone.

Notre glorieuse police new-yorkaise, réduite à jouer les entremetteuses !

22

John Rooney releva la tête en sentant un objet dur lui caresser les côtes. Il se retourna et aperçut Little John, sa matraque à la main.

— Alors, la diva. On s'emmerde, ici. Qu'est-ce que tu dirais de monter sur l'autel nous faire un petit show de Noël ?

— Je ne suis pas vraiment d'humeur, répliqua Rooney en baissant la tête à nouveau.

Little John insista, assénant sous le menton de Rooney de petits coups qui faisaient claquer les dents de l'acteur.

— Alors je vais te motiver. Tu te lèves comme un grand et tu nous fais rire comme des baleines – ou bien je défonce ton petit crâne de star.

« Dieux du ciel », pensa Rooney en s'approchant de l'autel. Il se retourna et s'aperçut que plusieurs de ses compagnons pleuraient. La peur se lisait sur tous les visages.

De toute sa carrière, le comédien ne s'était jamais produit dans des conditions aussi difficiles. Une carrière abandonnée huit ans plus tôt au profit du grand écran. À l'époque, dans son studio de Hell's Kitchen, il répétait ses répliques des heures durant, devant le miroir de la salle de bains.

Litte John, assis au fond de la chapelle, lui fit signe de commencer.

Rooney ne voyait vraiment pas ce qu'il allait pouvoir dire de drôle, mais il se lança bravement.

— Salut tout le monde. Merci d'être venus si nombreux ce matin, et sans plus attendre, voiciiiiiii Johnny !

Un rire féminin s'éleva de l'assistance. C'était Eugena Humphrey. Un bon point pour elle.

Un déclic se fit dans la tête de Rooney.

— Eugena, ma chérie, comment allez-vous ? fit-il, imitant la réplique de l'animatrice à chaque fois qu'elle accueillait une nouvelle invitée.

Humphrey éclata de rire, aussitôt imitée par d'autres. Même Charlie Conlan affichait un grand sourire.

Rooney fit semblant de regarder sa montre.

— Et cette putain de messe qui n'en finit pas ! Je ne sais pas si vous êtes comme moi, mais j'ai horreur d'être kidnappé quand je vais à l'enterrement d'une copine.

Rooney pouffa avec son auditoire, faisant durer le plaisir. Cette fois, il était parti.

— Vous vous retrouvez déguisé en pingouin, à la fois triste pour le défunt et content de ne pas être à sa place, quand, d'un seul coup… bam ! Voilà que les moines sortent leurs grenades et leurs fusils à canon scié.

Tout le monde ou presque riait, y compris les ravisseurs, et les gloussements se répercutaient par vagues jusqu'au fond de la nef.

Rooney entonna un chant grégorien qu'il interrompit brusquement en imitant le bruit d'une détonation. Le visage défait, il se réfugia derrière l'autel.

— Tenez, prenez mes boucles d'oreille en diamant, mais laissez-moi me casser, geignit-il en imitant à la perfection Mercedes Freer, puis il se roula par terre, la tête entre les mains, avec des jappements de chihuahua.

Du coin de l'œil, il constata que les visages s'étaient déridés. Son petit numéro avait au moins le mérite de détendre l'atmosphère. Au fond de la chapelle, Little John se tenait les côtes.

« C'est ça, amuse-toi, espèce de connard, pensa Rooney en se relevant. J'en ai des centaines d'autres à ton service. Attends un peu que je raconte l'histoire du kidnappeur qui passe à la chaise électrique… »

23

Assis sur un banc au fond de la chapelle, Charlie Conlan faisait semblant de rire aux plaisanteries de John Rooney tout en observant leurs ravisseurs.

Six de ces salopards étaient postés à l'entrée de la chapelle, sous les ordres du plus balèze, Little John. Le leader du groupe, Jack, devait se trouver ailleurs avec cinq ou six autres de ses hommes.

Pendant que ses compagnons s'amusaient du petit numéro de Rooney, Conlan tentait de se remémorer ce qu'on lui avait appris à l'armée. D'un coup d'œil, il évalua le nombre de grenades accrochées aux vêtements des ravisseurs, puis il fit le compte des fusils et des matraques, remarquant aussi la bosse sous les robes de bure à l'endroit des gilets pare-balles.

Il glissa discrètement d'un mètre vers la gauche.

— Todd, murmura-t-il.

— Quoi ? répliqua dans un souffle le joueur des New York Giants.

— Brown est avec nous ?

Le roi du BTP, une armoire à glace, avait la cinquantaine athlétique.

— Il est prêt. Il en a parlé à Rubinstein, qui va essayer de convaincre le maire de se joindre à nous.

Conlan se félicitait de la présence du champion de football. Avec ses cent dix kilos et son mètre quatre-vingt-douze, Todd était celui qui avait le plus de chances de parvenir à maîtriser l'un des preneurs d'otages.

— Super, répliqua Conlan du coin de la bouche. Avec Rooney, on est déjà cinq. Plus on est nombreux, mieux c'est.

— Comment fait-on ? demanda l'autre.

— Garde ça pour toi jusqu'à nouvel ordre. Tu sais, quand ils nous ont fouillés pour récupérer les téléphones et les portefeuilles ?

Conlan attendit une nouvelle vanne de Rooney avant de poursuivre.

— Ils n'ont pas vu que j'avais un 22 planqué dans ma botte.

En fait, il n'était pas armé, mais c'était le meilleur moyen de redonner confiance aux autres et de les motiver le moment venu.

Des applaudissements le tirèrent de ses pensées et il vit Rooney esquisser une révérence finale.

— Ça peut marcher, marmotta Snow au milieu des applaudissements. On attend ton signal.

24

Mr Clean fit la grimace en glissant une main gantée derrière le téléphone d'une cabine publique au coin de Madison Avenue et de la 51e Rue. Une âcre odeur d'urine lui fit monter les larmes aux yeux. Où se trouvait ce putain de machin?

Il découvrit enfin le câble qu'il cherchait, dissimulé derrière le boîtier téléphonique.

« Encore une idée de génie », sourit-il intérieurement en fixant sur les deux fils du câble les pinces crocodile d'un cadran mobile « emprunté » à un employé des télécoms. Trois semaines plus tôt, ses hommes avaient tiré une ligne du sous-sol du presbytère au boîtier de raccordement le plus proche, avant de faire courir un câble jusqu'à la cabine. Sachant d'avance que toutes les communications seraient interceptées à des kilomètres à la ronde, il avait décidé de mettre en place une ligne pirate.

Mr Clean regarda une dernière fois sa montre et porta le téléphone de campagne à son oreille.

À dix-huit heures très précises, un grésillement lui indiqua que l'un de ses complices venait d'alimenter la ligne à l'aide d'une simple pile de 9 volts. Face aux prouesses de la haute technologie, le système D restait encore le moyen de communication le plus efficace. Mr Clean avait en tête les moindres détails de l'opération, depuis la prise de contrôle de la cathédrale jusqu'au dénouement final qui, il fallait bien l'admettre, n'était pas piqué des vers.

Il sifflota quelques mesures de *O Come, All Ye Faithful*, son air de Noël préféré, avant de s'exprimer dans le combiné.

— Tu es là, Jack?

— Où voudrais-tu que je sois? Alors, comment ça se passe de ton côté?

— C'était à mourir de rire. J'ai bien cru qu'ils allaient se chier dessus quand tu as relâché les gens, répondit Mr Clean avec un petit rire. Même chose avec Hopkins. Ils n'ont toujours pas compris ce qui leur arrivait.

— Voilà une nouvelle qu'elle est bonne, se rengorgea Jack.

— Les interrogatoires avec nos invités de luxe se sont bien passés?

— Très instructifs. Le tout est de savoir si nos amis les flics resteront sages assez longtemps pour nous laisser aller jusqu'au bout.

— D'après ce que j'ai pu voir, ils en ont au moins jusqu'à Noël, pouffa Mr Clean.

— Tu ne m'en voudras pas de ne pas rire avec toi, camarade, rétorqua froidement Jack, mais pour une raison qui m'échappe, l'atmosphère n'est pas aussi sereine quand les canons sont braqués sur toi.

— Chacun son rôle, Jack, voulut le rassurer Mr Clean.

Jack était un éternel inquiet, ce qui n'était pas sa principale qualité.

— Ouais, mais si j'étais toi, je m'assurerais que je connais bien mon texte, conclut Jack sur un ton menaçant en mettant fin à la communication.

25

Lorsque j'ai relevé le nez des notes prises lors de mes conversations avec Jack, la petite fenêtre du QG qui donnait sur la rue était toute noire. Je n'avais pas vu le temps passer. À côté de moi, Paul Martelli discutait au téléphone, tout comme Ned Mason un peu plus loin, et plusieurs collègues pianotaient sur le clavier de leur ordinateur, à commencer par Steve Reno.

Je me suis levé. En m'étirant de toute la hauteur de mon mètre quatre-vingt-cinq, j'ai touché le plafond du mobile home.

Les exigences des ravisseurs avaient été transmises au 26 Federal Plaza, le siège du FBI à New York, et la brigade compétente épluchait minutieusement les chiffres. La rançon s'élevait à un total de près de 80 millions de dollars.

Une somme extravagante pour une seule personne, mais qui semblait presque raisonnable lorsqu'on la ramenait aux deux millions et demi réclamés en moyenne par otage.

Aussi extraordinaire que cela puisse paraître, toutes les personnes contactées avaient accepté de payer sans rechigner.

C'est tout juste si les proches des otages ne m'avaient pas donné les coordonnées de leurs conseillers financiers, avant même que j'aie pu leur expliquer qui j'étais. Plus d'un agent hollywoodien avait spontanément proposé d'avancer l'argent au nom de son client. Dans le même temps, trois banques travaillaient d'arrache-pied à l'organisation des virements.

Un avocat de Beverly Hills avait été jusqu'à me demander le numéro des ravisseurs, m'expliquant qu'il préférait négocier directement avec eux. « Jack ? Excusez-moi de vous déranger, mais Marv Begelman souhaiterait vous appeler lui-même de Californie. »

Le chef des kidnappeurs avait raison d'affirmer que tous ses otages seraient trop heureux de payer pour s'en tirer sans encombre.

En sortant du mobile home en quête d'un peu d'air frais, j'ai été accueilli par le bruit des groupes électrogènes. Les autorités avaient fait installer une demi-douzaine d'éclairages mobiles ; la cathédrale était illuminée comme en plein jour. L'espace d'un instant, je me suis cru sur un tournage de film, un truc que je déteste à New York, où il n'est pas rare qu'on bloque un quartier entier pour y installer une batterie de camions et de projecteurs.

J'ai décidé de rendre une petite visite à la cantine ambulante installée un peu plus loin – en espérant pouvoir avaler quelque chose.

Au croisement de la 50e Rue, j'ai remarqué que St Patrick était également éclairée sur le côté. En temps normal, j'aurais dû croiser des familles se promenant tranquillement, des touristes aux joues rougies par le froid venus de tous les coins du monde pour siroter un chocolat chaud en admirant les vitraux de la cathédrale.

En fait de touriste, j'ai repéré un sniper immobile sur le toit de Saks Fifth Avenue.

Toute cette histoire n'avait aucun sens. Comment ces cinglés pouvaient-ils espérer s'en tirer ?

Pas un centimètre carré de la cathédrale n'échappait aux lunettes des tireurs d'élite. Le trafic aérien avait été interdit au-dessus de la ville, de sorte que toute fuite en hélicoptère était impossible. Ainsi que l'avait fait remarquer Oakley, le patron de l'unité d'intervention, la cathédrale avait été érigée un siècle et demi plus tôt sur de la roche, et aucun sous-sol ne permettait d'envisager une fuite souterraine.

J'ai bien essayé de me convaincre que les ravisseurs n'avaient pas réfléchi au moyen de prendre la clé des champs, préférant improviser le moment venu, mais il me fallait bien reconnaître que j'avais peu de chances d'avoir raison. L'audace avec laquelle ils avaient agi, la manière dont ils nous donnaient des ordres, tout indiquait qu'ils avaient imaginé un moyen de s'en tirer auquel nous n'avions pas pensé.

Je frottais mes mains engourdies par le froid lorsque mon téléphone a sonné.

J'ai décroché, m'attendant à entendre la voix de Jack, prêt à recevoir une nouvelle tuile sur le coin de la figure, lorsque je me suis aperçu que ce n'était pas le portable du service qui sonnait, mais le mien. J'ai levé les yeux au ciel en reconnaissant sur l'écran le numéro de mon grand-père, Seamus.

Comme si je n'avais pas suffisamment de problèmes comme ça…

26

— Seamus, je suis très occupé. De quoi s'agit-il ?

J'aurais pu, c'est vrai, me montrer plus accueillant, mais mon stock de bonne humeur était au plus bas. Sans compter que toute discussion avec mon grand-père est une forme de combat, en dépit de ses soixante-quatorze printemps. Sauf à se mettre tout de suite sur la défensive, Seamus est du genre à vous manger tout cru.

— Eh bien, une bonne soirée à toi aussi, mon petit Michael, a répondu Seamus.

Quand mon cher grand-père irlandais prononce mon prénom en gaélique, je sais que je ne passerai pas à travers les gouttes. À en croire le folklore familial, Seamus ne s'est pas contenté de poser les lèvres sur la pierre de Blarney[1] une fois dans sa vie : il en avale un morceau tous les matins.

— J'apprécie tout particulièrement la courtoisie de ton accueil à l'endroit de celui qui s'occupe actuellement de tes oisillons, a-t-il ajouté.

Mes oisillons ! Mon grand-père serait capable de faire manger leur casquette en tweed à Malachy et Frank McCourt[2].

Seamus est le plus grand comédien irlandais de son temps. Il avait douze ans lorsqu'il a foulé le sol américain

---

1. Incrustée dans la tour du château de Blarney, proche de la ville de Cork, en Irlande, cette pierre de légende est censée conférer l'éloquence à ceux qui l'ont embrassée. *(N.d.T.)*

2. Ces deux frères irlando-américains sont des écrivains et journalistes reconnus pour leur plume alerte. *(N.d.T.)*

pour la première fois, dans les années 1940. Six décennies se sont écoulées depuis, mais, à le voir, on pourrait croire qu'il ramassait encore de la tourbe avec sa charrette et son âne la semaine dernière.

Seamus passe régulièrement à la maison s'assurer que les enfants vont bien. Derrière une épaisse couche de baratin, il dissimule un cœur d'or.

— Où est Mary Catherine ?

— C'est donc ainsi que se prénomme cette jeune personne ? Personne n'ayant pris la peine de nous présenter officiellement, je ne connaissais même pas son nom. Pourquoi ne pas m'avoir prévenu que tu adoptais un autre enfant ?

J'en étais sûr. Derrière ce ton patelin se cachaient des allusions vénéneuses. Pas besoin de bien connaître Seamus pour savoir que sa langue est une machine à tuer.

— Pas mal trouvé, honorable vieillard, ai-je aussitôt réagi. J'imagine que tu as passé l'après-midi à peaufiner une telle réplique. Pour ta gouverne, Mary Catherine est une jeune fille au pair.

— Au pair. C'est comme ça qu'aujourd'hui on appelle les demoiselles en question ? Fais attention à toi, mon petit Michael. Ta grand-mère Eileen m'a un jour surpris en train de faire un brin de causette à une fille au pair un dimanche soir à Dublin. Ça m'a valu trois côtes cassées.

— À Dublin ? C'est curieux, j'ai toujours cru que grand-mère était originaire du Queens.

Pendant qu'il s'emberlificotait dans une explication fumeuse, je lui ai raconté la lettre de la mère de Maeve et l'arrivée inopinée de Mary Catherine.

— Toi qui sais tout des us et coutumes irlandais, qu'en penses-tu ?

— Ça ne me plaît pas beaucoup. Tu ne sais rien de cette fille. À ta place, je surveillerais l'argenterie.

— Je te remercie de tes conseils, vieux soupçonneux. Quant à mes oisillons, je n'ai aucune idée de l'heure à laquelle je pourrai rentrer, mais dis-leur de remplir leur mission. Ils sauront de quoi je parle.

— La mission en question aurait-elle un rapport avec la liste accrochée sur le frigo ?

— On ne peut rien te cacher.

— Qui a eu cette idée ? Toi ou Maeve ? a demandé Seamus sur un ton méfiant.

— Maeve. Elle s'est dit que ce serait aussi bien de leur donner du grain à moudre et de leur changer les idées. En plus, ils sont d'une efficacité redoutable. C'est fou ce qu'on peut faire avec dix paires de mains.

— Ce n'est pas une bonne idée, a finalement réagi mon grand-père : c'est une *excellente* idée. Je ne suis pas surpris qu'elle vienne de Maeve.

— C'est bon, tu as fini ? ai-je répliqué en riant sous cape, sachant à quel point il adorait Maeve. Plus d'insultes à m'envoyer à la figure ? Je peux raccrocher ?

— J'en ai bien quelques-unes en réserve, mais je les garde pour plus tard. À tout à l'heure.

Il faut toujours qu'il ait le dernier mot.

27

L'accès à la « zone interdite », réservée aux forces de police, était strictement défendu aux journalistes. Ils étaient cantonnés un peu plus loin, dans un espace largement occupé par les camions de télévision, toutes antennes déployées au milieu d'une multitude de câbles, d'écrans plats et d'ordinateurs. Une disposition qui nous permettait de tenir régulièrement des conférences de presse.

Les groupes électrogènes alimentant les projecteurs ronronnaient toujours dans l'obscurité lorsque j'ai rejoint le mobile home. Will Matthews m'a confirmé que tous les proches des otages avaient été joints par téléphone et que la situation était au point mort.

— L'attente est le moment le plus désagréable, a conclu Matthews.

— Mike ! m'a hélé Paul Martelli en se levant.

Il avait beau être là depuis le début du siège, il était frais comme une rose.

— Ne prenez pas mal ce que je vais vous dire, mais vous avez l'air crevé. Vous devriez faire un break. Ces clowns ne nous rappelleront pas avant plusieurs heures ; autant que vous soyez en forme à ce moment-là. Je dis ça en pensant aux otages.

— Il a raison, a insisté Matthews. Allez manger un morceau et reposez-vous, Mike. C'est un ordre.

Penser à Maeve au cours de ma petite promenade m'avait donné envie de la voir. L'hôpital n'était pas très loin ; j'avais tout le temps de m'y rendre.

Et puis, rien de tel qu'un service de cancérologie pour se détendre…

J'ai laissé mon numéro de portable à Martelli avant de sortir mon badge pour gagner du temps au moment de franchir les barrages. Des nuées de journalistes, de correspondants et de techniciens étaient parqués des deux côtés de la 5e Avenue. Il régnait partout une atmosphère de camaraderie qu'on aurait pu s'attendre à trouver entre fans de Grateful Dead si Jerry Garcia avait donné un concert posthume.

Pour accéder à mon Impala, il m'a fallu réveiller un gros cameraman qui dormait sur un siège pliant. J'ai sauté derrière le volant et j'ai démarré.

Je me suis arrêté deux fois en chemin : la première au Burger Joint, un curieux fast-food installé dans le hall du Méridien sur la 57e Rue ; la seconde chez Am's Bread, une boulangerie de la 9e Avenue. Les deux fois, je suis ressorti avec un sachet sous le bras.

Pour gagner du temps sur Park Avenue, j'ai mis la sirène et le gyrophare. On apercevait des étoiles de Noël et des guirlandes lumineuses à perte de vue, et d'énormes couronnes ornaient les portes à tambour des tours de bureaux.

J'avais du mal à détacher mon regard des vieux immeubles dont on devinait, derrière la protection des marquises, les entrées lambrissées et brillamment éclairées. Arrêté à un feu au croisement de la 61e Rue, j'ai vu un concierge en chapeau haut-de-forme tenir la porte d'une Mercedes aux sièges de cuir rouge à une ravissante brunette en vison blanc, accompagnée d'une petite fille en jupe écossaise.

Pétri de mauvaise conscience, je me suis aperçu qu'obnubilé par mes problèmes, je n'avais même pas acheté de sapin à mes enfants.

« Pas étonnant qu'il y ait autant de suicides au moment des fêtes », ai-je pensé en longeant, dans un long crissement de pneus, le capot de la Mercedes.

Le simple fait de passer à côté de l'excitation ambiante était une faute de goût. Quel péché mortel avais-je pu commettre pour me sentir aussi déprimé en un moment pareil ? De honte, je me suis enfoncé dans une petite rue sombre et froide.

28

Ma chère Maeve avait les yeux fermés lorsque j'ai franchi la porte ouverte de sa chambre. Son odorat était cependant en état de marche, car elle a souri à l'instant où j'ai posé sur son plateau les sachets apportés en douce.

— Non, tu n'as pas osé, m'a-t-elle dit de sa voix éraillée.

Je lui ai donné à boire dans son gobelet en plastique. Elle a voulu se mettre en position assise et des larmes de douleur lui sont montées aux yeux. De mon côté, je ne valais guère mieux.

— Je sens une délicieuse odeur de cheeseburger, a-t-elle ajouté avec le plus grand sérieux. Mike, si je suis en train de rêver et que tu me réveilles, ce sera ta faute.

— Non, mon ange, ce n'est pas un rêve, lui ai-je murmuré à l'oreille en m'installant sur le lit à côté d'elle. Tu préfères double ration d'oignons ou double ration d'oignons ?

Maeve n'a mangé que la moitié de son cheeseburger et un tout petit morceau de gâteau, mais ses joues avaient repris un peu de couleur lorsqu'elle a reposé le papier gras.

— Tu te souviens de nos marathons de *junk food*?

Sa question m'a fait sourire. Quand on avait commencé à sortir ensemble, on travaillait tous les deux de seize heures à minuit. Au début, on se donnait rendez-vous dans un bar, mais on en a vite eu assez et on a trouvé à la place un magasin vidéo et un supermarché de nuit dont on pillait consciencieusement le rayon surgelés. Poulet frit, pizzas, bâtonnets de mozzarella, rien que des trucs naturels. Tout était bon, à condition que ça se réchauffe au micro-ondes et qu'on puisse manger en regardant un vieux film.

J'ai gardé un souvenir merveilleux de cette époque. Après avoir fini de manger, on discutait pendant des heures. On aurait voulu que ça ne s'arrête jamais. Il n'était d'ailleurs pas rare que le chant des oiseaux nous rappelle l'heure aux premières lueurs de l'aube.

— Tu te souviens de tous les clients que je t'amenais ?

À l'époque, Maeve travaillait au service de traumato du Jacobi Medical Center dans le Bronx, à deux pas du commissariat de la 49e.

C'est tout juste si je ne kidnappais pas les gens dans la rue en effectuant ma ronde, à la recherche du premier prétexte pour les conduire chez Maeve aux urgences.

— Et cet énorme SDF édenté qui a voulu te prendre dans ses bras le soir où tu me l'as amené ? a répondu Maeve en riant. Tu te souviens de ce qu'il t'a dit ? « Toi au moins, t'es pas comme les autres abrutis. T'aimes les gens. »

— Non. Il m'a dit : « Pour un Blanc, t'es vraiment un mec bien. »

Maeve a fermé les yeux et son rire s'est éteint, d'un seul coup. On avait dû lui donner un médicament avant mon arrivée : elle s'endormait déjà.

Je lui ai tendrement serré la main et je me suis levé le plus doucement possible, puis j'ai enlevé les restes de hamburgers, je l'ai bordée et je me suis agenouillé à côté du lit.

Pendant plus de dix minutes, j'ai regardé sa poitrine se soulever à chaque inspiration. Ça peut sembler bizarre, mais, pour la première fois, je n'en voulais plus à Dieu et à la terre entière. Je savais que je l'aimais et que je l'aimerais toujours, c'est tout. Je me suis essuyé les yeux du revers de la manche, je me suis penché au-dessus d'elle et je lui ai glissé à l'oreille :

— Souviens-toi que, grâce à toi, je suis un autre homme.

29

En sortant de l'hôpital, j'ai appelé Paul Martelli depuis mon portable, mais il n'y avait rien de neuf.

— Toujours pareil. Prenez votre temps, les ravisseurs n'ont pas bougé et j'ai votre numéro en cas d'urgence.

— Ned Mason est encore là ?

— Oui, il doit se trouver quelque part dans le coin. Ne vous inquiétez pas, Mike, tout roule.

J'ai suivi le conseil de Martelli. J'ai fait demi-tour et j'ai tourné à gauche sur la 66e Rue afin d'aller m'assurer que tout allait bien à la maison.

Il s'était mis à neiger pendant que j'étais à l'hôpital : les murets de pierre qui bordent la rocade à Central Park étaient recouverts d'une fine pellicule blanche, comme du sucre glace sur du pain d'épices.

Vacherie de ville... Elle avait décidé de me rappeler à chaque instant que c'était Noël. Décidément, les voleurs de sacs à main ne sont jamais là quand on a besoin d'eux.

J'ai allumé la radio et la mélodie de *Silver Bells* s'est échappée des haut-parleurs. Pendant le refrain, j'ai bien cru que j'allais vider mon chargeur sur le tableau de bord.

D'un doigt rageur, je suis passé sur une station rock et j'ai reconnu les premières mesures de *Highway to Hell* d'AC/DC. La route de l'enfer ! Heureux d'avoir enfin trouvé mon hymne personnel, j'ai mis le volume à fond jusqu'à la maison.

En sortant de l'ascenseur, j'ai entendu les voix des enfants depuis le palier. Ce n'était pas très bon signe et j'ai ouvert la porte de l'appartement.

Julia était au téléphone dans l'entrée et elle s'amusait manifestement beaucoup. Je lui donné une petite tape sur la tête en passant et j'ai débranché la prise.

— Au lit.

Je me suis ensuite rendu dans la chambre des filles où gueulait une chanson de Mercedes Freer. Jane était en train de donner un cours de danse à Chrissy et Shawna. J'allais prendre mes trois petites oursonnes dans mes bras quand je me suis vaguement souvenu que Maeve leur avait interdit les chansons de Mercedes.

J'ai éteint la radio et elles ont commencé par pousser des cris d'orfraie avant de rougir en pouffant de rire.

— Dites-moi, les filles. Je ne savais pas que Mercedes donnait un concert à la maison ce soir. Je suis sûr que ça va faire plaisir aux voisins. Alors, vous avez déjà oublié vos missions ?

Jane a hésité à trouver une excuse quelconque avant de baisser la tête.

— Pardon, papa.

— Voilà exactement la réponse que j'attendais. Si tu réponds toujours aussi bien à l'école, ça ne m'étonne pas que tu aies de bonnes notes. Allez, venez avec moi, je poursuis mon expédition punitive.

Nous nous sommes rendus en file indienne dans le salon où Ricky, Eddie et Trent, vautrés sur le canapé, regardaient la télé, où passaient en boucle les images de la prise d'otages. CNN avait même inventé un slogan pour l'occasion : « Compte à rebours à St Patrick ». Je n'ai pas une très bonne mémoire, mais je croyais me souvenir que les seules chaînes autorisées à la maison étaient ESPN, le Food Network, éventuellement la chaîne éducative TLC, une chaîne de dessins animés et la chaîne publique.

Les trois garçons ont fait un bond au plafond quand j'ai atterri au milieu d'eux en sautant par-dessus le dossier du canapé.

— Vous faites des recherches pour un exposé, c'est ça ?

— On t'a vu ! s'est écrié Trent, qui avait commencé par se cacher le visage dans les mains. On t'a vu à la télé ! Sur toutes les chaînes.

— Peut-être, mais je vous ai quand même pris la main dans le sac !

Brian, mon aîné, était tellement absorbé par un jeu vidéo sur son ordinateur qu'il ne m'a pas entendu entrer dans sa chambre. C'était oublier un peu vite que les pères bafoués n'ont rien à envier aux plus vaillants ninjas : j'ai éteint le disque dur de son Dell au moment où Barry Bonds était en pleine action.

— Hé ! Arrête !

Il s'est retourné d'un air furieux et son visage s'est décomposé en me voyant.

— Ah... papa !

— Brian ?

— C'est-à-dire que...

— Je te conseille de t'en remettre sans rechigner à l'indulgence du jury.

— Excuse-moi, papa. Je me dépêche de faire la mission que maman m'a donnée. Illico presto.

En ressortant de sa chambre, j'ai bien failli renverser Mary Catherine.

— Monsieur Bennett. Je veux dire Mike. Je suis sincèrement désolée, a-t-elle dit précipitamment. J'allais les mettre au lit quand Bridget m'a demandé de l'aider. Elle m'a dit...

— Laissez-moi deviner. Elle est en retard pour un devoir d'arts plastiques à l'école.

— Comment avez-vous deviné ?

— J'ai oublié de vous dire. Bridget est accro aux travaux manuels. On a bien essayé de la sevrer en la privant de colle, de paillettes et de perles, mais rien n'y fait. Si on lui laissait carte blanche, la planète serait envahie de porte-clés, de bracelets et autres boîtes à bijoux. Je suis parti suffisamment souvent au boulot avec des paillettes plein la figure pour que mes collègues s'interrogent sur mes activités extraprofessionnelles. Bridget a profité du fait que vous êtes nouvelle, mais les travaux manuels sont rigoureusement interdits dans cette maison en dehors du week-end.

— Je ne savais pas, a répondu Mary Catherine, l'air piteux. Je vois que j'ai des progrès à faire.

— Vous plaisantez ou quoi ? Le simple fait d'être encore en vie ou de ne pas vous être enfuie en courant devrait vous valoir une nomination immédiate à l'ordre du Mérite.

30

Je venais de relever Mary Catherine de son commandement et je l'avais envoyée se coucher lorsque je suis tombé dans ma cuisine sur ce qui avait tout l'air d'être un curé : un vieux monsieur à cheveux blancs, tout de noir vêtu, prêt à souder de son fer à repasser fumant le poney en billes roses et blanches auquel ma petite Bridget mettait la dernière main sur le plan de travail.

— Tiens donc ! Le père Simiesque… je veux dire Seamus.

Contrairement à ce qu'on pourrait croire, ce n'était pas un déguisement d'Halloween. Le fait est que mon grand-père est prêtre. À la mort de sa femme, Seamus a vendu le bistrot qu'il tenait depuis trente ans dans le quartier de Hell's Kitchen, et il est entré dans les ordres. La crise des vocations était à son paroxysme et l'évêché a été trop heureux de l'accueillir.

« Je suis passé directement de l'enfer au paradis », a-t-il coutume de dire.

Il vit désormais au presbytère de la paroisse du Holy Name, à deux pas de chez moi, et lorsqu'il ne s'occupe pas (avec talent, il faut bien le reconnaître) des affaires de ses ouailles, il fourre son nez dans les miennes. Seamus ne se contente pas de pourrir mes enfants : tout curé qu'il est, il prend un malin plaisir à leur faire faire des bêtises.

Le visage de Bridget s'est décomposé en me voyant débarquer dans la cuisine.

— Salutpapajevaisaulitetjet'aime, a-t-elle marmonné en dégringolant de son tabouret avant de s'éclipser. Fiona, son chat dans les bras, a contourné le plan de travail à la vitesse de l'éclair et s'est empressée d'imiter sa jumelle.

— Les effets d'une sénilité précoce, monseigneur ? Ou alors vous ne savez plus lire l'heure ? Je vous rappelle que les enfants ont classe demain matin.

— Est-ce que tu as vu ce fier destrier ? a répondu Seamus en passant le fer chaud sur une feuille de papier sulfurisé posée sur les billes de plastique afin de souder l'ensemble.

C'est tout juste si ma fille n'avait pas réalisé son poney grandeur nature. Il ne manquait plus qu'un box dans un coin de l'appartement pour le ranger.

— Cette petite est extrêmement douée. Tu sais ce qu'on dit ? Le talent ne se trouve pas dans les livres.

— Merci de cette pensée philosophique profonde, Seamus, mais si les enfants n'ont pas leur content de sommeil et qu'ils ne s'en tiennent pas aux horaires prévus, je ne réponds plus de rien.

Seamus a débranché le fer et l'a reposé bruyamment sur la planche à découper en me regardant, sourcils froncés.

— Puisque tu sembles si à cheval sur le règlement, explique-moi l'intérêt de faire entrer une inconnue dans cette maison à un moment pareil. Cette Mary Catherine prétend être originaire de Tipperary. Les gens de Tipperary ont toujours été bizarres, ça doit tenir au vent du nord. Pour te dire le fond de ma pensée, sa tête ne me revient pas, et je ne trouve pas sain qu'une jeune fille se retrouve seule chez un homme marié.

La coupe était pleine. J'ai pris le poney en plastique et je l'ai jeté à la figure de Seamus. Il s'est baissé juste à temps et le poney s'est écrasé contre le frigo, entraînant dans sa chute le planning des enfants.

— À qui veux-tu que je fasse part de tes inquiétudes, pépé ? ai-je hurlé. À ma femme sur son lit de mort, ou bien alors aux trente-trois stars du showbiz et de la politique qui passent tranquillement la nuit à St Patrick avec un flingue sur la tempe ?

Seamus a fait le tour du plan de travail et m'a posé la main sur l'épaule.

— Je m'étais bêtement imaginé que tu ferais appel à moi pour t'aider, m'a-t-il dit avec des accents de lassitude que je ne lui avait jamais connus.

J'ai enfin compris pourquoi l'arrivée de Mary Catherine le traumatisait autant. Le vieux bougre s'imaginait que j'étais en train de le mettre sur la touche. Il était temps de redresser la barre.

— Écoute-moi, Seamus. Même avec vingt personnes à mon service, j'aurais encore besoin de toi. Tu le sais très bien. Tu es ici chez toi, tu le seras toujours, et je voudrais que tu m'aides à aider Mary Catherine. Tu crois que tu peux faire ça pour moi ?

Seamus a fait semblant de réfléchir en esquissant une moue.

— Je vais essayer, a-t-il répondu d'une voix tragique.

Je suis allé ramasser le planning des enfants au pied du frigo ; lorsque j'ai voulu faire de même avec le poney, je me suis aperçu qu'il avait perdu sa queue.

— Seamus, tu vas devoir rebrancher ton fer à repasser. Si jamais Bridget voit son poney dans cet état, elle est capable de nous tuer tous les deux.

31

En regagnant St Patrick, j'ai trouvé deux mobile homes de l'unité d'intervention du FBI garés à côté de celui du NYPD. Il ne manquait plus que des tables et des chaises pliantes pour organiser un pique-nique géant.

Un pique-nique en enfer.

J'ai prévenu Will Matthews de mon retour avant d'aller saluer mes collègues. Les ravisseurs n'avaient pas bougé, aucune nouvelle de Jack.

En désespoir de cause, je me suis versé mon vingtième café de la journée avant de m'asseoir.

Le sentiment d'impuissance qui accompagne les longs moments d'attente est particulièrement frustrant. C'est d'ailleurs pour ça que j'ai demandé à changer d'affectation il y a trois ans. À la Crim', il y a toujours mille trucs à faire. Des vérifications, des analyses, de quoi nourrir les névroses les plus coriaces.

Je me suis redressé sur mon fauteuil pivotant, pris d'une idée subite.

Lorsque j'ai rejoint Will Matthews, il avait un verre d'eau pétillante à la main.

— Patron, vous vous souvenez de ce que je vous ai dit à propos de Caroline Hopkins ? Sur le fait que sa mort n'était peut-être pas accidentelle. Le restaurant où a eu lieu le drame, L'Arène, est tout près. Je me disais que j'aurais pu en profiter pour interroger le personnel.

Matthews a fait oui de la tête en se frottant les yeux.

— Okay. Allez faire un tour là-bas si ça peut vous faire plaisir, tant que vous êtes de retour dans vingt minutes.

J'ai tapoté la poche de mon manteau.

— Je suis joignable sur le portable.

La mort brutale de l'ex-First Lady et la prise d'otages avaient visiblement coupé l'appétit de l'élite new-yorkaise : L'Arène était vide ou presque lorsque j'ai poussé la porte du restaurant. De chaque côté de l'escalier de marbre de l'entrée recouvert d'une moquette bleu-blanc-rouge s'élevaient de somptueuses pyramides de citrons et de pommes, posées sur de très vieilles caisses de champagne.

En d'autres circonstances, l'élégance du décor et l'arrogance tranquille du larbin français aux cheveux bruns frisés à l'entrée ne m'auraient peut-être pas autant choqué, mais j'ai brusquement senti monter en moi une bouffée de fureur.

En levant les yeux du volumineux registre de réservations, le maître d'hôtel a fait la même grimace que s'il avait avalé un mauvais escargot.

— La cuisine est fermée, a-t-il laissé tomber d'un air hautain.

D'autorité, j'ai fermé son registre et je lui ai fourré mon badge sous le nez. J'avoue avoir éprouvé une certaine satisfaction en le voyant devenir vert.

— Non, je ne crois pas que la cuisine soit encore fermée.

Je lui ai dit que je venais enquêter sur la mort de Caroline Hopkins et il m'a tout de suite tendu une carte de visite.

— Le cabinet Gilbert, DeWitt et Raby se charge de nos intérêts. Je vous prierai de bien vouloir vous adresser directement à lui.

— Merci beaucoup, ai-je rétorqué en repoussant sa carte, mais je ne suis pas assureur. Je fais partie de la Brigade criminelle. Maintenant, vous avez le choix : soit vous me laissez poser de façon informelle quelques questions au personnel, soit j'appelle mon patron et on passera par la voie hiérarchique. En clair, vous recevrez une convocation et nous commencerons par nous assurer que tous vos employés disposent d'un titre de séjour en bonne et due forme. Vous avez peut-être aussi déjà entendu parler du FBI ou du fisc ? Je suppose que vous êtes en mesure de produire l'ensemble des justificatifs fiscaux de cet établissement pour les cinq dernières années ? Sans parler des vôtres, naturellement.

Comme par miracle, les traits du maître d'hôtel se sont métamorphosés. Je n'aurais jamais cru ce Français austère capable d'un sourire aussi affable.

— Je m'appelle Henri, a-t-il précisé avec une courbette. Dites-moi, inspecteur, en quoi puis-je vous être utile ?

32

J'ai expliqué à mon ami Henri le but de ma visite, et il m'a entraîné dans les cuisines où il s'est empressé de jouer les interprètes avec le chef.

Ce dernier était le portrait craché du maître d'hôtel, en plus petit, plus rond et plus vieux. Mes questions n'ont pas eu l'air de lui faire plaisir. À ce qu'il m'a expliqué avec une certaine irritation, il avait préparé lui-même l'assiette de la First Lady et, jamais au grand jamais, la moindre cacahuète n'aurait pu se retrouver mêlée au foie gras de Caroline Hopkins.

Dans la bousculade, un apprenti aurait éventuellement pu renverser de l'huile d'arachide sur le foie gras, mais la chose lui paraissait très improbable. Avant de s'éloigner avec ses casseroles, le chef a conclu sèchement par une phrase en français. Au passage, j'ai cru reconnaître les mots « américains » et « Snickers ».

— Qu'est-ce qu'il a dit ?

Le maître d'hôtel a rougi.

— Le chef cuisinier pense que la première dame aura peut-être mangé par mégarde un... une barre chocolatée avant le dîner.

Décidément, il était écrit que les relations diplomatiques entre la France et les États-Unis ne se réchaufferaient pas aujourd'hui.

— Vous avez eu des changements de personnel depuis le soir du drame ?

Henri a tapoté ses lèvres pincées d'un doigt noueux.

— Oui, en effet. Le lendemain ou le surlendemain, l'un des apprentis, Pablo je crois, n'est pas revenu.

— Le nom de famille de ce Pablo ? Son adresse ? Vous devez avoir ça sur sa feuille d'embauche.

Une expression coupable, presque douloureuse, s'est affichée sur le visage de ce cher Henri.

— Vous avez vous-même prononcé le mot « informel » tout à l'heure. Vous savez ce que c'est : Pablo était employé chez nous de manière informelle, et nous ne disposons pas de feuille d'embauche. Son départ nous a paru tout à fait anodin, le turn-over est assez important chez les apprentis. C'est d'ailleurs le cas dans tous les restaurants.

— J'imagine bien.

— Attendez un instant. Il me semble qu'il a laissé des affaires dans son casier. Vous souhaitez peut-être y jeter un coup d'œil ?

L'ancien casier de Pablo ne contenait que deux choses : une paire de baskets usées et un vieil horaire de la ligne Metro-North Hudson.

« L'affaire des baskets usées » : un titre tout trouvé pour une aventure d'Encyclopedia Brown.

En attendant, jusqu'à preuve du contraire, j'avais fait chou blanc.

J'ai mis les baskets et la fiche horaire dans un sac en plastique qui traînait sous le casier, avec le faible espoir de pouvoir récupérer les empreintes de Pablo – au cas où il n'aurait pas déjà trouvé refuge dans un quelconque pays d'Amérique centrale.

Piètre indice, mais indice quand même.

— Vous avez trouvé quelque chose ? m'a demandé Henri, l'air tout excité.

Je lui ai montré mon sac en plastique et j'ai claqué la porte du casier.

— Croyez-moi, Hank, c'est rare de trouver quelque chose.

33

Dans son rêve, Laura Winston se trouvait sur le lac de la propriété de Ralph Lauren dans le comté de Westchester. La « reine de la mode du nouveau millénaire » – selon l'expression consacrée par *Vogue* – était allongée dans un canot, drapée dans un voile de mousseline dont la blancheur immaculée contrastait avec le bleu du ciel. Le canot longeait la rive sous un bouquet de cerisiers en fleur, dont les pétales transparents flottaient jusqu'à elle, lui recouvrant le visage, le cou, la poitrine. Elle voulut se redresser et s'aperçut que la mousseline lui emprisonnait les bras. Laura Winston se mit à crier, comprenant brusquement qu'elle était morte et que le canot était sa barque funéraire.

Elle se réveilla en sursaut et se cogna violemment la tête contre le bras du banc sur lequel elle s'était assoupie.

Un bruit de bottes résonna derrière elle sur le sol dallé. Deux des preneurs d'otages encagoulés, des chapelets de grenades accrochés à leur robe de moine, remontaient lentement l'allée centrale de la chapelle.

« Quelle idiote », fit Laura intérieurement. Si elle avait poliment refusé de se rendre à cet enterrement, elle se trouverait actuellement à dix mille mètres d'altitude au-dessus de la Caraïbe, en route pour le palais Renaissance qu'elle s'était fait construire à Saint-Barth pour la modique somme de 21 millions de dollars. À l'heure qu'il était, elle mettrait la dernière main aux préparatifs de la Saint-Sylvestre. Giorgio, Donatella, Ralph et Miuccia avaient déjà confirmé leur venue.

Mais elle avait ignoré la petite voix qui, la veille encore, lui conseillait de ne pas commettre d'imprudence : « Gare, Laura.

Ce genre de festivités pourrait bien attirer l'attention des terroristes. Danger ! »

Il y avait surtout l'autre petite voix, enfouie au plus profond de son âme, qui menaçait dangereusement de se réveiller.

Car Laura était venue sans ses précieuses petites pilules.

Tout avait commencé le jour où elle s'était fait prescrire de l'OxyContin après s'être fait mal au dos en jouant au tennis. Un mois plus tard, avec la complicité passive de son médecin traitant, elle décidait de poursuivre le traitement en complément des multivitamines qu'elle prenait déjà. Un moyen imparable de combattre le stress et la fatigue.

Laura refusait encore de l'admettre, mais elle était en manque depuis une heure ou deux. La même mésaventure lui était arrivée lors d'une séance photo au Maroc qui avait pris un jour de retard. Le manque s'était tout d'abord manifesté sous la forme d'une légère irritation, puis les choses avaient empiré et elle avait fini par vomir pendant plus d'une heure avant de se mettre à trembler de tous ses membres. Dix heures plus tard, elle s'arrachait les cheveux ou presque. Laura ne savait pas comment elle s'en serait tirée sans un photographe complaisant qui lui avait donné un demi-flacon de Valium.

Cette fois, la situation était pire, car elle n'avait rien à se mettre sous la dent.

À moins que les autres aient pensé à emporter quelque chose. Hollywood est le royaume de l'automédication ; il lui suffisait de poser discrètement la question. Après tout, ils étaient tous dans la même barque.

« Mais non, je ne peux même pas », pensa-t-elle en frissonnant. Sa carrière tenait uniquement à sa réputation : pas question de faire savoir à la terre entière qu'elle était accro à « l'héroïne du pauvre ». Vite, trouver une solution.

Et d'abord, que voulaient leurs ravisseurs ? De l'argent probablement, sauf s'ils militaient pour une cause quelconque. Quoi qu'il en soit, ils avaient tout intérêt à ce qu'elle reste en vie.

Elle n'avait qu'à faire semblant d'être malade. Une crise cardiaque ? Non, il suffisait qu'ils lui prennent le pouls pour s'apercevoir que c'était du cinéma. Quoi d'autre, alors ? Une attaque de diabète, ou bien alors une crise d'angoisse ?

Voilà la solution ! Une crise d'angoisse ! Elle n'aurait pas besoin de se forcer beaucoup. Elle transpirait déjà et son cœur battait anormalement vite.

La solution rêvée pour que personne ne sache ce qui lui arrivait. Au pire, on la mettrait en quarantaine, ce qui lui permettrait de vomir tranquillement.

Cessant brusquement de contrôler le tremblement qui l'agitait, Laura Winston décida de se jeter à l'eau.

34

Absorbée par un exercice de yoga pranayama, Eugena Humphrey ne vit pas Laura Winston se lever. Elle sursauta de façon fort peu zen en entendant la diva de la mode pousser un gémissement digne d'un écureuil enragé.

Avec ses traits brouillés et ses cheveux savamment décolorés, on aurait pu croire que Laura faisait une crise de somnambulisme – si elle n'avait eu les yeux grands ouverts.

— Asseyez-vous, Laura. Vous avez vu ce qui est arrivé à Mercedes. Ces types ne plaisantent pas, murmura Eugena en tirant sa voisine par le revers de sa jupe en daim Chanel.

— Ne me touchez pas ! hurla Winston.

Ça y est, elle nous fait une crise d'hystérie, pensa Eugena, décidée à calmer sa voisine avant qu'elle ne soit abattue par leurs ravisseurs.

— Mais enfin, Laura, que se passe-t-il ? demanda-t-elle d'une voix qu'elle voulait la plus calme possible. Dites-moi ce qui ne va pas : vous verrez, tout ira bien.

— Je n'en peux plus ! vociféra Laura en se ruant dans l'allée centrale. Au secours ! Aidez-moi ! Je vous en prie !

Le chef des ravisseurs pénétra dans la chapelle à l'instant où Laura tombait à genoux en poussant des cris.

— Pas question de la laisser péter les plombs, fit Jack à l'adresse de Little John. Occupe-toi d'elle.

L'impressionnant preneur d'otages s'approcha de Laura, qu'il força à se relever en la prenant par le revers de sa veste.

— Madame, je vous demanderai de bien vouloir regagner votre banc.

— Au secours ! hurla-t-elle entre deux sanglots. Aidez-moi, je vous en prie ! Je n'arrive plus à respirer. Ma poitrine ! De l'air ! Cette chaleur ! Qu'on m'emmène à l'hôpital !

— En service psychiatrique alors, plaisanta Little John. Vous êtes en train de faire une crise de nerfs, et le seul moyen de vous calmer est encore de vous flanquer des claques. Vous avez envie que je vous flanque des claques, c'est ça ?

Laura Winston voulut s'enfuir, mais le preneur d'otages lui attrapa le poignet au passage. Lui tordant le bras, il l'agrippa par sa savante coiffure et la poussa devant lui.

— Puisque c'est ça que vous voulez, maugréa Little John en secouant la tête.

De sa main libre, il ouvrit la porte d'un confessionnal aménagé dans l'ombre d'une énorme Pieta, et poussa brutalement à l'intérieur une Laura Winston hurlante. Comme elle faisait mine de ressortir, il l'envoya bouler d'un coup de ranger en pleine poitrine et claqua la porte du confessionnal.

— Putain, soupira Little John en dévisageant les otages, ébranlés par la scène. Quelqu'un d'autre ?

35

Très content de lui, Little John remonta l'allée centrale en roulant des mécaniques. Voir Laura Winston se faire maltraiter de la sorte était au-dessus des forces de Rooney, qui, oubliant toute prudence, se jeta sur le preneur d'otages au moment où celui-ci passait à sa hauteur.

L'acteur fit tomber le géant puis, animé par la peur et la rage, lui passa un bras autour du cou et serra de toutes ses forces.

Rooney maintenait toujours son adversaire au sol lorsqu'il fut rejoint par les autres ravisseurs. Les coups de rangers se mirent à pleuvoir sur le dos, le cou et le front de l'acteur, qui ne pensait qu'à une chose : ne pas lâcher prise.

Les coups s'arrêtèrent brusquement et Rooney entendit une clic métallique tout près de son oreille tandis qu'un objet froid et dur se posait sur sa tempe.

Il ouvrit un œil et vit Jack qui lui souriait à l'autre extrémité d'un M16.

— Je ne vous le demanderai pas deux fois, dit Jack. Lâchez-le.

— Allez-y ! Tuez-moi ! s'entendit répondre Rooney. Ne comptez pas sur moi pour vous regarder maltraiter des femmes et des personnes âgées sans rien faire !

Jack plissa les yeux derrières les ouvertures de sa cagoule et abaissa lentement le canon du M16.

— Très bien, monsieur Rooney, laissa-t-il tomber. J'ai compris. Je vais prendre les mesures nécessaires pour calmer mes troupes. À présent, si vous voulez bien lâcher mon collègue… J'ai peur qu'en le tuant, vous ne mettiez le doigt dans un dangereux engrenage.

Rooney relâcha son étreinte et se releva, essoufflé. Il saignait à la joue, à l'endroit où un lacet de ranger l'avait égratigné, et son bras droit lui faisait aussi mal que s'il était passé dans une broyeuse – mais il s'était prouvé à lui-même qu'il avait le courage de résister.

Little John se releva d'un bond, prêt à charger son adversaire comme un doberman. Jack s'empressa de le calmer en lui posant le canon de son arme sur la poitrine.

— Tu devrais aller manger un morceau et te reposer, lui conseilla-t-il. Quant à vous, monsieur Rooney, regagnez votre place. J'ai à vous parler.

Rooney obtempéra et Jack s'approcha de l'autel en s'éclaircissant la gorge. Le visage souriant, on aurait dit un responsable de compagnie aérienne un jour de grève.

— Salut à tous. Le processus de négociation est engagé et tout se présente pour le mieux. Si tout va bien, nous espérons pouvoir vous rendre à vos proches le matin de Noël.

Personne n'aurait songé à applaudir, mais le soulagement était palpable.

— Maintenant, passons aux mauvaises nouvelles, poursuivit Jack. Je souhaitais vous avertir qu'en cas de pépin, nous nous verrions dans l'obligation d'abattre certains d'entre vous.

Un gémissement sourd accueillit sa déclaration.

— Nous nous trouvons dans un lieu de prière et je ne saurais trop suggérer à ceux d'entre vous qui ont des convictions religieuses d'en tirer le meilleur parti.

Linda London, l'animatrice de télé-réalité, fondit en larmes et se recroquevilla sur elle-même.

— Mesdames et messieurs, je vous en prie, les admonesta gentiment Jack. Je vous en prie. Vous vous comportez comme si on allait vous torturer. Pour preuve de notre humanité, je vous donne ma parole qu'en cas d'exécution, nous nous contenterons d'une balle dans la nuque.

Sur ces mots, Jack descendit les quelques marches de l'autel et s'arrêta à hauteur de Rooney.

— À propos, j'allais oublier, dit-il en lui posant sa matraque électrique sur le cou.

Tétanisé par l'électrochoc, Rooney serra machinalement les paupières et une explosion de couleurs lui passa devant les yeux. Un râle se perdit dans sa gorge et il roula sous son siège, paralysé par la douleur.

— Il ne faudrait pas nous confondre avec des GO, précisa Jack. On n'est pas à la télé.

Les paroles de Jack parvenaient à Rooney dans un brouillard. Une pensée s'imposa soudainement à lui comme une évidence : j'aurais mieux fait de le laisser me tuer.

— Je vois que la célébrité et l'intelligence ne font pas vraiment bon ménage, grinça Jack. En quelle langue faut-il vous dire de vous tenir à carreau pour ne pas prendre une balle dans la tête ?

36

Il était sept heures moins dix lorsque Brian Bennett, onze ans, frappa à la porte de la chambre de sa sœur.

— Julia ? chuchota-t-il. Tu es réveillée ?

Julia apparut sur le seuil, les cheveux mouillés, un peigne à la main. Brian, déçu, constata qu'elle avait déjà pris sa douche. Il aurait voulu être le premier debout, en vrai chef de famille – il était l'aîné des garçons, après tout. À quelle heure Julia-la-Grande avait-elle pu se lever ? Six heures ?

— J'allais venir te chercher, fit Julia. Papa dort encore ?

— Comme un âne m… euh, je veux dire, comme une bûche, se corrigea Brian. Va savoir à quelle heure il est rentré cette nuit. Tu veux que je prépare les bols de céréales avant d'aller réveiller les monstres ?

— Okay, mais si t'as terminé avant que j'aie fini de préparer les filles, occupe-toi de Trent, Eddie et Ricky. J'en ai pour un bout de temps si je veux les habiller et les coiffer correctement.

— D'ac, acquiesça Brian.

Alors qu'il s'éloignait, il fit demi-tour.

— Hé, Julia.

— Quoi ?

— C'est vraiment pas cool que papa nous ait tous trouvés debout hier soir. Super, ton idée de se lever tôt pour s'occuper des autres.

— Merci, Brian. C'est sympa de ta part.

« C'est vrai, ça ! se dit-il intérieurement. Qu'est-ce qui me prend d'être sympa avec elle ? »

— Le dernier qui a fini de préparer les petits est un nul ! lança-t-il par dessus son épaule avant de disparaître.

Il commença par préparer la table du petit déjeuner, puis rejoignit la chambre des garçons. Il secouait la jambe de Ricky dans le lit du dessous lorsque Trent se pencha au-dessus de lui, pendu la tête en bas comme une chauve-souris.

— Il est passé ? Il est passé ? demanda-t-il, au comble de l'excitation.

— Qui est passé ? interrogea Brian en prenant son petit frère dans ses bras avant de le déposer par terre, pieds nus.

— Ben… le Père Noël ! s'écria Trent.

— Bien sûr que non.

— Quoi ? fit Trent d'une voix triste. Le Père Noël est pas passé ? Pourquoi ? Me raconte pas d'histoires, Brian. Je sais que j'ai été un peu méchant, mais j'ai été gentil aussi.

— C'est pas encore Noël, espèce de nul ! répliqua Brian en se dirigeant vers le placard. Réveille Ricky et brosse-toi les dents. Et rince-toi bien la bouche. Allez !

Brian affichait un large sourire en ouvrant la porte de la chambre cinq minutes plus tard, mais les filles sortaient de leur antre au même moment. Et zut ! Ils finissaient *ex æquo.*

Brian éclata de rire. C'était trop drôle de voir les filles dans leurs déguisements.

La répétition du spectacle de Noël de l'école avait lieu aujourd'hui et chacun avait un rôle. Chrissy, Shawna, Bridget et Fiona faisaient les angelots avec une auréole en guirlande, Trent et Eddie étaient déguisés en bergers et Ricky, affublé d'une énorme barbe noire, avait l'honneur d'interpréter Joseph. Même Jane et Julia, qui faisaient partie de la chorale, avaient enfilé de longues robes argentées. Brian n'était pas en reste, puisqu'il interprétait l'un des rois mages.

— Regarde-moi ça, s'exclama-t-il en s'installant à côté de Julia au bout de la table. Tu trouves pas qu'ils sont trop choux ?

Julia sortit un appareil numérique de sa robe et prit ses petits frères et sœurs en photo. Brian, perplexe, se demanda comment faisaient les filles pour avoir tant de bonnes idées.

Julia lui montra l'écran de son appareil.

— Tu crois pas que maman va la trouver belle ? demanda-t-elle.

— Peut-être, bougonna Brian. Comment veux-tu que je sache ?

37

Réveillé ce matin-là par le ramdam, les cris et les fous rires de ma smala en train de se préparer, j'ai béni ma chère femme en sentant sa place vide dans le lit. Les jours où je travaillais, il était entendu qu'elle les habillait et que je les emmenais à l'école. Me laisser dormir quelques minutes de plus pendant qu'elle gérait le lever de dix enfants faisait partie des attentions muettes que seuls peuvent comprendre les gens mariés depuis des années.

Je me suis retourné, cherchant le souvenir de sa chaleur sur l'oreiller, lorsque la triste réalité m'a rattrapé.

Seul dans mon lit, confronté à ma première dose d'horreur quotidienne, une question s'est imposée à moi avec une brutalité inouïe : si Maeve n'était pas là pour préparer les enfants, qui allait s'en charger ?

J'ai sauté du lit et enfilé ma vieille robe de chambre trouée.

J'aurais du mal à décrire mon étonnement en débarquant dans la cuisine et en voyant mes enfants prêts pour le spectacle de Noël. Je me suis demandé un instant si je rêvais en découvrant un tableau digne de la Renaissance. Trent a rompu le charme en renversant son bol de SpongeBobs, et toutes les têtes se sont tournées dans ma direction.

— Papa ! ont lancé dix voix en même temps.

Comment avaient-ils fait ? Je me sentais d'autant plus coupable que j'avais complètement oublié cette histoire de spectacle de Noël. Sans savoir pourquoi, je me suis mis à pleurer en ramassant une par une les céréales écrasées sur le lino.

Brusquement, j'ai compris.

Le fait que les enfants se soient occupés de tout, c'était un peu comme si Maeve était arrivée au bout de son travail de mère et qu'elle s'apprêtait à partir, sa tâche terminée.

Je me suis essuyé les yeux sur la manche de ma robe de chambre pendant que Chrissy me serrait fort dans ses bras en me faisant avec ses cils un baiser papillon dans le cou.

Si Maeve m'avait vu pleurer devant les enfants, elle m'aurait donné des gifles. J'ai respiré un grand coup et j'ai redressé la tête en leur adressant mon plus beau sourire, conscient d'être l'heureux père d'une nichée d'anges. J'ai adressé un petit signe de tête à Julia et Brian car si deux personnes, ou plutôt deux enfants, méritaient qu'on loue leur altruisme, c'était bien eux. J'ai serré les dents afin de chasser la bouffée de chagrin qui m'envahissait et je me suis raclé la gorge.

— Je sais bien qu'on n'est pas dimanche, me suis-je écrié avec enthousiasme, mais je me demandais si l'un ou l'une d'entre vous accepterait de prendre un super petit déjeuner avec moi.

Des voix se sont élevées tout autour de la table et j'ai posé deux poêles sur le gaz.

Seamus a débarqué au moment où je distribuais à chacun un savant mélange d'œufs, de bacon, de pommes de terre et d'oignons émincés.

— Par saint Patrick, a grommelé le vieil homme en ouvrant des yeux ronds. C'est déjà Halloween ?

— Non ! ont hurlé les enfants en s'étouffant de rire.

Sur ces entrefaites, Mary Catherine est arrivée, l'air interrogateur, et je lui ai tendu une assiette en souriant.

— Je vous avais prévenue que vous mettiez les pieds dans un asile de fous.

Savourant l'instant présent, je suis resté là à regarder mes enfants manger et rire. La parenthèse s'est refermée à l'instant où j'ai aperçu mon portable et mes clés sur le plan de travail, à côté de la machine à café.

Putain de planète ! Si seulement elle pouvait me foutre la paix une minute…

J'ai repensé aux otages, aux heures qui s'écoulaient inexorablement ; ce sont les ravisseurs qui m'ont finalement donné le courage de m'arracher à la cuisine pour aller prendre une douche. J'ai souri avec une certaine amertume en m'apercevant que j'étais en train de transférer mon ressentiment sur les preneurs d'otages. J'allais devoir abandonner les miens à cause de Jack et je n'ai pas manqué de lui adresser un e-mail imaginaire : « Tu devrais faire attention, mon vieux. Tu ne sais pas à qui tu as affaire. »

38

La famille Bennett a créé de nouveaux embouteillages ce matin-là devant l'entrée de Holy Name. Une ravissante petite brune qui descendait de taxi en robe noire à paillettes n'a pu retenir un « Ohhhhhh ! » d'admiration en apercevant mes anges avec leurs déguisements. Au moment où il retirait l'oreillette de son iPod pour répondre à son portable, un yuppie élégant, vêtu d'un manteau en poil de chameau, est même resté bouche bée à la vue de ma smala.

Mais la plus belle réaction aura été celle de sœur Sheilah.

— Dieu vous bénisse, monsieur Bennett, m'a-t-elle dit avec un vrai sourire en retenant la porte qu'elle s'apprêtait à fermer.

Malgré le froid, j'avais chaud au cœur en remontant dans mon minibus, et j'ai décidé de me poser quelques instants, le temps de lire les titres du *Times* ramassé sur mon paillasson en partant.

L'étincelle qui ne demandait qu'à s'allumer dans ma tête s'est éteinte brutalement lorsque j'ai découvert ma photo à la une du journal, sous le titre « Prise d'otages à l'enterrement de la First Lady », avec une légende particulièrement gratifiante : « Nous ne savons rien. »

J'ai tout de suite cherché la signature du coupable.

Cathy Calvin.

J'aurais dû m'en douter.

J'en avais des aigreurs d'estomac. Elle ne m'avait pas loupé – jusqu'à la photo, qui était horrible. On me voyait en gros plan avec une expression pensive proche de l'hébétude.

Le photographe avait dû la prendre au moment où je cherchais des yeux le vieux gardien de la cathédrale.

« Un grand merci pour cette minute de gloire inespérée, chère madame Calvin. Vraiment, vous n'auriez pas dû… »

Je voyais déjà la tête de Will Matthews. Il n'allait pas manquer de me féliciter pour mon remarquable travail de relations publiques.

D'un geste rageur, j'ai balancé le journal derrière mon siège et j'ai démarré.

39

Il était exactement huit heures vingt-neuf lorsque Mr Clean reposa son gobelet de café sur la tablette recouverte de givre dans la cabine téléphonique installée au coin de Madison Avenue et de la 51e Rue.

Il avait été contraint d'acheter son café chez l'un de ces horribles vendeurs ambulants, mais le liquide brûlant lui faisait du bien.

À peine visible entre les immeubles grisâtres de la 51e Rue, le ciel ressemblait à un gigantesque tesson de bouteille sale. Un peu plus haut, de l'autre côté des barrages de police, la lueur du matin jetait un jour incertain sur les vitraux sombres de St Patrick.

Un petit sourire détendit les traits de Mr Clean. Autant savourer jusqu'au bout ce court moment d'inconfort dans cette cabine glaciale, avec ce mauvais café trop chaud, dans la rumeur omniprésente des groupes électrogènes de la police. Comme par un fait exprès, à quelques mètres de là, un SDF sortit d'un amoncellement de vieux sacs en plastique placé sous un échafaudage. Il bâilla longuement avant de se moucher bruyamment par terre, une narine après l'autre.

Ah ! Le romantisme des petits matins new-yorkais !

Sur cette pensée, Mr Clean décrocha le téléphone, se donnant du courage en pensant au bond que ferait bientôt son compte en banque.

— Quoi de neuf ? fit une voix à l'autre bout du fil.

— Que du vieux, mon cher Jack, que du vieux, répondit Mr Clean sur un ton enjoué. Tu vois le mobile home garé en face de la cathédrale ? L'unité d'intervention est à pied d'œuvre.

— Pour une bonne nouvelle, c'est une bonne nouvelle, rétorqua Jack d'une voix animée. Je vois que tout se déroule comme prévu.

— Comment se portent nos invités ? La nuit a été bonne ?

— Tu veux que je te dise ? Les rupins sont vraiment pas comme nous. Ils sont cent mille fois plus fragiles. Une classe de maternelle nous aurait donné plus de fil à retordre.

— Qu'est-ce que je t'avais dit ?

— Tu avais raison. Maintenant, ouvre l'œil et passons à la phase suivante, fit Jack en mettant fin à la conversation.

Mr Clean raccrocha, un sourire aux lèvres, en voyant passer à quelques pas de lui deux flics en uniforme, l'air lugubre, des valises sous les yeux.

Il ferma les paupières et fit apparaître dans sa tête une gigantesque salle de bains de marbre clair baignée de soleil, un nuage de vapeur s'élevant du jacuzzi bouillonnant. Au pied d'une fenêtre donnant sur une mer émeraude se dressait une montagne de serviettes éponge immaculées, soigneusement pliées.

Il trempa à nouveau les lèvres dans son café bouillant et se tourna vers la cathédrale. Des pigeons voltigeaient dans la lumière sale autour des flèches gothiques et il eut un pincement au cœur en se souvenant de leurs congénères que son père chassait du toit de l'immeuble délabré dans lequel il avait grandi à Brooklyn.

Si on lui avait dit qu'il ne verrait plus jamais une seule de ces satanées bestioles, ou même sa raclure de père, il n'aurait pas songé à s'en plaindre.

Mr Clean chassa ces mauvais souvenirs de sa mémoire et fit un signe de croix avec son gobelet de café.

— Merci à toi, Seigneur, pour les bienfaits que tu t'apprêtes à m'accorder.

40

Lorsqu'il cessa de faire semblant de dormir, John Rooney n'avait aucune idée de l'heure. À la lumière chiche qui pénétrait à travers les vitraux, il jugea qu'il était aux alentours de neuf heures.

Les bancs étant trop étroits pour s'y installer confortablement, les preneurs d'otages les avaient autorisés à s'allonger sur des coussins au pied de l'autel. Mais les coussins des agenouilloirs étaient minuscules, et glacial le sol de marbre de la chapelle – au point de faire passer le bitume d'un bon vieux trottoir pour un vrai matelas.

« Je prendrai ma tasse de peur avec un nuage d'épuisement, pensa Rooney en se frottant les yeux. Un gros nuage d'épuisement, si ça ne vous dérange pas, messieurs les ravisseurs. »

À l'entrée de la chapelle, trois preneurs d'otages cagoulés les surveillaient, confortablement assis sur des sièges pliants, un gobelet de café à la main. Jack n'était pas là, Little John non plus. Rooney n'aurait pas su dire combien ils étaient exactement, à cause de leurs robes et de leurs cagoules. Au moins huit, peut-être douze, voire plus. Ils se relayaient selon un planning soigneusement mis au point.

Rooney sentit la moutarde lui monter au nez en voyant l'un des types allumer sa cigarette à la flamme d'un cierge.

Une main se posa sur son épaule et Charlie Conlan s'installa à côté de lui.

— Salut, jeune homme, fit Conlan à voix basse sans le regarder. Bravo pour hier soir, tu as du cran.

— Je suis con, oui, répliqua Rooney en caressant machinalement sa joue balafrée.

— Non, non, tu as des couilles. Le tout est de recommencer, mais au bon moment.

— Tu es toujours décidé à te battre ?

Conlan hocha calmement la tête et Rooney l'observa en coin. Avec son regard bleuté, Conlan était encore plus balèze en vrai que l'image de rocker qui avait fait sa légende.

— Yo, les gars, murmura une voix derrière eux.

Mercedes Freer, celle que la revue *The Source* avait surnommée « la teupu ado », venait de se réveiller. Libérée la veille de son confessionnal, elle avait rejoint les autres devant l'autel.

— Vous avez une idée derrière la tête, les machos ? demanda-t-elle.

Après un instant d'hésitation, Rooney décida de la mettre dans la confidence.

— On y pense.

— Ça baigne. Si vous voulez tout savoir, y'a un de ces empafés qui me kiffe grave. Il a pas arrêté de me blablater toute la soirée derrière la porte du confessionnal. Le grand maigre avec un flingue, là-bas. On pourrait s'en servir, j'ai qu'à faire comme si je le kiffais, moi aussi.

Leur conciliabule fut interrompu par l'arrivée de Little John, armé d'un plateau de gobelets de café.

— Debout là-dedans ! tonna-t-il en remontant l'allée. Remuez-vous le cul, les joyeux campeurs, c'est l'heure de la graille.

Une note grave s'éleva trois rangées derrière Rooney, à l'endroit où se tenait le révérend Solstice. L'acteur se demanda un instant si le prédicateur afro-américain n'était pas en train de faire une crise cardiaque, avant de comprendre que l'autre entonnait un cantique.

— *Amaaaaaaaaaaazing grace, how sweeeeeeet the sound*...

Le voisin de Solstice, le pasteur Sparks, joignit sa voix à la sienne.

Rooney leva les yeux au ciel. On atteignait décidément le tréfonds de l'absurdité.

Il fallait pourtant reconnaître que la conviction des deux hommes avait quelque chose de rassurant. D'autres otages les imitaient déjà, et Rooney finit par faire de même en voyant le visage de Little John se rembrunir.

Puis ce fut au tour de Mercedes Freer de se lever et de chanter *Douce nuit, sainte nuit.* La jeune femme avait une voix d'une telle pureté que Rooney en eut le souffle coupé. Si ça se trouve, cette pouffiasse aurait peut-être fait une bonne chanteuse d'opéra.

— Cette nuit, une étoile luiiiiiiiit, là où l'enfant descendiiiiiiiit...

L'aboiement d'une arme à feu mit un point d'orgue à la prestation de Mercedes. Tous les otages se retournèrent d'un même élan.

L'écho interminable de la détonation eut raison de la détermination de Rooney.

Dieu nous garde. Pour la première fois de sa vie, il prenait la mesure réelle de ces trois mots.

Ça y est, ils vont nous tuer.

41

« Qu'est-ce qui se passe ? Comment ont-ils pu arriver jusqu'ici ? »

Plaqué contre l'un des piliers de marbre de la cathédrale, Jack tendit l'oreille, l'arme à la main.

Il effectuait une ronde lorsqu'une silhouette sombre avait jailli de la boutique de souvenirs. Persuadé qu'il s'agissait d'un membre de l'unité d'intervention, il avait sorti son pistolet et fait feu.

Le FBI avait dû trouver un moyen de pénétrer dans le bâtiment. Un moyen auquel le NYPD n'avait pas pensé. Il s'attendait à percevoir un bruit de rangers, d'ordres chuchotés. Il s'assura même qu'aucun point rouge de laser de visée ne dansait sur lui.

— Qu'est-ce qui s'est passé ? s'enquit Little John en le rejoignant au pas de course avec deux de ses hommes. Il tenait une grenade d'une main et un .9 mm de l'autre.

— Un type en noir a jailli de la boutique, et j'ai comme l'impression que ce n'était pas Will Smith. Je crois que je l'ai touché.

— Les fédéraux ? murmura Little John en jetant un coup d'œil en direction des vitraux. Comment ?

— Aucune idée, répliqua Jack en coulant un regard prudent de l'autre côté du pilier. J'aperçois un corps près des fonts baptismaux. Je m'en occupe. Pendant ce temps-là, allez voir du côté de la boutique et n'hésitez pas à tirer.

Little John et ses hommes s'avancèrent vers l'entrée de la cathédrale, tandis que Jack faisait prudemment le tour du pilier, l'arme au poing, visant la silhouette immobile sur le sol.

Il se frappa le front avec le canon encore chaud de son arme en comprenant enfin ce qui s'était passé. Putain, qu'est-ce que j'ai fait ?

Le corps sans vie était celui d'un vieux prêtre. Il gisait au milieu d'une mare de sang dans laquelle se reflétait la lueur des cierges.

Et merde…

Au même moment, Little John venait rendre compte de sa mission.

— Personne dans la boutique.

Il baissa la tête et ses yeux s'agrandirent démesurément en apercevant le visage du vieil homme.

— Putain de merde !

Jack s'accroupit près du corps, hypnotisé par les traits du mort.

— Regarde un peu ce que tu m'as fait faire, gronda-t-il à l'adresse du malheureux.

Little John rangea son arme.

— Qu'est-ce qu'on va faire, maintenant ? demanda-t-il.

Jack contemplait toujours le visage de l'innocent qu'il venait de tuer. Au moins ses hommes étaient-ils prêts à le suivre. Il les avait prévenus avant le début de l'opération qu'il pourrait y avoir de la casse, et personne n'avait rien dit.

Il irait peut-être en enfer, mais pas tout seul.

— Autant que ça serve à quelque chose, répondit-il. Je n'ai jamais voulu en arriver là, mais nous n'avons plus le choix.

— Que ça serve à quelque chose ? répéta Little John, les yeux rivés sur le corps. Mais à quoi ?

— Prenez-le par les jambes et les bras, commanda Jack à ses hommes. De toute façon, je commençais à en avoir marre d'attendre. Il est temps de faire monter un peu la pression. La récré est terminée.

42

Il était un peu plus de neuf heures lorsque je suis arrivé à hauteur du barrage installé près du QG. Résistant à la tentation d'obéir à la pancarte « Accès interdit » et de rentrer chez moi m'occuper des miens, j'ai coupé le moteur et je suis descendu de voiture en secouant la tête à la vue de tout ce cirque.

J'ai dû me faufiler à travers la foule des journalistes avant de franchir trois contrôles. Sur la façade en verre fumé d'un immeuble de bureaux jouxtant St Patrick, le reflet de la flèche avait des allures de courbe boursière en berne. Debout devant les caméras, un micro à la main, plusieurs envoyés spéciaux faisaient leur papier en direct. À la moindre nouvelle, les correspondants des journaux s'activaient sur le clavier de leur ordinateur, et les reporters des stations de radio hurlaient dans leur téléphone.

Je m'approchais du mobile home lorsque les portes de la cathédrale se sont ouvertes.

J'ai cru que les ravisseurs venaient de libérer un nouvel otage en apercevant une silhouette noire s'encadrer sous le porche, mais on aurait dit qu'elle volait au-dessus du parvis. J'ai pensé un instant qu'il s'agissait d'un otage en train de s'échapper.

Ce n'est qu'en voyant le corps s'écraser tête la première sur les marches que j'ai pris la mesure de la situation.

Sans réfléchir, je me suis glissé entre les camions-poubelles et j'ai traversé la 5e Avenue au pas de course.

En m'agenouillant près de la silhouette désarticulée, je me suis aperçu que je n'avais même pas de gilet pare-balles.

La dépouille était tombée au milieu des offrandes déposées la veille par la foule des anonymes en mémoire de Caroline Hopkins. Les bougies gisaient grotesquement comme des canettes vides, et la main du malheureux s'était figée à côté d'un bouquet de roses fanées, donnant l'impression qu'il l'avait lâché dans sa chute.

Constatant que son pouls ne battait plus, je l'ai retourné afin de lui faire un massage cardiaque, la gorge nouée.

D'un coup d'œil, j'ai vu son col romain, le trou qu'il avait à la tempe et son regard sans vie.

J'ai serré les paupières et me suis machinalement passé la main sur le visage, puis j'ai relevé la tête et ai lancé un regard assassin en direction des portes de bronze qui s'étaient déjà refermées.

Ils n'avaient pas hésité à assassiner un prêtre !

Reno, des forces spéciales, m'a rejoint.

— Mon Dieu, a-t-il balbutié en laissant pour une fois percer son émotion. Maintenant, au moins, on sait qu'on a affaire à des assassins.

— Aidez-moi à l'enlever de là, Steve.

Pendant que Reno lui prenait les jambes, j'ai saisi le prêtre par les bras. Il avait des mains d'enfant et ne pesait presque rien. Le scapulaire qu'il portait autour du cou traînait par terre tandis que nous emportions le corps.

— Mike, vous pouvez me dire pourquoi ce métier consiste surtout à compter les cadavres ? m'a demandé Reno d'une voix lasse au moment où nous franchissions le premier barrage.

43

À l'instant où nous déposions la dépouille du prêtre assassiné sur une civière, j'ai entendu le téléphone par la porte ouverte du QG mobile. Loin de me précipiter, j'ai laissé sonner le portable le temps de fermer les yeux du prêtre.

— Bennett ! a tonné Matthews.

Je suis passé à côté de lui comme un zombie et me suis dirigé vers le fond du mobile home. À la différence des fois précédentes, où j'étais tenaillé par l'angoisse de ne pas dire ce qu'il fallait, je n'éprouvais plus aucune peur, bien au contraire.

Je mourais même d'envie de discuter cinq minutes avec ce salopard.

Martelli, le négociateur du FBI, a dû sentir ma rage intérieure car il m'a saisi le poignet.

— Restez calme, Mike. Quoi qu'il arrive, demeurez maître de vos émotions. Si vous vous énervez, vous risquez de mettre par terre tout ce que vous avez fait jusqu'à présent. Je vous rappelle qu'il reste trente-deux otages.

Maître de mes émotions ! Facile à dire… Mais il avait raison, je devais rester zen coûte que coûte. En fait, il aurait presque fallu que je m'excuse. Ce boulot commençait sérieusement à me peser.

J'ai fait signe au technicien que j'étais prêt.

— Bennett à l'appareil.

— Mike ! a répondu Jack d'une voix pleine d'entrain. Je me demandais où tu étais parti. Écoute, avant que vous commenciez tous à vous exciter, laisse-moi t'expliquer ce qui s'est passé. Le révérend père Clandestin avait sans doute forcé sur le vin de messe hier matin quand on a demandé à tout le monde de vider les lieux. Il nous est tombé dessus au mauvais moment, et avec son costard noir, on l'a pris pour un type de l'unité d'intervention.

— Vous êtes en train de me dire qu'il s'agissait d'un simple accident, c'est ça ?

Je serrais le téléphone à le broyer.

— Tu as tout compris. Un mauvais hasard, Mike, rien de plus. Mais rassure-toi, c'est pas une grosse perte. Un vieux pédé de curé en moins, c'est tout. Les enfants de chœur du quartier dormiront mieux ce soir.

Négociateur ou pas, la coupe était pleine. Il était temps que je dise ses quatre vérités à ce monstre.

— Espèce de salopard ! Assassiner froidement un prêtre ! Tu n'es qu'une sous-merde.

— Je rêve ou quoi ? s'est écrié Jack, ravi. Ce cher Michou dissimulerait-il des émotions derrière sa carapace ? J'en étais à me demander si, par hasard, j'avais pas affaire à un répondeur. Ça tombe bien, parce que ta psychologie de négociateur de merde commençait à me courir sur le système. Avec ton calme olympien, j'ai bien cru que j'allais me coller une balle. Enfin un peu d'humanité ! Maintenant, gamin, parlons sérieusement. Notre but est de récupérer notre fric et de nous en aller tranquillement – tandis que le vôtre est de nous faire sauter le caisson à la première occasion.

Jack a ponctué sa phrase d'un rire dégagé.

— On n'est pas copains, toi et moi. Si deux mecs se détestent cordialement, c'est bien nous. Je vais pourtant te donner raison sur un point, Mike : on est de vrais salopards. Je peux même t'assurer qu'on est les pires salauds que tu auras eu le malheur de croiser dans ta chienne de vie. Si on est prêts à buter un curé pour rien, tu crois pas qu'on est aussi disposés à buter une star de merde pour quelques millions de dollars ? Maintenant, c'est à vous de décider : ou bien vous nous descendez, ou bien vous nous filez notre pognon. J'ai pas de temps à perdre.

— Tu es sûr que tu ne préfères pas l'autre solution ?

— Quelle autre solution, mon Michou ?

— Te coller une balle ?

Jack a éclaté de rire.

— Désolé de te décevoir, mais je crois que j'ai mieux à faire. En attendant, évite de te foutre un peu trop de ma gueule, parce que c'est à toi que je pourrais bien coller une balle un de ces quatre.

44

Jack venait de raccrocher quand Mike Nardy, le gardien de la cathédrale, pénétra dans le QG.

— Je dois vous avouer quelque chose, a-t-il commencé en nous dévisageant l'un après l'autre. Il existe bien un moyen de pénétrer dans la cathédrale de l'intérieur.

Oakley, le chef de l'unité d'intervention, s'est avancé.

— Venez par ici, monsieur Nardy, et expliquez-nous ça.

Il a installé le vieil homme sur un siège et lui a tendu un gobelet de café.

— Je ne voulais pas vous en parler parce que c'est un secret. Le diocèse n'aimerait pas que ça s'ébruite… J'ai décidé de venir vous trouver en apprenant la mort du père Miller, avec qui j'étais très ami. Mais d'abord, promettez-moi de ne rien dire à personne.

— Bien évidemment, s'est empressé d'acquiescer Oakley. Alors, comment peut-on s'introduire dans la cathédrale, monsieur Nardy ?

— Par le Rockefeller Center. Il y a un passage sous la 5e Avenue qui mène à un… euh, un abri anti-atomique. Dans les années 1960, le cardinal Spellman – Dieu ait son âme – a été extrêmement… disons, marqué par l'invasion ratée de la baie des Cochons à Cuba. Il était persuadé que les Russes allaient se venger en envoyant une bombe atomique sur New York, alors il a fait débloquer des fonds secrets pour la construction d'un abri anti-atomique à côté de la crypte des archevêques. Au moment des travaux, il a obtenu l'autorisation de faire creuser une issue de secours débouchant dans le sous-sol du Rockefeller Center, là où se trouve actuellement un centre commercial. Personnellement, je n'ai jamais emprunté ce passage ; il n'a jamais servi depuis sa construction, mais je sais qu'il existe.

Je l'ai interrompu, furieux.

— Pourquoi ne pas nous l'avoir dit plus tôt ? Vous saviez très bien qu'on cherchait un moyen de pénétrer dans la cathédrale, Nardy.

— J'étais persuadé que la crise se résoudrait sans effusion de sang, a répondu le vieil homme à voix basse. Je m'étais trompé. Pauvre père Miller… C'était une bonne âme.

J'ai toujours adoré les citoyens qui manipulent la police pour des raisons personnelles. J'allais voler dans les plumes du vieux gardien, quand Oakley m'a fait signe de rester tranquille.

— Vous pourriez nous indiquer le chemin, monsieur Nardy ? a-t-il demandé d'une voix calme.

— Bien sûr.

Oakley a pris sa radio et demandé à une partie de ses hommes de le rejoindre d'urgence.

Tout plutôt que cette attente insupportable. La chance tournait enfin en notre faveur : comme Jack, j'en avais ma claque des palabres inutiles.

— Où allez-vous, Mike ? m'a demandé Oakley d'un air surpris.

Je lui ai adressé un grand sourire.

— Avec vous. On a toujours besoin d'un bon négociateur chez soi.

45

Vingt minutes plus tard, le temps pour les commandos du FBI et du NYPD de s'équiper et de mettre au point un plan d'attaque, nous pénétrions dans le Rockefeller Center à la suite de Nardy.

Je nageais littéralement sous le casque muni de lunettes à infrarouge qu'on m'avait prêté, en même temps qu'une veste de protection et un fusil d'assaut. Nous avons traversé le grand hall Art déco avant de descendre au sous-sol. Seul le crissement des rangers troublait le silence.

Le commissaire Matthews avait fait évacuer les lieux dès le début du siège, et c'était pour le moins étrange de traverser le centre commercial désert. Les décorations de Noël clignotaient imperturbablement dans les vitrines des magasins et les terrasses des fast-foods étaient désespérément vides.

Un décor digne du film d'horreur que mon fils Brian avait absolument voulu que je regarde avec lui au moment d'Halloween, dans lequel des zombies envahissaient une galerie commerciale. J'ai préféré penser à autre chose en me souvenant du titre : *L'Armée des morts.*

Nardy s'est arrêté devant une porte métallique anonyme, à côté d'une succursale du traiteur Deane & DeLuca, et il a tiré de la poche de son pantalon fripé un impressionnant trousseau de clés qu'il a longuement triées en remuant silencieusement les lèvres. Je n'aurais pas su dire s'il priait ou s'il les comptait. Il a finalement arrêté son choix sur une grosse clé de forme bizarroïde, qu'il a tendue à Oakley.

— C'est celle-là, a-t-il murmuré en se signant. Dieu vous protège.

— Allez, les gars, a chuchoté Oakley. Éteignez vos radios et vérifiez que vous avez mis vos silencieux. Mes types passent en tête. Au cas où, préparez vos lunettes à infrarouge. Tout le monde en file indienne, pas trop près les uns des autres, et vous attendez mon signal.

Au dernier moment, Oakley s'est tourné vers moi.

— Vous pouvez encore changer d'avis, Mike.

— Non, je viens avec vous.

46

Nous avons tous dégagé le cran de sûreté de nos armes et Oakley a tourné la clé dans la serrure.

La porte s'est ouverte en grinçant et un couloir de béton plongé dans le noir nous est apparu.

— Ma mère m'avait bien dit que je terminerais sur la 5e Avenue, a plaisanté Oakley en ajustant ses lunettes à infrarouge avant de s'enfoncer dans l'obscurité.

J'ai également mis mes lunettes et le tunnel m'est apparu baigné d'une lueur verdâtre. Nous avons commencé par franchir un vieux chemin de câbles tout rouillés, tête baissée, avant de longer quelques mètres plus loin un tuyau de fonte brûlant de la dimension d'un pipe-line.

Le tunnel s'est brusquement mis à descendre et nous sommes arrivés à un escalier en colimaçon qui s'enfonçait dans le sol.

— Je me suis toujours demandé ce qu'ils faisaient avec l'argent de la quête, a murmuré Oakley en prenant appui sur la première marche. Si l'un de vous aperçoit un type avec des cornes et une fourche, il a ordre de tirer.

Au pied de l'escalier se trouvait une porte blindée munie d'une énorme roue. On se serait cru dans le ventre d'un navire, à l'entrée de la salle des machines.

Oakley a tourné la roue, la porte a pivoté silencieusement sur ses gonds et nous nous sommes retrouvés dans un lieu pour le moins étrange : il s'agissait d'une église entièrement bétonnée, depuis l'autel jusqu'aux bancs austères. Seul un crucifix en plomb apportait une touche métallique à l'ensemble. Sur la droite, une échelle métallique traversait le plafond.

Oakley nous a fait signe de le suivre en silence.

Le conduit s'élevait à la verticale sur l'équivalent de deux étages, comme à l'intérieur d'un silo. Je ne sais pas s'ils organisent des concours d'échelle au FBI, mais le jour où ça deviendra une discipline olympique, les types de l'unité d'intervention remporteront la médaille d'or haut la main.

En levant la tête, j'ai aperçu, tout en haut du conduit, audessus de la tête des premiers commandos, une trappe munie d'une roue.

D'un seul coup, la roue s'est mise à tourner – et puis je n'ai plus rien vu, aveuglé par un rond de lumière dans le tonnerre assourdissant des détonations.

Jack avait déjoué notre ruse.

47

J'ai reculé précipitamment en arrachant mes lunettes de vision nocturne sous une pluie de balles qui s'écrasaient sur le sol, laissant des impacts dans le béton.

C'est un vrai miracle que je n'aie pas été touché en tirant à l'abri les membres du commando qui tombaient pêle-mêle de l'échelle métallique.

Les hommes valides ont allongé à la hâte leurs frères d'armes blessés, tentant de les réanimer à la lueur stroboscopique des coups de feu.

Oakley a étouffé un juron en voulant compter ses hommes. J'ai mis mon MP5 en position automatique, je me suis précipité vers le conduit et j'ai glissé le canon de mon arme dans le trou avant d'appuyer sur la gâchette. Le pistolet-mitrailleur a bondi dans ma main et j'ai tiré jusqu'à ce que le chargeur soit vide. Je ne sais pas si mes balles ont atteint leur cible, mais le feu ennemi s'est arrêté.

Un instant plus tard, une grenade fumante a atterri au pied de l'échelle dans un grand bruit, suivie d'une autre. Je me suis aussitôt protégé le visage à l'aide de mon coupe-vent, le nez et les yeux en feu.

— Des lacrymos ! Reculez tous !

J'ai failli tomber en butant contre un blessé allongé derrière moi.

— Touché… a-t-il murmuré dans un souffle.

Je l'ai accroché sur mon dos comme le font les pompiers et j'ai battu en retraite. Dans ma fuite, je me suis cogné le tibia contre une marche de l'escalier en colimaçon et j'ai senti un liquide chaud couler le long de mon ranger. Un peu plus loin, je me suis à moitié arraché le crâne, et celui de mon blessé par la même occasion, en butant contre l'un des tuyaux de fonte près de l'entrée du tunnel.

Le contraste était surréaliste entre les guirlandes qui clignotaient dans le centre commercial désert, les airs de Noël qui sortaient des haut-parleurs, et les gueules ensanglantées des types qui m'entouraient.

J'ai allongé mon blessé sur le sol et j'ai eu un haut-le-corps en voyant son regard vitreux sous sa tignasse noire. Un type baraqué des forces spéciales du NYPD qui ne devait pas avoir vingt-cinq ans.

À ma gauche, Oakley a posé un casque sur le visage d'un type du FBI.

Deux morts. Deux de nos gars, deux flics. Comment avait-on pu en arriver là ?

J'ai regardé autour de moi, hébété. Dans la vitrine du magasin de vêtements, au-dessus des deux corps, une jolie petite blonde déguisée en Père Noël souriait entre deux éphèbes torse nu sur le capot d'une voiture ancienne.

L'absurdité de cette vision m'a fait craquer. D'un coup de crosse, j'ai fait voler la vitrine en éclats, déclenchant l'alarme.

Encore sous le coup de l'enfer que nous venions de vivre, je me suis laissé glisser sur le sol de marbre, au milieu des morceaux de verre, en me mordillant la lèvre.

J'ai le souvenir d'avoir imploré l'aide de Dieu avant de me demander comment les preneurs d'otages pouvaient connaître aussi bien St Patrick, et comment ils pouvaient être au courant du moindre de nos faits et gestes…

48

Mr Clean rangeait son téléphone portable lorsqu'une ambulance grimpa sur le trottoir juste devant lui, à hauteur du Rockefeller Center. Une femme descendit précipitamment du véhicule, le contraignant à se coller à la paroi répugnante du mobile home servant de quartier général aux forces de police.

L'espace d'un instant, Mr Clean se retrouva nez à nez avec l'ambulancière, puis il s'éloigna précipitamment en baissant la tête. Il coula un dernier regard en direction de la jeune femme afin de s'assurer qu'il ne se trompait pas. Mais non ! C'était bien la fragile petite Yolanda, celle qu'il avait consolée le jour de la mort de Caroline Hopkins.

« De toutes les prises d'otages du monde, il a fallu que cette idiote s'occupe de la mienne, pensa-t-il en levant son gobelet de café à la santé de la jeune Hispanique. Et merde à celui qui a inventé la théorie des six degrés de séparation[1]. »

Il la vit traverser la petite place au pas de course, poussant devant elle une civière à roulettes. Le commando dirigé par Steve Reno jaillissait au même moment du bâtiment.

Mr Clean fit rapidement le compte des hommes qui sortaient. Il y en avait treize au départ et il n'en voyait plus que neuf. Ses hommes avaient fait du bon boulot,

1. Théorie très populaire aux États-Unis, selon laquelle, dans une chaîne de relations individuelles, deux personnes ne sont jamais séparées par plus de cinq maillons humains. *(N.d.T.)*

d'autant que l'unité d'intervention n'était pas composée de mauviettes.

Heureusement qu'il avait eu le temps de prévenir Jack.

Il fit la grimace en constatant que cet imbécile de Mike Bennett faisait partie des rescapés. Yolanda avait remonté la jambe de son pantalon et essuyait une coupure qu'il avait au tibia.

Que t'est-il arrivé, mon pauvre Michou ? Tu t'es fait bobo ?

Il le vit repousser l'ambulancière et se diriger en boitillant vers le mobile home. Au passage, plusieurs flics lui tapèrent sur l'épaule.

— Ce n'est pas votre faute, cria Mr Clean au milieu de la foule. C'est celle de ces salopards !

49

Jack venait d'essuyer sa première défaite depuis le début de la prise d'otages. L'un de ses hommes était touché.

Le blessé posa la tête contre un cercueil de pierre et gémit en entendant Jack refermer violemment le couvercle en béton de l'abri anti-atomique.

C'était l'existence de ce passage secret qui avait finalement décidé Jack et Mr Clean à se lancer dans l'opération. Non seulement la plupart de leurs hommes avaient emprunté ce tunnel pour s'introduire dans la crypte, mais c'était par là qu'ils comptaient repartir.

Jack, pris de panique, ferma les yeux en se frottant l'arête du nez.

Commencer par se calmer. Surtout ne pas perdre les pédales. Ils avaient tout prévu, même ça. Ils s'y attendaient presque, tout pouvait encore marcher.

Il prit longuement sa respiration.

Heureusement qu'ils avaient un plan B.

Il rouvrit les yeux en entendant gémir le mourant.

Pauvre Fontaine. T'as vraiment pas de pot, mon vieux.

— Essaie de ne pas te fatiguer, dit-il en éventrant la robe de moine à l'aide d'un poignard de combat, avant de détacher les attaches Velcro du gilet pare-balles.

— Tu vas t'en tirer, ajouta-t-il d'une voix rassurante, sachant pertinemment que c'était faux.

En ricochant sur la trappe en plomb du conduit d'accès, une balle tirée par l'un des membres du commando avait atteint Fontaine juste au-dessus du col de son gilet pare-balles, à gauche des vertèbres. Le blessé se vidait de son sang par le trou qu'avait laissé le projectile en ressortant.

Jack repéra tout de suite la blessure au-dessus du sein droit. Il posa sur Fontaine un regard étonné : c'était un miracle qu'il soit encore en vie.

— Dis-moi la vérité, fit Fontaine. Je suis fichu, je le sens. J'ai du sang partout.

— On pourrait te déposer sur le parvis, lui proposa Jack. Tu te feras prendre, mais au moins tu seras en vie.

— C'est ça, grinça Fontaine. Ils me remettront sur pied pour mieux me piquer ensuite. En plus, tu sais bien que tout est foutu pour vous s'ils arrivent à m'identifier. Quand ce sera fini, je te demande une chose.

— Tout ce que tu voudras.

— Donne ma part à Emily, ma fille. Ou au moins une partie de ma part.

Le blessé se mit à sangloter.

— C'est pas tant de mourir qui me fait chier, mais de mourir pour rien.

Jack s'assit par terre au milieu de la flaque de sang et le prit dans ses bras.

— Je te donne ma parole, vieux gars, lui glissa-t-il à l'oreille. On lui donnera toute ta part, comme ça elle pourra faire des études dans la meilleure université, d'accord ?

— Ouais, murmura Fontaine en acquiesçant faiblement. Elle a quinze de moyenne, je sais pas si je te l'ai déjà dit.

— Des centaines de fois, répliqua Jack avec un petit rire affectueux.

— Le seul truc bien que j'ai fait dans ma vie, c'était d'engrosser sa conne de mère, eut encore la force de plaisanter Fontaine.

Visiblement apaisé, il donnait l'impression de s'endormir après une journée éreintante. Son corps se cabra une dernière fois et retomba. C'était fini. Jack venait de perdre l'un de ses hommes.

Sans une larme, il se releva et tendit le poignard de combat à l'un des ravisseurs qui avait assisté à la scène.

— Coupe-lui la tête et les mains, et mets-les dans un sac, lui ordonna-t-il. On les prendra avec nous en partant. Il ne faut pas qu'ils puissent l'identifier.

50

— Je veux être la voiture ! Je le veux ! hurla Trent Bennett du haut de ses cinq ans en montrant la planche de jeu.

Ricky comprit aussitôt le danger et subtilisa le pion posé sur la case départ, provoquant une crise de larmes chez son petit frère.

Brian leva les yeux au ciel. Il avait promis de s'occuper des chiards, mais ce n'était pas une sinécure, d'autant que les petits monstres ne semblaient pas décidés à coopérer.

Mary Catherine, la nouvelle bonne, ou un truc du genre, était sortie en disant qu'elle avait une course à faire. Grand-père avait rejoint sa paroisse, et c'était Brian qui devait s'y coller.

Il quitta la table de la salle à manger en entendant la porte d'entrée et vit un énorme sapin de Noël s'encadrer sur le seuil. Mary Catherine ôta son chapeau et essuya son joli visage. Elle était toute rouge et transpirait à grosses gouttes.

Brian la regarda avec des yeux comme des soucoupes, incrédule.

Elle avait pensé à leur acheter un sapin. Sympa !

— Ah, Brian ! lui dit-elle avec son drôle d'accent irlandais. Est-ce que tu sais où tes parents rangent les décorations de Noël, par hasard ? On a du pain sur la planche.

Vingt minutes plus tard, les enfants Bennett faisaient la chaîne dans le salon, tendant l'une après l'autre les décorations de Noël à Mary Catherine, juchée sur un escabeau branlant. Brian trouvait que le sapin n'était pas aussi bien que ceux de sa mère, mais les sapins de maman avaient toujours été plus beaux que ceux des vitrines de Macy's. D'un autre côté, à défaut d'autre chose, le sapin de Mary Catherine n'était pas si nul que ça.

Chrissy, toujours déguisée en ange, apparut sur le seuil de la cuisine, le purificateur d'eau dansant dangereusement entre ses petites mains.

— Mais qu'est-ce que tu fabriques ? s'inquiéta Brian.

— Je fais la mission que maman m'a donnée, répondit sa petite sœur le plus naturellement du monde. Socky a soif.

Brian éclata de rire. Sous l'influence de ses aînés, Chrissy donnait parfois l'impression d'avoir treize ans, et non trois. Il suivit des yeux son petit angelot de sœur et la vit allumer la télévision.

— Ohhhh ! Regardez ! Regardez !!!

— Qu'est-ce qu'il y a ? fit Brian en se précipitant.

Sur l'écran, leur père s'avançait sur une estrade face à une forêt de micros. « Exactement comme Derek Jeter à la fin d'un match de base-ball », se dit fièrement Brian.

Sa joie s'estompa en voyant que son père avait son sourire des mauvais jours, celui qu'il arborait quand il était triste ou en colère.

Dans ces cas-là, papa ressemblait aussi à Derek Jeter, mais les jours de défaite.

51

En temps normal, la moindre déclaration à la presse locale me donnait des crampes d'estomac. Mais lorsque Will Matthews avait parlé de donner une conférence de presse, j'avais immédiatement proposé mes services.

Comme je savais que ces salopards regardaient la télé, je voulais être certain qu'ils entendent ce que j'avais à dire.

J'ai balayé des yeux la mer de micros et de caméras qui s'étendait à mes pieds, et je me suis lancé en regardant droit dans l'objectif le plus proche.

— Il y a moins d'une heure a eu lieu une tentative de sauvetage des otages. Des coups de feu ont été échangés et deux hommes, un fonctionnaire du FBI et un agent des forces spéciales du NYPD, ont été tués. Deux autres ont été blessés. Leurs noms ne seront communiqués qu'une fois les familles averties.

Un murmure a parcouru la foule des journalistes.

— Pour quelle raison vous êtes-vous lancés dans une opération aussi inconsidérée ? a grincé le correspondant d'une chaîne nationale installé au premier rang.

— Vous comprendrez bien que tant que la situation ne s'est pas dénouée, il nous est impossible de commenter les décisions prises par la cellule de crise.

— Où a eu lieu cette tentative de sauvetage ? a demandé à son tour une journaliste d'un certain âge, juste derrière le reporter précédent.

Le visage avenant, elle tenait un micro d'une main et un téléphone portable ouvert de l'autre.

— Même réponse. À ce stade, je ne suis pas en mesure de vous en dire davantage sur la tactique mise en œuvre.

J'étais le premier étonné du calme avec lequel je répondais, quelques minutes seulement après avoir essuyé le feu de l'ennemi. Pas question de laisser ces ordures croire qu'ils nous avaient démoralisés – ne serait-ce que par respect vis-à-vis de nos morts.

— Nous nous trouvons dans une situation particulièrement délicate. Je comprends votre impatience, mesdames et messieurs, mais il est encore trop tôt pour répondre à toutes vos questions. Cela risquerait de compromettre notre action. Notre but est de sauver les trente-deux personnes encore retenues en otages.

— Les preneurs d'otages aussi ? a demandé un journaliste vers le fond. Qu'en est-il des ravisseurs ?

J'ai fixé l'œil de la caméra, comme si je regardais Jack droit dans les yeux.

— Bien évidemment. Notre objectif est de résoudre cette crise pacifiquement.

Sans m'inquiéter des questions qui fusaient de toutes parts, je me suis éloigné des micros. En voulant descendre de l'estrade mobile, je me suis pris les pieds dans un câble et me suis littéralement jeté dans les bras d'une grande brune.

— Allez, Mike, m'a dit Cathy Calvin. Qui sont ces types ? Dites-nous au moins ce qu'ils veulent. Quelles sont leurs revendications ?

J'ai failli m'étrangler de fureur en la reconnaissant.

— Pourquoi me poser la question ? Vous ne lisez donc pas votre propre journal, madame Calvin ? Je croyais que je ne savais rien !

52

De retour au QG, j'ai repris mon attente, le téléphone à la main. Lorsqu'il a sonné, j'ai failli le faire tomber de saisissement. Je bouillais intérieurement, tout en sachant que je ne devais pas laisser percer mes émotions : la colère est mauvaise conseillère, même si c'est une bonne soupape de sécurité. Je devais impérativement recoller les morceaux si je voulais sauver ce qui pouvait encore l'être.

Il fallait surtout occuper Jack pour l'empêcher de faire de nouvelles victimes.

— Mike à l'appareil.

— Espèce d'enfoiré de menteur ! a hurlé Jack.

— Allons, Jack ! Pas la peine de s'énerver. Mauvaise communication entre les services, c'est tout. Quand on m'a appris l'existence de ce raid, il était trop tard.

J'aurais préféré lui avouer la vérité, dans l'espoir de trouver avec lui un terrain d'entente, mais c'était peine perdue. Inutile de me mentir à moi-même : j'avais voulu tuer Jack et ses complices, et je m'en voulais de ne pas avoir réussi.

Il me fallait impérativement lui faire croire que j'étais un simple rouage pris dans un mécanisme qui m'échappait.

— Et puis je t'en prie, Jack. Après tout, c'est toi qui as commencé. Tu pensais vraiment pouvoir abattre un prêtre et jeter son corps sur le parvis comme un vulgaire sac poubelle sans qu'on réagisse ?

— Je te l'ai déjà dit, c'était un accident ! En attendant, l'un de tes salauds de copains a tué un de mes potes. Il est mort dans mes bras.

— Et l'un de tes hommes a tué deux flics. Si c'est à ça que tu veux jouer, Jack, on ne s'en sortira jamais. Si c'est vraiment de l'argent que tu veux, ce n'est pas en tuant des gens que tu obtiendras gain de cause. C'est le meilleur moyen de donner raison aux fous de la gâchette qui m'entourent. Essayons de redescendre sur terre une minute : si tu nous obliges à pénétrer en force dans la cathédrale, ce sera toi le grand perdant. Tu as fait une connerie avec ce prêtre et, de notre côté, nous avons fait une bêtise avec cette opération. Maintenant, oublions tout ça et reprenons la discussion.

J'étais curieux de savoir comment il allait réagir. J'avais été contraint d'improviser, mais l'argument se tenait. De toute façon, il nous fallait gagner du temps. Le passage secret n'était peut-être pas la seule solution.

— À partir de maintenant, espèce de menteur de merde, tu peux être sûr que ça va chier, a éructé Jack à l'autre bout du fil. Tu as déconné, Mike, et tu vas le payer cher. Rendez-vous sous le portail de la cathédrale si tu as le courage de venir toi-même ramasser ta merde.

53

Je venais de quitter le mobile home et je traversais l'avenue en courant lorsque les portes de la cathédrale se sont lentement écartées. Je savais déjà qu'ils s'apprêtaient à évacuer une nouvelle victime, tout en essayant de me persuader que je pouvais encore changer la donne à condition de réagir très vite.

Je me tenais sur le trottoir quand une silhouette humaine a volé dans les airs. Tout est allé si vite, je n'aurais pas su dire s'il s'agissait d'un homme ou d'une femme.

Le corps s'est écrasé la tête la première au milieu des fleurs et, à son costume foncé, j'ai vu que c'était un homme. Restait à savoir quel otage ils avaient tué.

Les poumons en feu, je me suis agenouillé près de la victime. À la vue de son dos marbré de sang, j'ai compris qu'il était inutile de prendre son pouls. J'arrivais trop tard.

C'était un type d'une cinquantaine d'années. On lui avait retiré sa chemise, il avait reçu plusieurs dizaines de coups de couteau dans le dos et ses bras étaient couturés de brûlures de cigarette. J'ai vu suffisamment de cadavres au cours de ma carrière pour savoir qu'on s'était acharné sur le malheureux à l'aide d'un couteau tranchant, ou peut-être d'un cutter.

Steve Reno m'a aidé à retourner le corps et j'ai tout de suite vu qu'il avait eu la gorge tranchée.

Mon cœur a fait un bond dans ma poitrine en reconnaissant les traits tuméfiés et sanglants de la victime. Je me suis tourné vers Reno.

— C'est écœurant, a-t-il murmuré d'une voix étouffée comme s'il se parlait à lui-même. Proprement écœurant.

J'ai hoché la tête, hypnotisé par les yeux sans vie d'Andrew Thurman, le maire de New York. Mon sang s'est glacé et je me suis tourné vers la façade de la cathédrale, à la recherche d'une impossible réponse.

Steve Reno a retiré son coupe-vent afin d'en envelopper le torse du maire, puis il s'est signé avant de lui fermer les yeux.

— Prenez-lui les jambes, Mike. Emmenons-le avant que les journalistes aient eu le temps de le prendre en photo.

54

Les cloches ont sonné l'angélus de midi au moment où nous descendions les marches avec le corps du maire. Tout ce qui s'était produit jusqu'alors n'était rien en comparaison de ce meurtre gratuit, d'une brutalité inouïe.

Le silence s'est fait tout autour de nous. Accompagnés par le chant sinistre des cloches, nous avons traversé la foule sous le regard horrifié des forces de l'ordre et des secours massés là, pétrifiés par la scène à laquelle ils assistaient.

Des souvenirs pénibles me sont revenus. Les policiers et les pompiers qui se trouvaient au pied du World Trade Center quelques années plus tôt avaient exactement le même regard chaque fois qu'un corps était dégagé des décombres. Nous avons étendu la dépouille du maire sur une civière et mes yeux se sont arrêtés sur le sapin de Noël géant planté au pied du Rockefeller Center.

Quand l'hécatombe s'arrêterait-elle enfin ?

J'en avais assez. Les preneurs d'otages avaient franchi un nouveau cap dans l'horreur, mais je devais me reprendre. Sortir mon blindage et me concentrer sur la suite, ne pas me laisser envahir par un sentiment de malaise, essayer de comprendre comment fonctionnait Jack.

Pourquoi avoir choisi le maire ?

Plus je regardais son corps mutilé, plus la question me taraudait.

Jack, désarçonné par la mort d'un de ses hommes, avait-il délibérément choisi le maire pour se venger ? Ou bien alors s'agissait-il d'une manipulation destinée à nous faire réagir comme il le souhaitait ? Ce meurtre dissimulait-il un indice ? Jusqu'à présent, nous n'en avions aucun. Pourquoi avoir sacrifié Andrew Thurman ?

J'ai été interrompu dans ma réflexion par un capitaine de Midtown North. Il a surgi au milieu des fleurs et des anges en osier et m'a pris par le bras. Will Matthews avait transféré notre QG dans un bureau de l'International Building du Rockefeller Center, juste en face de St Patrick, et il me demandait d'urgence.

Je m'attendais à tout, sauf à trouver dans la salle de réunion du premier étage un aréopage de flics dont Matthews était le moins gradé.

En temps ordinaire, j'aurais tiqué en voyant le préfet de police Daly et le responsable du bureau new-yorkais du FBI, Bill Gant, mais il faut croire que les événements récents avaient sérieusement entamé ma réserve d'étonnement car je me suis contenté de leur adresser en retour un vague signe de tête.

— Bonjour, inspecteur, a fait le préfet.

Élancé, les traits aristocratiques, avec son costume bleu marine à larges rayures il ressemblait davantage à un banquier qu'à un flic. Ses détracteurs lui reprochaient volontiers son diplôme de l'université de Columbia, l'accusant de vouloir faire carrière sans se soucier de la base. Pour ma part, c'était la première fois que je le voyais d'assez près pour me faire une opinion.

— Nous venons d'apprendre le… Seigneur, je n'arrive pas à y croire… Je veux parler du meurtre d'Andy… je veux dire, du maire.

Daly ne trouvait pas ses mots, et son émotion, bien réelle, m'a touché.

— Vous qui avez discuté avec ces gens, a-t-il poursuivi, qu'en pensez-vous ?

— Très franchement, monsieur le préfet, je ne sais pas quoi vous dire. J'ai d'abord cru qu'il s'agissait d'une bande de criminels professionnels décidés à obtenir de l'argent en mettant sur pied une opération audacieuse. Ensuite, ils ont abattu un prêtre sans raison valable. Et s'ils peuvent prétendre avoir tué deux de nos hommes pour se défendre lors de l'attaque venue du souterrain, ce qu'ils ont fait subir au maire ressemble fort à de la rage. Je ne suis pas certain de comprendre. Peut-être ont-ils perdu la tête en constatant qu'ils se trouvaient dans une impasse ?

— Pensez-vous qu'il puisse s'agir d'une vengeance personnelle contre le maire ?

La question était posée par Gant. Le responsable du FBI à New York était tout le contraire du préfet. Petit, d'énormes poches sous les yeux, on aurait dit un mastroquet en deuil avec son costume noir bon marché.

— Je ne sais pas. C'est possible.

— Si je comprends bien, vous ne savez pas grand-chose, a réagi Gant.

— Vous croyez peut-être que je fais ce métier pour m'amuser ?

Furieux, j'ai pris le téléphone avec lequel se dérouleraient les négociations avec Jack et je l'ai jeté sur la table dans sa direction.

— Allez-y. Faites-le vous-même puisque vous êtes si malin. Avec le savoir-faire dont vous avez fait preuve à Waco, ça devrait aller tout seul.

Moi qui croyais avoir dépassé le stade de la colère ! Comme quoi on ne se connaît jamais assez.

— Je suis désolé, s'est excusé Gant en reculant d'un pas, comme si le portable allait le mordre. C'était un coup bas.

— Je ne vous le fais pas dire, a laissé tomber le préfet en lançant une œillade assassine à son collègue du FBI. L'inspecteur Bennett a fait de son mieux jusqu'à présent et je lui demande de poursuivre sa mission. C'est clair ?

Autant pour tous ceux qui prétendent que le préfet n'a pas de couilles.

Interloqué, Gant s'est contenté de hocher la tête en silence. Au même moment, son téléphone a sonné et il est sorti de la pièce en trombe après avoir lu le nom de son correspondant sur l'écran.

Lorsqu'il est rentré dans la pièce quelques minutes plus tard, il avait les traits encore plus tirés.

— C'était mon directeur. Il vient d'avoir le président au téléphone. La Maison Blanche a donné son feu vert à une opération militaire. La Force Delta est en route.

55

Je suis ressorti de la salle de réunion à moitié hébété par ce que je venais d'entendre. J'avais participé à plusieurs opérations d'envergure au cours de ma carrière, mais c'était la première fois que j'assistais à une déclaration de guerre.

Au moment où je m'imaginais que le pire était derrière nous, voilà qu'on abandonnait notre ancien quartier général, faute d'espace, pour le transférer dans le hall de l'International Building. J'ai repéré mon collègue Ned Mason un peu plus loin, en train de punaiser une feuille d'imprimante sur un tableau en liège surchargé. Le négociateur du FBI, Paul Martelli, téléphonait depuis un bureau voisin.

— Alors c'est vrai ? Thurman est vraiment mort ?

La question de Mason ne m'a pas étonné. Il avait toujours besoin d'être au courant de tout avant tout le monde.

J'ai acquiescé d'un air grave.

— Il était déjà mort quand ils l'ont jeté dans la rue.

Il a machinalement hoché la tête. On aurait dit qu'un pan de mur venait de lui tomber sur le crâne.

Martelli aussi était sous le choc.

— Comment imaginer que ça puisse arriver ici ? En Russie ou à Bagdad, je veux bien, mais en plein Manhattan, putain ! Comme si cette ville n'avait pas assez souffert comme ça.

— Il faut croire que ça ne s'arrêtera jamais. En attendant, où en est-on avec l'argent ?

Mason a désigné les feuilles punaisées. Chacune d'elles correspondait à un otage, avec les coordonnées des personnes chargées de ses intérêts et le montant de sa rançon.

— Je viens de raccrocher avec les gens qui s'occupent des affaires d'Eugena Humphrey à Los Angeles. En plus de celle d'Eugena, ils sont prêts à verser les rançons pour les deux pasteurs pris en otages.

— C'est plutôt généreux de leur part.

— Si seulement tout le monde était comme ça, a soupiré Mason. Le manager de Rooney refuse de débloquer le moindre cent tant qu'il n'aura pas pu s'entretenir personnellement avec les preneurs d'otages. Il m'a raccroché au nez quand je lui ai dit que c'était impossible, et il refuse de me prendre depuis. Tu imagines ça ? Visiblement, il croit négocier un contrat comme un autre. Il n'a pas compris que la vie de son client était en jeu. J'en ai une autre bien belle dans le même genre : l'un des enfants de Charlie Conlan a entamé une procédure de référé pour bloquer le transfert des fonds. Au prétexte que son père est peut-être déjà mort, ce petit enfoiré refuse d'hypothéquer la part d'héritage qui lui revient.

— Famille, quand tu nous tiens, ai-je laissé tomber avec philosophie.

— Je ne vous le fais pas dire, a approuvé Martelli.

— Combien d'argent a-t-on déjà récolté ?

— On a 66 millions de dollars sur un compte bloqué, m'a répondu Mason après avoir vérifié le total avec sa calculette. Dix de plus et on peut faire virer le tout.

— Tu as pensé à enlever la rançon du maire ?

Mason m'a regardé en écarquillant les yeux.

— Tu as raison ! D'accord. Si on enlève les trois millions qu'ils demandaient pour lui, ça nous fait un total de 73 millions de dollars. Plus que sept millions.

— Plus que sept millions ? À t'entendre, on croirait que tu passes ta vie à traîner avec les grands de ce monde.

— Notre ami a raison, est intervenu Martelli, le téléphone coincé dans le creux de l'épaule. Un million par-ci, un million par-là, ça commence à faire du bruit, tout de même.

56

L'antenne de son téléphone portable coincée entre les dents, Jack était assis sur les marches de l'autel. Il avait arrêté de fumer huit ans plus tôt, mais il n'aurait pas fallu le pousser beaucoup pour qu'il recommence. Il avait toujours su que cette opération serait dure nerveusement. Il avait même anticipé le fait que la police découvre l'existence du passage secret – mais il y a un monde entre la fiction et la réalité. Le sang à la tête, il balaya machinalement les vitraux du regard, à la recherche de snipers.

« J'ai peut-être poussé le bouchon un peu trop loin », se dit-il en contemplant le cercueil de l'ex-First Lady. Célébrités ou pas, les flics étaient capables de passer à l'attaque, surtout après ce qu'il avait fait au maire. Il avait seulement voulu leur faire comprendre qu'il ne plaisantait pas.

Le couinement ridicule d'Andrew Thurman lorsqu'il lui avait enfoncé son poignard de combat dans le dos résonnait encore aux oreilles de Jack. Depuis leurs vitraux, les saints le regardaient d'un air désapprobateur.

Non, non et non, se reprit Jack. Pas question de flancher maintenant. Il savait ce qu'il avait à faire, et il irait jusqu'au bout. Le meurtre de Thurman ne serait bientôt plus qu'un mauvais souvenir. L'argent l'aiderait à oublier. En plus, ce salaud l'avait bien cherché.

Le jour où Jack avait eu besoin du maire, cet enfoiré l'avait laissé tomber comme une vieille chaussette. Monsieur le Merde avait amplement mérité son triste sort.

Et c'était loin d'être terminé. Il y aurait sûrement d'autres morts.

— Jack ? Viens voir, fit une voix dans sa radio.

— Quoi encore ?

— Rapplique tout de suite dans la chapelle ! L'un de nos oiseaux est tombé et il prétend qu'il ne peut plus se relever.

Jack prit un air dégoûté. Ses hommes ne manquaient ni de couilles ni de loyauté, et ils lui obéissaient au doigt et à l'œil, mais il ne fallait pas leur demander de prendre la plus petite initiative.

— J'arrive tout de suite.

« Non ! Pas encore ! », pensa Jack en découvrant quelques instants plus tard l'un de leurs hôtes prostré sur les dalles de marbre.

57

Xavier Brown, le magnat de l'immobilier, était allongé par terre. Il avait les yeux révulsés ; sa chemise en soie était remontée sur son ventre blanc lavabo. À moitié à cheval sur lui, Eugena, la reine du talk-show, lui prodiguait un massage cardiaque en répétant inlassablement : « Tenez bon, Xavier. Tenez bon… »

— Qu'est-ce que vous lui avez fait ? éructa Jack à l'adresse de Little John.

— Rien, répliqua le géant, sur la défensive. C'est bien ça qui m'inquiète. Ce gros lard s'est levé, il nous a dit qu'il avait une douleur au bras, et puis boum ! il s'est affalé comme une baleine.

Jack s'agenouilla à côté de l'animatrice. Il détestait cordialement ce genre de pétasse, mais, aussi étrange que ça puisse paraître, il commençait à éprouver pour celle-là un sentiment proche du respect.

— Qu'est-ce que ça donne ? demanda-t-il.

— Rien de bon, répondit Eugena sans interrompre ses efforts. Son pouls est très faible et à moins d'être hospitalisé d'urgence, il va mourir. Enfin, je n'en sais rien, mais c'est ce qu'il me semble.

— Vacherie, grommela Jack en regardant le visage de Brown.

Une tuile de plus, et une tuile qui risquait de coûter cher. Comment faire pour ne pas perdre la rançon de ce gros sac ?

Jack ouvrit son portable d'une main brusque et appuya sur la touche de rappel automatique.

— Mike à l'appareil, fit la voix impassible du négociateur.

Ce flic n'était décidément pas le premier venu. Jack venait de lui renvoyer le maire découpé comme une citrouille d'Halloween et ce Bennett lui répondait avec la classe imperturbable d'un concierge de palace. Et oui, vieux. Tu connais la chanson : le preneur d'otages est roi.

— Vous avez un petit problème, commença Jack. Les actions du gros Xavier Brown viennent de faire un méchant plongeon. À force de s'amuser comme un fou, son cœur donne des signes de fatigue, alors voilà ce que je te propose, Mike. On te le dépose sur le parvis avant que son aorte n'explose, mais tu nous verses la rançon d'abord.

— On n'a pas fini de réunir l'argent, Jack. Il nous faut encore un peu de temps.

Du temps ? Bizarre. Pour trouver un nouveau moyen de les avoir, peut-être ? D'un autre côté, Jack voyait mal comment ces crétins auraient pu s'y prendre. L'opération était même bien partie pour réussir.

— Vous n'avez qu'à nous verser son fric en premier, suggéra-t-il. Après tout, c'est vous qui voyez, mais dites à ses larbins de se grouiller, ou alors la prochaine fois qu'on parlera de Brown dans le *Wall Street Journal*, ce sera à la rubrique nécrologique. Je surveille mon compte en banque. Dès que je vois arriver le fric, je vous le rends.

— Je les préviens tout de suite.

— Bonne idée.

Il fallut pas moins de cinq hommes pour traîner le gros financier jusqu'au portail de la cathédrale. On aurait dit une phalange de moines écolos décidés à sauver un lamantin. Eugena Humphrey fermait la marche et elle reprit son massage cardiaque aussitôt le magnat déposé devant les portes. Cette fille-là avait du cran à revendre.

Jack tourna la tête en entendant un de ses hommes l'appeler. Assis à un petit bureau près du chœur, il avait les yeux rivés sur un ordinateur portable.

— Ça y est ! s'exclama-t-il au comble de l'excitation. Ils ont fait le virement ! Le fric est là !

Jack remonta l'allée centrale avec un large sourire. Il se pencha sur l'écran et découvrit dans une colonne un trois suivi de six zéros, à côté du numéro de leur compte en banque au Costa Rica. La somme était passée par une demi-douzaine de banques et de comptes bidons en Suisse, aux Caïmans et dans l'île de Man. Jamais les flics n'arriveraient à remonter la filière.

Trois millions de dollars ! Pas encore quarante ans, et déjà millionnaire !

Jack en avait presque le tournis.

— Vous pouvez relâcher le gros, ordonna-t-il dans sa radio.

58

Jack était dans un tel état d'euphorie qu'il donna un coup de main à ses hommes au moment de distribuer le repas des otages, prenant un malin plaisir à distribuer des MacDo froids à ces péteux. Comme le disait si bien la pub : « Ne prenez pas de grandes décisions avec un estomac vide. »

Il se posta au fond de la chapelle afin d'observer ses chers prisonniers. Curieusement, ils n'avaient plus l'air de vouloir qu'on leur déroule le tapis rouge. Ça devait pourtant les faire gravement chier de se passer des services de leurs bonniches et de leurs profs de gym particuliers. Les traits fripés, blancs comme des cuvettes de chiottes, grignotant leurs malheureux hamburgers, on aurait presque pu croire qu'il s'agissait… d'êtres humains !

— Salut tout le monde. J'ai comme l'impression que les choses sont enfin en train de bouger. Les rançons commencent à arriver, ça devrait aller assez vite. J'espère que vous n'avez pas oublié de mettre vos chaussures devant la cheminée.

Il s'arrêta un instant. Le soupir qu'il poussa avait quelque chose de pensif.

— Je dois vous faire un aveu, mes amis. Étant donné les circonstances, je m'attendais vraiment à ce que vous craquiez, mais ça n'a pas été le cas. Vous avez eu plus de tenue qu'on ne pouvait en attendre de gens comme vous, et vous pouvez en être fiers. J'espère sincèrement que les forces de l'ordre feront preuve de bonne volonté jusqu'au bout. Après ça, vous serez libres de reprendre vos petites vies, avec une expérience de plus à votre actif. Et même si l'un ou l'autre d'entre vous doit être abattu avant le dénouement, il aura la chance de mourir jeune. On parlera de lui au même titre que James Dean ou Marilyn. C'est une chose d'être une star, c'en est une autre de devenir une légende, une balle dans la tête sur le parvis de St Patrick.

Jack avait tout juste terminé son petit discours lorsque Eugena Humphrey l'interpella courageusement.

— Monsieur ! J'aurais voulu vous dire quelque chose. Accepteriez-vous de me laisser parler un instant ?

Jack allait saisir son Taser lorsqu'il s'arrêta, impressionné par la sincérité de l'animatrice.

— D'accord, mais faites vite, lâcha-t-il à contrecœur.

— Je vous remercie.

Eugena toussota afin de s'éclaircir la voix, sans quitter Jack des yeux. Ce dernier ne s'étonnait plus qu'elle ait autant de succès. Par son attitude et son charisme, elle parvenait à transformer la nature de leur relation, jusqu'à faire oublier qu'elle était son otage.

— Je voulais vous dire ceci, reprit-elle. Je peux vous affirmer que nous sommes tous sincèrement désolés si notre statut social et notre mode de vie ont pu vous choquer. Je suis la première à reconnaître que je m'intéresse parfois davantage à certains détails matériels qu'aux sentiments des autres. Mais je peux vous dire que cette épreuve m'a ouvert les yeux. J'ai la ferme intention de m'ouvrir, à l'avenir, aux choses simples de la vie. Comme tout le monde ici, j'ai beaucoup appris au cours de ces dernières heures, et, aussi étrange que cela puisse vous paraître, je tiens à vous remercier. La seule chose que je vous demande, c'est de ne plus tuer personne. Au fond, vous avez parfaitement raison de penser que nous sommes comme n'importe qui. Nous ne sommes pas différents de vous.

Jack la regardait fixement, incapable de faire un geste. L'espace d'un instant, c'est tout juste s'il n'avait pas ressenti quelque chose comme de la honte. Il ne regardait pourtant jamais sa connerie d'émission, mais le baratin de cette pétasse lui avait mis les nerfs à vif.

Il s'apprêtait à lui promettre de ne pas toucher à un cheveu de sa tête lorsque Little John sortit de sa poche un .9 mm dont il posa le canon sur la joue de l'animatrice.

— C'était très émouvant, dit-il en armant le pistolet. Je pleure tellement que j'en ai fait dans ma culotte, mais t'as dû rater un épisode de l'histoire, ma grande, parce qu'on en a rien à foutre. Maintenant, je te conseille de mettre ton mouchoir dessus, à moins que tu préfères prendre une balle dans ton joli petit crâne. Je te rappelle qu'ici, c'est notre émission, pas la tienne.

— Tu m'ôtes les mots de la bouche, Little John, conclut Jack.

59

Comment croire qu'on était la veille de Noël ?

Je me trouvais au coin de la 50e Rue lorsque la neige s'est mise à tomber. Pas de gros flocons ouatés, mais comme des gouttes de pluie glacées qui fouettaient le visage.

J'avais entendu dire au QG que nous avions un nouveau problème sur les bras : coincées contre les barrières de sécurité, des hordes de touristes refusaient de partir, malgré les ordres de dispersion. À défaut de pouvoir admirer le sapin géant du Rockefeller Center, ils avaient décidé d'assister au siège de la cathédrale.

J'ai vu un groupe de pom-pom girls de Wichita tourner le coin de la 51e Rue en riant et en agitant des pancartes sur lesquelles était écrit « Libérez Mercedes ». Plusieurs d'entre elles avaient enfilé des tee-shirts « Le siège de St Patrick » par-dessus leur sweat.

L'arrivée des vendeurs de tee-shirts n'est jamais bon signe. J'imaginais déjà mes collègues de la Crim' avec ce genre d'oripeaux, le jour où je retournerais au bureau. Si j'y retournais un jour.

J'ai rejoint Reno et Oakley qui discutaient devant le mobile home noir du FBI. Oakley avait un plan à la main.

— Mike, m'a-t-il accueilli. On repensait à votre idée d'invasion de la flèche nord, et on se demandait si ce n'était pas le meilleur moyen de prendre pied dans la cathédrale.

Je l'ai regardé. Oakley avait les traits brouillés, mais sa détermination était intacte. La perte de l'un de ses hommes l'avait galvanisé.

— C'est probablement notre meilleure chance, mais après ce qui s'est passé dans les souterrains, je me méfie des embuscades. Sans compter que ça risque d'être infiniment plus difficile de se replier quand on sera là-haut.

— On en a parlé avec Will Matthews et le responsable local du FBI, est intervenu Reno. La prochaine attaque sera d'une tout autre ampleur. Il ne sera pas question de se replier tant qu'il restera un preneur d'otages en vie.

J'essayais de prendre la mesure de ce que je venais d'entendre quand j'ai entendu un larsen strident, plus haut sur l'avenue. Je me suis frotté les yeux, incrédule.

Derrière les barrières, au-delà des camions des chaînes de télé, de jeunes Blacks s'étaient hissés sur le toit d'un bus de transport scolaire jaune. Un petit gars trapu a tapoté sur un micro pour tester une sono.

— Un deux, un deux.

D'un seul coup, il s'est lancé dans une version de *I Believe I Can Fly* de R. Kelly, bientôt rejoint par des chœurs : « *Spread my wings and fly away…* »

Collé sur le flanc du bus, un calicot annonçait les Petits Chanteurs de Harlem. La plupart d'entre eux fréquentaient probablement l'église de l'un ou l'autre des pasteurs noirs retenus en otages.

Il ne manquait plus qu'une grande roue et des vendeurs de barbe à papa pour achever de transformer la 5e Avenue en fête foraine. La voix du gamin mettait une touche de gaieté bienvenue dans l'atmosphère sinistre qui régnait autour de nous.

Reno a dû se dire la même chose parce qu'il a souri en levant les yeux au ciel :

— Y'a vraiment qu'à New York qu'on peut voir des trucs pareils.

60

Un mess de fortune destiné à l'ensemble des forces de l'ordre avait été installé dans le grand hall de Saks Fifth Avenue.

J'ai poussé les portes tournantes sous les néons en forme de flocons géants, décidé à manger quelque chose. Jack ayant repoussé l'offre du Four Seasons de fournir des repas aux otages, la direction du célèbre restaurant avait décidé de nous nourrir à la place. J'ai saisi une assiette de porcelaine peinte et me suis servi un peu de jambon de canard avec du hachis de dinde, bercé par les airs de Noël sortant des haut-parleurs décorés de guirlandes. Ce n'était pas tant l'atmosphère totalement irréelle de ce satané siège qui m'inquiétait, mais plutôt le fait que je commence à m'y habituer.

De retour dans la rue, j'ai constaté que les Petits Chanteurs de Harlem n'avaient pas perdu leur voix. Mon assiette à la main, je suis passé devant le Père Noël animé de la vitrine de Saks avant de rejoindre le mobile home. J'en étais à ma deuxième bouchée de tartare de thon lorsque le portable accroché à ma ceinture a sonné.

Quoi encore ? Que puis-je pour ton service, mon cher Jack ?

— Mike à l'appareil.

— Comment ça va, mon Michou ? a fait la voix de Jack. Il fait pas trop froid dehors ? Pas comme dans notre petit nid douillet.

À toute vitesse, j'ai réfléchi aux possibilités qui s'offraient à moi. Je pouvais le laisser parler, me montrer agressif, ou bien encore lui poser des questions afin de tester son humeur – mais je commençais à en avoir assez. Si l'un de nous jouait au chat et à la souris, c'était bien Jack, et il n'était plus temps de prétendre le contraire. J'en avais soupé de lui, un point c'est tout. Et puis, pour ce que ça changerait…

J'ai reposé ma fourchette en plastique et me suis jeté à l'eau.

— Tu as eu tort de tuer le maire. Si tu voulais nous faire comprendre qu'on a affaire à un psychopathe dangereux, c'est réussi. Le problème, c'est que tu nous as également convaincus que la seule solution était de donner l'assaut. Au risque de faire sauter la cathédrale, d'après toi. Donc de te faire sauter avec, ce qui te laisse peu de chances de dépenser tout cet argent. Alors je voudrais que tu m'expliques, parce qu'on a du mal à te suivre : tu es vraiment cinglé ?

— Je te trouve bien sombre, mon petit Mike. On dirait que tu baisses déjà les bras ; mais je te signale que la partie n'est pas encore terminée. Vous avez enfin procédé au premier versement, ce qui est super. Maintenant, il ne vous reste plus qu'à nous donner le reste, et je peux te promettre que tu ne seras pas déçu de la suite. Comment les méchants vontils pouvoir s'en sortir ? Il va falloir te creuser les méninges, et même creuser très profond. À propos, avant que j'oublie : la prochaine victime vous sera livrée à minuit.

— Écoute-moi, Jack. Ne fais pas ça. On va trouver une solution…

— Ta gueule !

Son hurlement m'a tout de suite fait taire.

— Ras le bol de tes conneries, mon vieux. Du temps, toujours plus de temps. Vous avez voulu marquer un but et vous avez perdu. Il est maintenant temps d'en payer les conséquences. Évite de m'énerver, sinon, au lieu d'un seul macchabée, je t'en refile suffisamment pour que Prada commence une ligne de cercueils pour riches. C'est bien compris, Mike ? Je te répète que vous aurez un autre cadavre à minuit – quelqu'un de nettement plus intéressant que ce connard de maire. J'ai déjà fait mon choix, je suis sûr que ça va te plaire. Je te conseille en passant de faire taire tes chanteurs, sinon je descends toutes les femmes.

61

Avec une longue attente en perspective, j'ai décidé de confier le téléphone de crise à Ned Mason et je suis allé voir Maeve à l'hôpital.

J'ai tout de suite remarqué la transformation en pénétrant dans sa chambre. Les draps avaient été changés, des draps épais et amidonnés tout neufs. Les fleurs avaient été remplacées, et Maeve avait une nouvelle robe de chambre. Rien d'inquiétant *a priori*, bien au contraire, mais j'ai été pris d'un mauvais pressentiment.

Maeve était réveillée et regardait CNN. La chaîne info émettait en direct et en continu depuis le siège de St Patrick. Cette année, personne ne pensait à la traditionnelle bûche de Noël. J'ai éteint le poste à l'aide de la télécommande et j'ai pris la main de Maeve.

— Salut, beauté.

— Je t'ai vu à la télé, m'a-t-elle répondu d'une voix enjouée. Je t'ai toujours trouvé très beau dans ce costume. Pour le baptême de quel enfant l'a-t-on acheté, déjà ? Celui de Shawna ?

— Celui de Chrissy.

— Chrissy, a soupiré ma femme. Comment se porte mon tout petit oiseau ?

— Ta petite Peep-peep est venue me rejoindre dans notre lit l'autre nuit. J'avais oublié de te le dire. C'est fou le nombre de trucs que j'oublie de te dire. Tu sais, Maeve, je…

Ma femme m'a fermé la bouche d'un doigt.

— Je sais.

— Je n'aurais jamais dû me laisser bouffer comme ça par ce boulot de con. Si seulement…

Elle m'a arrêté d'un regard douloureux.

— Je t'en prie, pas de *si seulement*, m'a-t-elle dit d'une petite voix. Ça fait encore plus mal que le cancer. Quand on s'est rencontrés, je savais très bien à quel point tu adorais ton boulot. C'est même l'une des raisons pour lesquelles je t'ai épousé. Si tu savais comme j'étais fière chaque fois que tu t'exprimais dans la presse. Mon Dieu. Je crois même que ça me stimulait.

— Et qui me stimule, à ton avis ?

J'en avais les larmes aux yeux.

— Je t'en prie, ne mouille pas mes draps tout propres. Attends. J'ai ton cadeau.

On a toujours échangé nos cadeaux la nuit de Noël, le plus souvent vers trois heures du matin, après avoir sué sang et eau pour monter un vélo, un train électrique ou un autre truc du même acabit.

— Moi d'abord !

J'ai sorti un paquet d'un sac récupéré dans le coffre de ma voiture. J'ai déchiré le papier et j'ai montré à Maeve le lecteur de DVD que je lui avais acheté, avec tout un tas de vieux films en noir et blanc. Ce sont ceux qu'elle préfère.

— Comme ça, tu ne seras plus obligée de regarder cette vacherie de télé. Regarde, je t'ai pris *Assurance sur la mort*, de Billy Wilder. J'irai chercher des ailes de poulet et on fera comme autrefois.

— Tu es un monstre adorable. Ton cadeau, maintenant.

Maeve a sorti de sous son oreiller un écrin de velours noir qu'elle m'a tendu. En soulevant le couvercle, j'ai découvert une boucle d'oreille en or. J'en portais une quand on s'est rencontrés à la fin des années 1980, à mon époque Guns N' Roses.

J'ai éclaté de rire, elle aussi, et le temps s'est arrêté l'espace d'un instant.

— Mets-la, mets-la tout de suite, m'a supplié Maeve entre deux hoquets de rire.

J'ai glissé l'anneau dans le trou que j'avais à l'oreille gauche. Contre toute attente, il ne s'était pas refermé et l'anneau s'est enfoncé tout seul.

— Alors ? Je n'ai pas l'air trop décalé ?

— On dirait un pirate sur son trente et un, a répliqué Maeve en essuyant une rare larme de bonheur.

— À l'abordage ! me suis-je écrié en enfouissant ma tête dans le creux de son cou.

J'ai reculé précipitamment en la sentant se raidir. Son regard s'est envolé, elle avait du mal à respirer, comme si elle allait faire une syncope. Je me suis rué sur le bouton d'appel et j'ai sonné l'infirmière d'urgence.

— Mère, j'ai renversé l'eau de la source, a balbutié Maeve avec l'accent irlandais qu'elle avait tout fait pour gommer. Tous les agneaux sont tombés dans le fossé. Tous sans exception.

Maeve ! Mon Dieu, non ! Pas aujourd'hui. Ni même jamais !

Sally Hitchens, l'infirmière-chef, est arrivée en courant. Elle a regardé les pupilles de Maeve avec sa lampe de poche, puis elle a cherché la poche de morphine dissimulée sous la robe de chambre de ma femme.

— Le médecin a augmenté la dose ce matin, m'a expliqué Sally.

Elle lui a posé la main sur le front et Maeve a fermé les yeux.

— Il faut faire attention les premiers temps, le temps que son organisme s'habitue. Dites-moi, Mike, est-ce que je pourrais vous voir une seconde ?

62

J'ai déposé un baiser sur le front de Maeve et j'ai suivi Sally dans le couloir. Elle m'a regardé droit dans les yeux, ce qui n'était pas bon signe. J'ai repensé à tous ces changements dans la chambre de ma femme. Les draps propres, le bouquet de fleurs fraîches : tout ça cachait quelque chose.

Non. Je ne veux pas.

— Nous approchons de la fin, Mike. Je suis infiniment désolée.

J'ai longtemps regardé mes pieds avant de trouver la force de relever la tête.

— Combien de temps ?

— Une semaine, a-t-elle précisé d'une voix douce. Sans doute moins.

— Une semaine ?

J'avais parfaitement conscience de réagir en enfant gâté. Ce n'était pas de la faute de l'infirmière. Sally était un ange de miséricorde.

— Je sais que je vous demande l'impossible, mais il faut vous préparer. Vous avez lu le livre que je vous ai donné ?

Elle m'avait offert le fameux livre d'Elizabeth Kübler-Ross, *Accueillir la mort*. La psychiatre y décrit le processus de deuil : le déni, la colère, la dépression, l'acceptation.

— J'ai bien peur de ne pas avoir dépassé le stade de la colère.

— Il faut le dépasser, Mike, m'a répondu l'infirmière avec un brin d'agacement. Je vais vous dire quelque chose. J'ai presque honte de l'avouer, mais il m'est arrivé de ne pas ressentir grand-chose en voyant partir certains patients. Ce n'est pas le cas avec votre femme. Maeve a besoin que vous soyez fort, c'est le moment ou jamais de faire face. À part ça, Mike, cette boucle vous va très bien.

J'ai serré les paupières et je me suis senti rougir de honte et de colère en entendant l'infirmière s'éloigner. La douleur que je ressentais au plus profond de mon être dépassait l'entendement. Une douleur dévastatrice, prête à exploser dans ma poitrine en entraînant le monde entier avec elle.

Quelqu'un a allumé la télé dans une chambre voisine et j'ai repris pied dans la réalité.

En rouvrant les yeux, j'ai constaté que le monde était toujours là et je suis reparti en direction des ascenseurs.

63

En regagnant la voiture, j'ai sorti mon portable et composé le numéro de la maison. C'est Julia qui a décroché.

— Comment va maman ?

Pour une fois, mon expérience professionnelle m'a été utile. Dans mon boulot, il faut parfois savoir mentir pour obtenir une confession lors d'un interrogatoire.

— Elle va très bien, ma Julia. Elle vous embrasse tous. Toi particulièrement. Elle est très fière de la façon dont tu t'occupes de tes sœurs. Moi aussi je suis fier, tu sais.

— Et toi, papa, comment tu vas ?

Au son de sa voix, je me suis posé la question : la ligne était-elle mauvaise, ou bien ma fille s'inquiétait-elle vraiment pour moi ? Je me suis souvenu que ce n'était plus une enfant, qu'elle entrait au lycée l'an prochain. Comment ma petite fille avait-elle pu grandir sans que je m'en aperçoive ?

— Tu me connais, ma fille. Tant que je n'ai pas piqué ma crise, c'est que tout va bien.

Bon public, elle a ri au bout du fil.

— Tu te souviens de la fois où tout le monde s'engueulait dans la voiture quand on allait dans les Poconos ? Tu m'as dit de fermer les yeux et de regarder par la fenêtre, a repris Julia.

— Comme si on pouvait oublier un jour pareil ! Sinon, ça se passe comment à la caserne ?

— Ils vont te le dire eux-mêmes, il y a la queue derrière moi.

Tout en roulant dans les rues glacées de New York, j'ai échangé un mot avec chacun, veillant à leur dire à tous combien leur mère et moi les aimions. Je me suis platement excusé de ne pas pouvoir assister au spectacle de l'école et de ne pas être à la maison pour la veillée de Noël. Ce n'était pas la première fois qu'une enquête m'éloignait d'eux pendant une fête, mais jamais Maeve et moi ne les avions laissés seuls. Une fois de plus, les enfants ne se laissaient pas démonter, à part Chrissy qui pleurnichait quand on me l'a passée.

Oh, oh !

— Qu'y a-t-il, ma petite oursonne adorée ?

— Papa, a fait Chrissy, des larmes plein la voix. Hillary Martin dit que le Père Noël ne viendra pas chez nous parce qu'on n'a pas de cheminée. Je veux qu'il vienne, moi, le Père Noël !

J'ai souri, soulagé. Maeve et moi avions déjà été confrontés deux fois à cette épineuse question, et nous avions trouvé la parade. J'ai pris ma voix la plus paniquée.

— Nom d'un chien, Chrissy ! Heureusement que tu me le rappelles. Quand le Père Noël vient à New York, comme la plupart des gens n'ont pas de cheminée, il atterrit avec son traîneau sur le toit des immeubles et il entre chez les gens par l'escalier de secours. Tu vas me rendre un grand service, Chrissy. Va voir Mary Catherine et demande-lui de vérifier que la fenêtre de la cuisine n'est pas verrouillée. Tu t'en souviendras ?

— Je vais lui dire tout de suite.

— Attends une seconde, ma poupée.

J'ai branché la radio de service sur le tableau de bord.

— Super ! L'hélicoptère de la police vient de me confirmer que le Père Noël était là. Dépêche-toi d'aller te coucher, parce que tu sais ce qui arrive quand le Père Noël trouve les enfants éveillés ?

— Je sais : il s'en va, a répondu Chrissy. Bonsoir, papa.

Quelques instants plus tard, j'avais Mary Catherine au bout du fil.

— Monsieur Bennett ?

— Bonsoir Mary. Où est Seamus ? Il était censé vous relayer.

— Il est dans le salon, en train de leur lire un conte de Noël.

D'habitude, c'était mon boulot, mais je lui en étais très reconnaissant. Malgré tous ses défauts, Seamus est un conteur formidable et je pouvais être sûr qu'il ferait tout pour que les enfants passent le meilleur Noël possible étant donné les circonstances. Je n'avais pas de souci à me faire pour eux, c'était déjà ça. Ils avaient assez d'anges et de saints autour d'eux. J'aurais aimé pouvoir en dire autant, mais mon boulot m'obligeait à côtoyer surtout des mécréants. Et rarement les plus sympathiques.

— Mary, faites-moi plaisir. Ne vous sentez pas obligée de rester plus longtemps à la maison. Merci pour tout ce que vous faites. Quand cette prise d'otages de folie sera derrière nous, je vous promets de réfléchir à un planning normal.

— Je suis heureuse de pouvoir me rendre utile. Vous avez des enfants formidables. Joyeux Noël, Mike.

Au moment où elle me disait ça, je passais devant la façade pleine de guirlandes et de couronnes de houx du Plaza Hotel. L'espace d'un instant, je me suis pris à y croire, jusqu'à ce que les lumières du siège de la cathédrale apparaissent dans le lointain.

Alors j'ai souhaité bonne nuit à Mary Catherine et j'ai replié mon portable.

64

Laura Winston s'était recroquevillée par terre dans le noir du confessionnal. Elle tremblait de froid et transpirait abondamment. « La femme la plus élégante de la planète aurait bien besoin de se ravaler la façade », pensa-t-elle.

Elle avait perdu connaissance à plusieurs reprises au cours des vingt dernières heures, mais, depuis que la faible lueur émanant du vitrail au-dessus de sa tête s'était éteinte, six ou sept heures plus tôt, l'atroce sensation de manque qui la tenaillait l'empêchait de fermer l'œil.

Il devait être midi lorsqu'elle avait aperçu pour la première fois son reflet sur la plaque de laiton poli vissée au pied de la porte. Terrifiée, elle avait découvert les ravages de la transpiration et des larmes sur son maquillage, les taches de vomi séché maculant sa coupe blonde au rasoir. Laura avait tout de suite pensé à l'une de ces gargouilles de pierre terrassées par un ange triomphant. Incapable de détacher son regard de cette vision d'horreur, les derniers vers du *Miroir*, le poème de Sylvia Plath, lui étaient venus à l'esprit : « En moi s'est noyée la jeune fille et en moi s'élève une vieille femme / Jour après jour, telle un poisson monstrueux. »

Il avait fallu cet enlèvement, ce drame inédit dans l'histoire, pour qu'elle accepte enfin de voir la vérité en face.

Elle était vieille.

Laura avait brusquement compris à quel point elle avait contribué à corrompre ses semblables. Les femmes en particulier. Mois après mois, elle s'était évertuée à perpétuer dans son magazine le mythe de la beauté inaccessible, du chic indestructible. À longueur de page, habillant de tenues aux prix obscènes des adolescentes génétiquement modifiées, elle avait fait croire à ses lectrices qu'à moins de se conformer à la norme qu'elle leur imposait, jamais elles ne se réaliseraient pleinement.

Laura avait décidé de changer radicalement de vie lorsqu'elle sortirait de là. Si elle en sortait. Mettre la clé sous le paillasson, s'isoler dans un centre de désintoxication, revivre. En lieu et place de l'empire de pacotille qu'elle s'était acharnée à bâtir, elle mettrait sur pied une fondation. En lui ouvrant les yeux, ce moment tragique de sa vie l'avait métamorphosée.

Seigneur, accorde-moi une dernière chance. C'était la première fois depuis son enfance que la reine de la mode priait. Seigneur, laisse-moi te prouver que je peux encore changer.

Lorsque l'arme aboya de l'autre côté de la porte, Laura Winston crut un instant qu'on lui avait arraché l'oreille.

La surprise passée, elle entendit des cris. Une forte odeur de poudre s'insinua sous le battant, se mêlant aux relents âcres de vomi.

Un juron étouffé se fit entendre, suivi du bruit d'un corps que l'on traîne, et sa gorge se noua.

Seigneur Jésus ! Ces monstres avaient fait une nouvelle victime !

Le cœur de Laura fit un bond dans sa poitrine.

Qui ? Et pourquoi ? Seigneur ! Pas Eugena, qui avait fait preuve de tant de gentillesse à son égard.

Horrifiée, elle en arriva à la conclusion que les preneurs d'otages n'en voulaient pas à leur argent. Ils allaient tous les tuer, les uns après les autres, les faire payer pour leur décadence inconsidérée.

« C'est bientôt mon tour », pensa Laura, et elle fut prise de nouveaux vomissements.

65

Ce n'était malheureusement pas la première fois qu'Eugena Humphrey voyait un mort.

La série avait commencé avec sa grand-mère. Elle avait gardé intact dans sa tête le sentiment de colère qui l'avait envahie en découvrant le visage décomposé et défait de sa chère Mamie. Plus récemment, dans le cadre d'opérations humanitaires dont elle s'occupait, elle avait vu des photos d'atrocités commises à travers le monde.

Pourtant, même les images révoltantes de villageois déchiquetés en Afrique équatoriale ne l'avaient pas préparée à ce qui venait de se produire sous ses yeux.

« Il l'a abattu froidement. Il s'est approché du banc et il lui a tiré une balle dans la tête. Pourquoi ? Comment un être humain peut-il faire une chose pareille à l'un de ses semblables ? »

Révoltée, elle vit deux preneurs d'otages traîner le corps sans vie sur les dalles de marbre. Les chaussures du mort faisaient un bruit atroce de raclette en caoutchouc sur une vitre.

Un mocassin noir soigneusement ciré tomba de l'un des pieds du malheureux dont les yeux ouverts croisèrent brièvement le regard d'Eugena au moment où ses bourreaux l'entraînaient dans un recoin derrière l'autel.

« Pourquoi moi ? semblait dire le regard accusateur. Pourquoi pas toi ? »

« On vient d'assassiner mon vieil ami », eut le temps de penser Eugena avant d'éclater en sanglots.

66

J'ai eu un choc en voyant Oakley et deux flics des forces spéciales traverser la 5e Avenue en courant. Cela ne pouvait vouloir dire qu'une seule chose et je me suis dépêché de franchir le contrôle.

J'ai regardé ma montre sans comprendre. Jack avait parlé de minuit et il n'était que vingt-deux heures trente.

J'atteignis les ambulances garées devant le Rockefeller Center quand Oakley et les deux autres sont arrivés avec un corps en costume sombre. Les médecins se sont acharnés sur la victime, me dissimulant son visage. Qui avaient-ils tué cette fois ? Pourquoi ne pas avoir attendu le délai fixé ?

Les toubibs se sont très vite arrêtés. Une secouriste s'est retournée, les yeux brillants. Son masque à oxygène lui est tombé des mains. Elle s'est assise sur le bord du trottoir sous les flashes inquisiteurs des photographes, avides de lui voler cet instant d'intimité depuis l'abri des barrières et des immeubles avoisinants.

En reconnaissant la victime, j'ai eu le même pincement au cœur qu'à l'annonce de la mort de Belushi, de Lennon, de River Phoenix.

John Rooney était allongé sur la civière, les yeux et la bouche grands ouverts.

Un frisson électrique m'a parcouru le dos.

Un nouvel assassinat gratuit, pour la photo.

Je me suis retourné vers la foule des badauds et des journalistes, et j'ai bien failli m'asseoir sur le trottoir à côté de l'ambulancière.

À quoi bon continuer à se battre ?

Je me suis souvenu à quel point mes enfants adoraient Rooney. Si ça se trouve, ils étaient en train de regarder le DVD de son dernier film, sorti à Noël l'an dernier.

Qui serait le suivant ? Charlie Conlan ? Eugena ? Todd Snow ?

Rooney avait des millions de fans, pour beaucoup des enfants, et ces salopards l'avaient tout simplement rayé de notre paysage, de notre conscience collective.

J'ai levé les yeux sur la cathédrale, sur la foule agglutinée tout autour, sur les forêts d'antennes des chaînes de télévision.

Pour la première fois, j'ai eu la tentation de tout laisser tomber, de décrocher mon téléphone et de m'en aller. De monter dans le premier métro, de rejoindre ma femme et de lui tenir la main. Je savais que Maeve trouverait le moyen de me consoler.

— Mon Dieu ! s'est écrié Oakley. Comment va-t-on pouvoir annoncer ça ? D'abord le maire, et maintenant John Rooney.

Voilà pourquoi !

Je venais de comprendre ce qui poussait les preneurs d'otages à abattre des monstres sacrés de manière aussi horrible.

En agissant lentement, méthodiquement, sous le regard du monde entier, en présence du plus grand nombre possible de badauds, ils faisaient monter la pression, non pas sur eux, mais sur nous.

Un scénario d'un machiavélisme imparable. Plus le bilan s'alourdissait, plus notre image s'effritait et moins il nous était possible de prendre la cathédrale d'assaut. Si l'opération de sauvetage tournait mal, c'est à nous qu'on le reprocherait, pas aux preneurs d'otages.

J'ai laissé le téléphone sonner quatre fois avant de répondre.

— Salut, c'est Frère Jack.

Au son de sa voix, j'ai compris qu'il jubilait.

— Frère Jacques. T'as pigé ? Bon d'accord, j'ai pas le talent d'un John Rooney, mais j'ai comme l'impression que sa carrière a du plomb dans l'aile. L'ultimatum a expiré, Mike. Fini les excuses bidon, il est temps de passer aux choses sérieuses. Si le fric n'a pas été viré sur mon compte demain matin à neuf heures, il y aura tellement de gens riches et célèbres au pied du sapin que le Père Noël devra laisser ses cadeaux dans la cheminée.

67

Vers deux heures du matin, j'ai péniblement levé la tête du clavier d'ordinateur qui me servait d'oreiller. L'anneau offert par Maeve me démangeait l'oreille gauche.

Pour la première fois depuis des heures, l'activité dans notre QG du Rockefeller Center était au point mort. Notre boulot était quasiment terminé. À force de supplier, d'ergoter et de négocier, on avait fini par réunir la quasi-totalité des 73 millions de dollars exigés. Il en manquait encore quatre.

Les types de la Delta Force étaient arrivés vers minuit et ils cherchaient désespérément la faille avec les spécialistes du NYPD et du FBI, dans l'espoir qu'un détail nous ait échappé. J'avais cru comprendre qu'une maquette grandeur nature de la cathédrale avait été érigée à la hâte sur une base militaire du comté de Westchester, afin d'aider les commandos à mettre au point leur attaque.

Quand j'étais gamin, l'idée de soldats patrouillant les rues de New York nous aurait paru totalement incongrue, à part dans les films de science-fiction de série B. Personnellement, j'ai eu du mal à m'y faire en voyant des soldats parqués aux alentours de Ground Zero et des F-14 survoler les gratte-ciel du centre-ville après le 11 septembre. C'était pourtant la réalité.

Ça ne m'a pas empêché de sursauter en voyant un général de l'armée de terre passer devant mon bureau avec plusieurs de ses hommes. Je n'aurais jamais cru voir deux fois dans ma vie des militaires en tenue de combat en plein New York.

— Pourquoi n'allez-vous pas prendre l'air, Mike ? m'a proposé entre deux bâillements Paul Martelli, de retour d'une courte sieste. Je ne vois pas ce qu'on pourrait faire de plus pour le moment.

— On approche du dénouement et je ne voudrais pas manquer ça.

Martelli m'a tapé gentiment sur l'épaule.

— Vous savez, Mike, on est au courant pour votre femme. Je n'ose même pas penser à ce que vous devez ressentir en ce moment. Je vous promets de vous appeler à la seconde où ça bougera, mais, en attendant, retournez chez vous. Vos enfants ont besoin de vous. Avec Mason, on tient la maison pendant votre absence.

Je ne me le suis pas fait dire deux fois. De toute façon, la phase de négociation était terminée. Les ravisseurs avaient gagné. Il nous restait encore à négocier la libération des otages et l'évacuation des kidnappeurs, quel qu'ait été le moyen choisi par eux pour s'enfuir, mais ça pouvait attendre.

Maeve dormait paisiblement quand je suis entré dans sa chambre. Je ne voulais surtout pas la réveiller. Sur l'écran du lecteur DVD posé sur sa table de nuit, James Stewart acceptait à contrecœur un cigare offert par son ennemi Potter[1].

J'ai commencé par éteindre l'appareil avant de regarder dormir ma chère petite femme, le trésor de ma vie.

J'ai souri en repensant à notre premier rendez-vous. J'avais encore le doigt sur la sonnette de son appartement quand elle a ouvert la porte et qu'elle m'a embrassé. J'ai à peine eu le temps de voir ses jolis yeux dorés, elle a plaqué sur mes lèvres un baiser parfumé et mon cœur s'est emballé.

— Je me suis dit qu'on gagnerait du temps, m'avait-elle déclaré avec un grand sourire en voyant mon désarroi.

Je me suis rapproché d'elle.

---

1. Cette scène est tirée du film *La vie est belle (It's a Wonderful Life)* de Frank Capra. *(N.d.T.)*

— Ma douce Maeve. J'ai eu une chance inouïe de te rencontrer. Si tu savais comme je t'aime, ma jolie reine.

J'ai posé un baiser sur mes doigts et je l'ai déposé sur ses lèvres.

Quelques minutes plus tard, je roulais dans les rues désertes balayées par le vent. On aurait pu croire que les SDF avaient décidé de passer Noël chez eux.

À la maison, je me suis assuré que les enfants dormaient tous. Bien au chaud dans leurs lits, ils devaient rêver de PlayStation et de Xbox. Installé dans le fauteuil de ma chambre, Seamus ronflait à en faire trembler les murs. Il avait encore des miettes de cookies sur les joues. Mon onzième enfant. J'ai posé une couverture sur ses genoux et j'ai éteint la lumière.

J'ai eu le choc de ma vie en découvrant dans le salon un grand sapin entièrement décoré. Quelqu'un avait pris les cadeaux des enfants dans le fond du placard de ma chambre et les avait déposés au pied de l'arbre. Dix piles de cadeaux emballés d'une main experte.

Sur la télécommande du lecteur DVD, j'ai trouvé une petite note : « Appuyez sur la touche play. Joyeux Noël ! Mary Catherine »

J'ai suivi ses instructions et Chrissy est apparue sur l'écran, déguisée en ange dans le gymnase de l'école.

Des larmes me sont montées aux yeux – pas des larmes de colère pour une fois. Je n'en revenais pas de tout ce qu'avaient fait Mary Catherine et Seamus. Que pouvais-je demander de mieux ?

Une petite voix a résonné dans ma tête : « Qu'est-ce que tu dirais d'avoir Maeve en bonne santé à côté de toi ? »

Mais je n'avais pas la force d'écouter mes voix, sachant que c'était une question d'heures. Et tandis que mes fils, déguisés en bergers, déambulaient sur l'écran, j'ai séché mes larmes en priant Dieu d'avoir pitié de nous.

68

Je ne sais pas ce qui m'a le plus touché quand je me suis réveillé très tôt en ce jour de Noël : la délicieuse odeur de café et de bacon qui flottait depuis la cuisine, ou bien les fous rires étouffés à côté de moi dans le lit. J'ai profité d'un gloussement plus bruyant pour me redresser.

— Ah ! Tous les enfants dorment et il y a des fantômes irlandais dans ma chambre !

Shawna, Chrissy et Trent se sont rués sur moi en hurlant de rire.

— C'est pas des fantômes ! a crié Trent en faisant des sauts de kangourou à côté de ma tête. C'est Noël !

Chrissy et Shawna m'ont chacune pris par une main pour me forcer à me lever et elles m'ont tiré jusqu'au salon, dans lequel régnait une délicieuse odeur de sapin.

Mon plus beau cadeau de Noël a été de lire l'émerveillement dans les yeux de mes deux toutes petites à la lueur des guirlandes lumineuses. Norman Rockwell n'aurait pas fait mieux.

— Tu avais raison, papa ! a dit Chrissy en me lâchant pour croiser ses deux mains sur sa tête. J'ai laissé la fenêtre de la cuisine ouverte et le Père Noël a pu entrer.

Trent se précipitait déjà sur un paquet.

— Vous ne croyez pas que vous devriez d'abord réveiller les grands ? Comme ça, on pourrait ouvrir les cadeaux tous ensemble.

J'ai vu trois fusées sortir de la pièce et je suis allé dans la cuisine, où Mary Catherine m'a accueilli avec un sourire en versant de la pâte à pancake dans une poêle brûlante.

— Joyeux Noël, Mike ! Vous préférez vos œufs sur votre pancake ou à côté ?

Je n'aurais jamais pensé qu'on puisse avoir droit à la fois aux œufs et aux pancakes.

— Le plus simple pour vous. Je ne sais pas comment je pourrai jamais vous remercier de tout ce que vous avez fait. Le sapin, la vidéo du spectacle, emballer les cadeaux… J'en suis à me demander si le Père Noël n'existe pas vraiment. Vous êtes sûre que Tipperary ne se trouve pas à côté du pôle Nord ?

— Je vous en prie, a répondu Mary Catherine avec un clin d'œil. C'est surtout grâce au père Seamus. Attention, j'entends les enfants. Vous n'avez qu'à emporter le plateau dans la salle à manger. J'ai déjà versé le chocolat chaud dans les tasses, et votre café vous attend.

Je suis sorti de la cuisine, persuadé que les enfants s'étaient rués sur leurs paquets, mais ils m'attendaient tous sagement.

— Ce n'était pas la peine de m'attendre, les enfants. Joyeux Noël ! Vite, ouvrez les cadeaux !

— En fait, papa, a commencé Brian. On a discuté tous ensemble et…

— Ce que Brian veut dire, a poursuivi Julia, c'est qu'on a décidé d'ouvrir nos cadeaux après avoir vu maman. On sait que tu dois retourner travailler, mais on est prêts à attendre que tu reviennes pour aller voir maman tous ensemble.

Je les ai tous pris dans mes bras et j'ai serré les paupières, prisonnier de la mêlée.

— Vous voulez que je vous dise ? Vous êtes les enfants les plus géniaux du monde.

Après avoir mangé mes pancakes aux œufs, j'ai pris une douche et me suis changé, la mort dans l'âme. Pendant que j'embrassais tout le monde avant de repartir, j'ai vu Mary Catherine mettre en charge la batterie du caméscope. La gentillesse de cette fille tenait de la sainteté.

En ouvrant la porte de l'ascenseur, je suis tombé nez à nez avec Seamus. Il était rentré se laver et se changer. Seul son col romain apportait une tache claire à sa tenue, et j'ai bien failli ne pas reconnaître le saint homme.

— Joyeux Noël, m'a-t-il dit. Tu repars au boulot ? Je vois que ton travail est toujours aussi épatant. Idéal pour la vie de famille.

Comme si j'avais envie d'y retourner. J'ai serré les dents, mais autant en rire. Avec mon grand-père, c'est tous les jours Noël.

— En tout cas, merci de tout ce que tu as fait pour les enfants, vieille chouette. Et mauvais Noël à toi aussi !

69

Eugena Humphrey ouvrit les yeux. La cathédrale était plongée dans la pénombre. Elle s'assit sur le banc de bois inconfortable qui lui avait servi de matelas et se frotta les bras afin de se réchauffer. Elle regarda autour d'elle et son cœur se serra en reconnaissant les murs de pierre désormais familiers. En désespoir de cause, elle se tourna vers les cierges dont la lueur était son unique source de réconfort depuis quarante-huit heures.

À sa grande surprise, elle constata que les rangées de flammes dorées étaient toutes éteintes.

Elle referma les paupières. Elle n'avait pas connu que des Noëls amusants, mais celui-là battait tous les records.

Consciente que ce n'était pas le meilleur moyen de se regonfler le moral, elle se demanda ce qu'elle aurait fait au même instant si elle avait été chez elle.

Dans sa tête, elle vit Mitchell pénétrer dans la chambre à coucher de leur confortable duplex de Wilshire Avenue, portant un copieux petit déjeuner sur un plateau. Comme c'était Noël, le cuisinier et le nutritionniste étaient en congé, et Mitch s'autorisait une entorse à son régime. Au menu, pancakes aux myrtilles, saucisses aux pommes, bacon à la noix de pécan, le tout arrosé de mugs de café géants. Après le petit déjeuner viendrait le moment de leur échange rituel de présents. L'argent n'était plus un problème depuis longtemps et ils avaient fini par s'apercevoir que même les cadeaux les plus onéreux – diamants, voitures... – ne les amusaient plus. Ils avaient alors imaginé une solution inédite : avec un budget limité à cent dollars, l'idée était de faire plaisir à l'autre en lui dénichant quelque chose de beau.

La clé de la réussite était la simplicité et l'ingéniosité. Une année, Mitchell lui avait offert une douzaine de ravissantes roses rouges afin qu'elle retrouve la fraîcheur et l'innocence de son premier bouquet.

Cette année, dans un drugstore, elle avait trouvé une montre rétro pour la modique somme de 21 dollars. Une montre ronde intemporelle, avec des chiffres noirs et un cadran blanc. Une montre comme Dieu aurait pu en porter s'il avait eu besoin d'une montre, symbole de la beauté inestimable de la vie, du temps, de leur relation.

Eugena rouvrit les yeux en sentant quelque chose de dur lui toucher la nuque.

— T'as de la chance, Eugena. Cette année, le Père Noël t'a apporté un cheeseburger, l'apostropha Little John en déposant sur ses genoux un sandwich enveloppé dans du papier gras.

« Les autres preneurs d'otages font peut-être ça pour le fric, mais pas Little John. Cet enfant de salaud prend son pied à faire souffrir les autres », pensa rageusement Eugena en jetant un regard méchant au visage encagoulé de son tortionnaire.

C'était lui qui avait abattu froidement John Rooney.

Eugena sentit une vague de désespoir monter en elle.

Pourquoi continuer à se mentir? Comment aurait-elle pu supporter cet enfer une heure de plus? Une minute de plus?

Elle repoussa son « petit déjeuner » de Noël et tenta de retrouver un semblant de sérénité en effectuant un exercice de yoga. Un souffle rauque sortit de ses poumons.

« Et puis merde! se dit-elle en cherchant des yeux l'autre assassin. Assez supporté de conneries, il est temps de lui dire ses quatre vérités. »

L'idée lui vint soudainement que la plupart des gens vivaient en permanence dans un état de frustration comparable. L'immense majorité de ses congénères souffraient au quotidien du froid, de la peur, de la crasse, du manque de tout. De quel droit se serait-elle plainte de son sort ?

Avant d'être quelqu'un de célèbre, elle était un être humain comme les autres ! Et c'est bien pour ça qu'elle n'entendait pas se laisser faire plus longtemps.

Les événements lui avaient montré qu'on ne pouvait pas discuter avec ces monstres. L'heure n'était plus aux petits arrangements avec soi-même. À la première occasion, elle se battrait.

70

De l'autre côté de l'allée centrale, Charlie Conlan consulta sa montre à deux reprises, puis le petit preneur d'otages fan de Mercedes Freer passa à sa hauteur.

L'entrée de la chapelle était gardée par un seul homme. En se retournant, Conlan vit l'autre abruti poser son fusil sur ses genoux et sortir de la poche de sa robe un téléphone portable incrusté de pierres précieuses confisqué à l'un des otages. Comptait-il s'en servir ? Pour appeler qui ?

Non. Il appuya à plusieurs reprises sur la même touche avec le pouce, les yeux rivés sur l'écran. Ce crétin jouait à un jeu vidéo.

Conlan toussota à deux reprises. Le signal convenu. Devant lui, Todd Snow lui glissa un regard en coin et Conlan fit signe à Mercedes que la voie était libre. Au moment où leur gardien passait à sa hauteur, elle agrippa le pan de sa robe.

On y va.

Le preneur d'otages se retourna, et Snow en profita pour sauter silencieusement au-dessus de la barrière de bois. Un instant plus tard, il se glissait sous l'autel, dissimulé aux regards par le tissu tendu sur le devant.

Conlan tourna légèrement la tête afin de s'assurer que le deuxième gardien n'avait rien remarqué. Il était toujours hypnotisé par son jeu vidéo.

Derrière Conlan, Mercedes discutait avec le petit preneur d'otages.

— Si ça continue, je vais devenir dingue. Tu pourrais au moins m'embrasser.

La pomme d'Adam du preneur d'otages fit un bond. Il regarda subrepticement du côté de son collègue, se pencha et, à travers sa cagoule, glissa sa langue dans la bouche de la chanteuse tout en lui caressant la poitrine.

— Pas ici devant tout le monde. On sera plus tranquilles derrière l'autel, lui chuchota Mercedes, tout émoustillée.

Le preneur d'otages scruta le fond de la chapelle, indécis.

— Alors ? Je te plais pas, peut-être ? fit Mercedes en laissant courir ses doigts sur la robe de son interlocuteur, s'arrêtant juste au-dessus de la ceinture.

— Tu verras, tu le regretteras pas, insista-t-elle.

— Derrière l'autel ? T'es une vraie salope, toi. Pire que dans tes clips vidéo. Okay, on y va.

Conlan poussa un soupir silencieux en entendant Mercedes se lever. Enfin !

La suite était écrite. Snow était censé assommer le type derrière l'autel, pendant que Conlan se précipiterait sur l'autre gardien pour le neutraliser. Avec deux flingues, ils avaient peut-être une chance de s'en tirer.

Conlan essuya ses mains moites sur son pantalon, conscient du risque encouru. Mais c'était ça ou finir comme John Rooney.

Il jeta un coup d'œil en direction de l'autel. Mercedes et le preneur d'otages montaient les quelques marches, collés l'un à l'autre.

Maintenant !

Conlan se leva précipitamment au moment précis où retentissait une détonation. Une douleur fulgurante lui traversa l'épaule.

La détonation suivante s'accompagna d'un coup terrible au menton. Incapable de comprendre ce qui lui arrivait, il se retrouva sur le dos, hébété, le visage couvert de sang, luttant pour ne pas perdre connaissance.

Il entendit Todd Snow pousser un grand cri. À l'instant où le géant se jetait sur le petit preneur d'otages, trois de ses collègues faisaient irruption devant lui. Ils l'arrosèrent de balles en caoutchouc et Snow s'écroula sous le regard horrifié de Conlan.

Little John pénétra dans la chapelle et s'approcha du sportif.

— Tu croyais vraiment pouvoir nous avoir? Un vieux débris comme toi? ironisa Little John en posant une ranger sur la poitrine de Snow.

Lentement, presque cérémonieusement, il emprunta un fusil à balles de caoutchouc à l'un de ses collègues et posa le canon sur le front du footballeur, entre les deux yeux. Il hésita, pesant le pour et le contre, et finit par placer le canon de l'arme sur la main droite de Snow, lui immobilisant le poignet du pied.

— Pénalité et expulsion définitive sur le banc de touche! s'exclama-t-il à la façon d'un arbitre.

Le hurlement de Snow couvrit le bruit de la détonation.

Éberlué, Conlan vit Mercedes Freer s'approcher de Little John. Qu'est-ce qu'elle foutait là, celle-là?

Le preneur d'otages lui tendit tranquillement un téléphone portable, puis une cigarette qu'il alluma galamment, et Conlan comprit enfin.

— Espèce de petite salope, tu nous as vendus, grinça-t-il d'une voix mal assurée.

Mercedes leva les yeux au ciel.

— Joyeux Noël, maman, l'entendit dire au téléphone un Conlan au visage à moitié engourdi. Maman! Arrête de pleurer. Tout va bien. Ils ne sont pas si méchants que ça, ils vont bientôt me laisser partir. Tu me connais, tu m'as toujours dit que dans la vie, il fallait savoir se débrouiller toute seule.

71

La circulation était fluide en ce matin de Noël et j'ai rallié St Patrick en un temps record. La foule des curieux et des journalistes avait considérablement diminué, mais je ne me faisais guère d'illusions. Dès qu'ils auraient fini de déballer leurs cadeaux, ils rappliqueraient tous pour la curée.

En traversant la petite place au pied de l'International Building, j'ai vu un Père Noël tout en rouge, une mitraillette dans le dos, avec des gobelets de café sur un plateau. C'était Steve Reno.

— Où est-ce que tu vas avec tes cadeaux, Père Noël ? À Fallujah ?

— J'essaye de garder le moral, Mike, m'a répondu Reno à travers sa fausse barbe.

— Alors c'est pas de la tarte. À tout prendre, j'aime encore mieux rester négociateur.

Paul Martelli m'est tombé dessus au moment où je sortais de l'ascenseur.

— Ça y est, Mike ! On a fini de réunir l'argent il y a cinq minutes ! Il n'y a plus qu'à virer les sous.

— Aucune possibilité de savoir où va vraiment l'argent ?

Martelli a haussé les épaules.

— Leur compte est domicilié aux îles Caïman, mais vous pouvez être certain que le fric sera immédiatement viré sur un autre compte, puis un troisième. Avec du temps, on pourrait peut-être mettre la pression à la banque pour qu'elle nous dise où a été transférée la somme, mais entre-temps elle aura été virée sur un compte en Suisse ou Dieu sait où. Nos spécialistes de la criminalité bancaire y travaillent, mais ça prendra du temps.

Nous avions réussi à réunir l'argent, c'était déjà ça.

Will Matthews est sorti de réunion, les yeux rouges, pas rasé, et j'ai fait la grimace en le voyant. Cette année, son cadeau de Noël pourrait bien être un ulcère.

— C'est bon ? a-t-il demandé à Ned Mason.

Mason, la main sur le micro de son téléphone, s'est levé.

— La banque n'attend plus que votre feu vert.

Mason était manifestement pressé d'en finir. Sa présence n'avait pas été très utile, mais au moins était-il resté jusqu'au bout.

Will Matthews a enlevé sa casquette et s'est passé la main sur son crâne dégarni avant de prendre le combiné.

— Commissaire Matthews à l'appareil. Ce n'est pas de gaieté de cœur que je vous dis ça, mais vous pouvez virer l'argent.

Je l'ai suivi dans la salle de réunion et il a longuement regardé la cathédrale par la fenêtre, sans un mot. Au bout d'une éternité, il s'est tourné vers moi.

— Mike, soyez gentil, appelez-moi encore une fois ces ordures. Dites-leur qu'on a versé le prix du sang et qu'ils libèrent ces malheureux.

Je n'ai pas répondu tout de suite.

— Comment croient-ils pouvoir s'en sortir, commissaire ?

— Je ne sais pas, Bennett. On verra bien, a grondé Matthews en jetant un regard assassin de l'autre côté de la 5e Avenue. Avec ce suspense, ces salauds finiront par avoir ma peau.

72

Je suis retourné dans la grande pièce du QG où j'ai rejoint le coin des techniciens. Le sergent qui s'était occupé des communications avec les ravisseurs depuis le début m'a fait un petit signe de tête.

— Alors, Mike ? Où en est-on ?

— Vous pouvez me mettre en contact avec la cathédrale ?

Le sergent a papillonné plusieurs fois des paupières, puis il a hoché la tête. Il s'est levé, a repoussé la paperasse étalée sur son bureau et ouvert un ordinateur portable.

— Donnez-moi une minute.

Il n'avait pas menti. Une minute plus tard, il me tendait un téléphone.

— Allô, a fait la voix de Jack.

— Mike à l'appareil. L'argent a été viré.

— Intégralement ?

— Intégralement. Vous avez eu ce que vous demandiez.

— Laisse-moi vérifier, a répondu Jack d'une voix méfiante.

J'ai entendu un bruit de clavier à l'autre bout du fil. Les preneurs d'otages avaient donc les moyens de consulter leur compte en banque depuis la cathédrale. De nos jours, c'est fou ce qu'on peut faire avec Internet.

— Mon petit Michou, quel beau cadeau de Noël tu nous fais ! a fini par dire Jack. Pour un peu, je sauterais de joie.

— Nous avons fait tout ce que vous nous demandiez, ai-je répondu en feignant d'ignorer ses sarcasmes. À ton tour de tenir tes engagements et de libérer les otages.

— Chaque chose en son temps, Mike. Chaque chose en son temps. On va effectivement libérer les otages, mais à nos conditions. Après un coup pareil, je ne vois pas l'intérêt de se faire tirer dessus comme des chiens. Tu vois ce que je veux dire ? Maintenant, écoute-moi bien. Tu as de quoi noter ?

— Vas-y.

— Très bien. Alors voilà : d'ici vingt minutes, je veux onze voitures noires avec vitres teintées, toutes les mêmes. Vous les garez devant l'entrée principale de la cathédrale sur la 5e Avenue, réservoirs pleins, portes ouvertes et moteur au ralenti. Je veux que la 5e Avenue soit entièrement dégagée jusqu'à la 138e Rue et que la 57e soit dégagée sur toute sa longueur, de l'East River à l'Hudson. Il va sans dire qu'à la moindre entourloupe, ça va saigner. En revanche, si vous respectez l'ensemble de nos exigences, les otages qui restent seront libérés sains et saufs.

— Autre chose ?

— Non, c'est bon, a conclu Jack. *Arrivederci*, mon Michou. On recommence quand tu veux.

Hébété, je l'ai entendu raccrocher. C'était tout ? Il n'exigeait rien d'autre ? Mais où comptait-il aller avec ses onze voitures ? Au Mexique ?

Derrière moi, le commissaire Matthews donnait déjà des ordres par radio, demandant à ses hommes de dégager la 5e Avenue et la 57e Rue et de bloquer tous les carrefours. À l'aide d'une autre radio, il a demandé aux snipers de se tenir prêts.

— Vous les abattez dès qu'ils montrent le bout de leur nez. Feu vert à tous ceux qui les ont en ligne de mire.

— Compris, a répondu l'un des responsables des forces spéciales.

— Ah, j'oubliais ! Je veux un GPS sur chacune des onze voitures, a demandé Matthews à l'un de ses adjoints. Quant à vous, Bennett, un hélicoptère vous attend sur la terrasse. Vous montez dedans en cas de poursuite.

J'ai facilement le vertige et je ne peux pas dire que cette perspective m'enchantait, mais j'ai hoché la tête.

En rejoignant les ascenseurs, je me creusais les méninges. Comment les preneurs d'otages pouvaient-ils espérer faire un pas sur le parvis de la cathédrale sans se faire massacrer ? J'ai appuyé sur le bouton du dernier étage, perplexe.

Nous n'allions pas tarder à être fixés.

73

Je ne sais pas si j'aurais été très rassuré de monter dans un hélicoptère posé au sol, mais je peux vous dire que je n'étais pas fier en grimpant à bord de celui qui m'attendait au cinquantième étage.

Le pilote a dû voir que j'étais vert de trouille, ou alors j'avais affaire à un sadique : j'avais à peine bouclé ma ceinture qu'il a entraîné l'appareil en chute libre le long de la façade de l'immeuble. Mon estomac a fait un bond de dix étages.

Quelques instants plus tard, il s'est mis en vol stationnaire au-dessus du carrefour de la 50e Rue et de la 5e Avenue. Je me félicitais d'avoir réussi l'exploit de ne pas vomir lorsque j'ai, pour la première fois, aperçu la cathédrale tout entière.

Le bâtiment constituait un ensemble superbe avec ses flèches et ses dentelles de pierre dignes d'une pièce montée. Loin de paraître petite à côté des gratte-ciel de Midtown, elle leur donnait une magistrale leçon d'architecture.

En baissant les yeux, j'ai vu s'avancer lentement un cortège de onze Chevrolet noires. Les voitures se sont arrêtées devant le parvis et les flics en uniforme qui les conduisaient sont descendus en laissant les portes ouvertes.

Tout le long de la 5e Avenue, des voitures de patrouille, leurs gyrophares allumés, bloquaient les carrefours à perte de vue, composant un tableau incroyable.

— Les portes ! a grésillé une voix dans mon casque.

Tout en bas, les énormes portes de bronze commençaient à s'écarter.

Une silhouette encagoulée en robe de bure marron est sortie et s'est arrêtée devant l'une des rampes du parvis.

Je m'attendais au pire, incapable de détacher mon regard de cette silhouette solitaire. J'avais beau n'être qu'un simple pion perdu au milieu d'une armée de flics, j'éprouvais un sentiment qui ressemblait à de la peur. Ces cinglés avaient prouvé qu'ils était capables de tout.

Les voix se sont affolées dans mon casque au moment où une deuxième silhouette, vêtue exactement de la même façon, sortait à son tour sur le parvis.

S'agissait-il des preneurs d'otages ? J'aurais donné cher pour savoir ce qui se passait. J'ai tourné la tête en voyant quelque chose bouger à l'entrée de la cathédrale et j'ai écarquillé les yeux.

Une bonne vingtaine de personnes sortait sur le parvis, en rangs par deux.

Ils avaient tous des robes marron et des cagoules.

Impossible de distinguer les otages des ravisseurs !

74

— Vous les avez en ligne de mire ? a crié Will Matthews dans sa radio.

Sur le parvis de la cathédrale, il y avait à présent une bonne trentaine de silhouettes en robe de moine. La colonne descendait lentement les marches en direction des voitures.

— Attendez ! a fait une voix. On va essayer de voir au scanner lesquels cachent des armes sur eux.

Sur le toit de Saks, un sniper a reposé son fusil et a porté à ses yeux un appareil ressemblant à de très longues jumelles. Il a fini par reposer son capteur puis a glissé quelques mots dans le micro accroché à sa manche.

— Ne bougez pas ! Impossible de les abattre. D'après leur signature thermique, ils ont tous des armes sur eux. Aucun moyen de savoir qui est qui.

J'ai secoué violemment la tête, manquant de faire tomber mon casque. Une fois de plus, Jack et ses hommes nous avaient devancés. Sûrs que nous chercherions à les abattre à leur sortie de la cathédrale, ils avaient pris soin de déguiser leurs otages afin de désorienter nos snipers.

Dans la rue, les silhouettes marron grimpaient dans les Chevrolet, à trois ou quatre par voiture, et les portières se refermaient l'une après l'autre. Une chance de moins de les avoir. Comment savoir si les preneurs conduisaient eux-mêmes, ou bien s'ils avaient demandé aux otages de le faire en les menaçant depuis la banquette arrière ?

Massés aux fenêtres des immeubles voisins, journalistes et badauds observaient la scène, bouche bée. Depuis mon poste d'observation, on aurait pu croire qu'ils étaient venus acclamer des sportifs ou des héros militaires.

En scrutant le cortège des voitures, je me suis demandé une nouvelle fois de quelle manière les ravisseurs comptaient quitter Manhattan. Tout bien réfléchi, je voyais mal comment on aurait pu échapper à un bain de sang. J'avais le cœur au bord des lèvres, et pas uniquement à cause du vertige.

— Bon Dieu ! a crié Matthews dans sa radio. Bennett, ne les perdez pas !

J'ai jeté un coup d'œil en direction du pilote et je me suis aperçu que c'était une femme. Je me suis attendu au pire en la voyant ricaner derrière son casque et ses lunettes d'aviateur.

— Qu'est-ce qu'on attend pour y aller ?

J'avais à peine posé la question que l'appareil plongeait vers le sol.

75

Nous survolions le convoi d'assez près et les pales frôlaient les façades des immeubles de chaque côté de l'avenue. Moi qui ai déjà peur de conduire dans cette ville !

À cause des trépidations du moteur, les Chevrolet paraissaient trembler en dessous de nous. Le cortège s'est mis en branle, sans qu'on puisse savoir quelle était sa destination.

La pilote a cabré l'appareil et la ceinture m'a plaqué au siège : la poursuite s'engageait.

Sagement postés derrière le convoi, nous sommes passés devant les boutiques chic de la 5e Avenue : Cartier, Gucci, la Trump Tower. À croire que les preneurs d'otages avaient des courses de dernière minute à effectuer.

Ma surprise a été encore plus grande quand j'ai vu les autos s'arrêter devant chez Tiffany's, au coin de la 57e Rue.

Je doutais que les preneurs d'otages veuillent y prendre le petit déjeuner[1]. Ou alors Jack avait décidé d'exécuter un dernier casse avant de partir. À ce stade, plus rien ne m'étonnait. Nous étions en vol stationnaire et mon cœur battait aussi vite que le rotor.

Au bout d'une bonne minute, la voiture de tête s'est lentement écartée du trottoir et elle a tourné à gauche sur la 57e Rue, en direction de l'ouest. Les quatre Chevrolet suivantes l'ont imitée. Je me demandais si on allait faire le tour du West Side quand j'ai vu la sixième auto noire tourner le

1. Allusion à un roman de Truman Capote, *Petit déjeuner chez Tiffany. (N.d.T.)*

dos aux précédentes et s'engager plein est sur la 57e Rue, aussitôt suivie par les cinq restantes.

J'ai immédiatement signalé la chose par radio.

East Side et West Side : ils avaient décidé de s'éparpiller à travers toute la ville. Si ça se trouve, l'un des deux convois était celui des ravisseurs, l'autre celui des otages.

— Il y a moyen de savoir qui est qui ? a lancé la voix inquiète de Will Matthews.

J'avais beau regarder les voitures s'éloigner des deux côtés de la 57e Rue, j'aurais été bien incapable de lui répondre. L'odeur de kérosène, le vertige et les trépidations de l'appareil ne m'aidaient guère à me concentrer.

— Non, je ne vois pas comment.

— Où je vais ? m'a demandé la pilote d'un air agacé.

— Tournez à gauche côté ouest.

L'hélicoptère a basculé et nous avons rasé la façade de Bergdorf's.

J'avais pris ma décision au hasard ; mais si je m'étais trompé et qu'on me virait, ce serait plus près pour rentrer chez moi en métro.

76

Eugena Humphrey prit longuement sa respiration en redressant le volant de la Chevrolet de tête côté est. La chaleur qui régnait dans l'habitacle la faisait transpirer et l'odeur de fauve de la cagoule qu'on l'avait obligée à enfiler lui soulevait le cœur. Elle se serait volontiers passée de ce genre de détail.

Debout devant la devanture d'une galerie d'art, deux flics en uniforme regardèrent passer le convoi, la bouche ouverte.

Ainsi qu'on pouvait s'y attendre, personne n'osait rien faire.

Eugena avait peur, elle était au bord de l'épuisement, mais elle ne pouvait se payer le luxe de craquer maintenant. Il lui fallait tenir.

Depuis quand n'avait-elle pas conduit de voiture ? Dix ans ? Elle repensa à la Mustang rouge achetée au moment de son transfert d'une télé locale de Wheeling, en Virginie-Occidentale, à la maison mère de Los Angeles. Le chemin parcouru depuis avait de quoi donner le tournis.

Et tout ça pour quoi ? Pour se retrouver un jour de Noël à la merci d'une bande de dégénérés ? Après tout ce qu'elle avait dû faire pour réussir ? Eugena était partie de moins que rien, échappant au destin habituellement réservé aux pauvres et aux minorités. Elle avait néanmoins réussi à se hisser au sommet sans jamais renoncer à ses principes.

Quoi qu'il arrive, elle aurait eu une belle vie. Une vie bien remplie.

Elle étouffa un cri en sentant le preneur d'otages assis à côté d'elle lui enfoncer un fusil à canon scié dans les côtes.

— Accélère un peu ! lui cria-t-il.

Elle sentit monter en elle une bouffée d'adrénaline.

Tu veux que j'accélère, c'est ça ? *No problemo*, je vais t'en donner pour ton argent.

Elle enfonça la pédale d'accélérateur et le moteur rugit tandis que les vitrines des magasins se mettaient à défiler à toute vitesse. Au carrefour de Park Avenue, la berline s'envola brièvement avant de retomber sur la chaussée dans une gerbe d'étincelles.

— Vas-y, mémé ! Appuie sur le champignon ! lui cria le preneur d'otages.

Peu avant Lexington Avenue, Eugena repéra un camion citerne rempli d'azote liquide et elle hésita un instant à foncer dessus.

À travers le pare-brise, New York et le monde lui apparaissaient comme déformés sous l'effet de la vitesse. Désormais, rien ne pourrait les arrêter.

77

Le convoi de Chevrolet noires avançait lentement le long de la 57e Rue en direction de l'ouest. En franchissant le carrefour de la 7e Avenue, je me suis aperçu que nous étions suivis par une bonne demi-douzaine d'hélicoptères de presse. Aucune course-poursuite n'avait fait l'objet d'un tel battage médiatique depuis l'odyssée d'O.J. Simpson dans sa Bronco blanche.

Les sens aux aguets, j'ai vu les voitures ralentir devant une bouche de métro, au carrefour de la 6e Avenue. Il ne manquait plus que les ravisseurs prennent la fuite dans le dédale du métro new-yorkais. Je m'étais trompé, car le cortège franchissait le carrefour en reprenant de la vitesse.

Qu'est-ce qu'ils pouvaient bien attendre ?

En passant devant le Hard Rock Café, les cinq voitures ont brusquement accéléré en laissant de la gomme sur la chaussée.

Les flics qui bloquaient la circulation au niveau de Broadway les ont regardées comme l'auraient fait les spectateurs au bord d'un circuit.

Les berlines ont traversé à toute allure la 8e Avenue ; elles ont encore accéléré, au point que la pilote de l'hélico a dû passer la vitesse supérieure pour éviter de perdre le contact.

Cette précipitation était d'autant plus inattendue que les quais de l'Hudson s'approchaient dangereusement.

Où comptaient-ils s'arrêter ?

Blanc comme un linge, je voyais les voitures foncer en direction de l'eau. C'était une question de secondes et je ne pouvais qu'assister au drame, comme un spectateur depuis son balcon.

78

Pieds et poings liés sur le siège avant de la Chevrolet de tête, Charlie Conlan sentit la coupure qu'il avait au menton se remettre à saigner au moment où la voiture passait à toute allure sur un nid de poule.

L'auto roulait bien trop vite. La légende du plus célèbre rocker de son temps risquait fort de prendre fin à tout instant…

Conlan sentit une bouffée de haine l'envahir en voyant l'animal assis à côté de lui appuyer sur l'accélérateur. Il s'en voulut d'avoir baissé les bras. Tant qu'il lui restait un souffle de vie, il pouvait encore se défendre, même avec les bras et les jambes entravés.

Le preneur d'otages avait gardé son masque pour conduire, mais il avait ôté sa capuche et Conlan entrevit une solution.

« Je vais peut-être y laisser ma peau, mais au moins je ne serai pas mort à genoux. »

La voiture venait de franchir la butte de la 10e Avenue lorsque le rocker mordit violemment l'oreille du conducteur. Le cri du preneur d'otages couvrit presque le rugissement du moteur.

Du sang plein la bouche, Conlan pensa à tout ce que ces sales ordures leur avaient fait vivre. De sang-froid, ils avaient abattu son copain Rooney avant de le traîner dehors comme un vulgaire sac-poubelle. Conlan aurait aimé faire plus mal encore à ce salopard, mais les pneus avant venaient d'éclater : la voiture se retourna sur la chaussée et entama une série de tonneaux.

Une fraction de seconde plus tard, la vitrine du concessionnaire BMW situé au coin de la 11e Avenue explosait sous l'impact.

Conlan entendit un horrible bruit de verre pilé et son monde vira au noir.

Puis au gris.

Puis à un blanc éclatant.

Il émergea du brouillard et cligna des paupières, aveuglé par un néon recouvert de grillage. Il se demanda un instant s'il n'était pas allongé sur une table d'opération, à moins qu'il ne s'agisse d'une remontée de LSD. Au premier mouvement, des éclats de verre tintèrent en tombant par terre.

Il tourna la tête et, à son grand étonnement, découvrit le showroom d'un marchand de voitures.

Par miracle, la Chevrolet avait atterri sur ses roues. Conlan aperçut une barre métallique à quelques centimètres de son cou et vit que l'auto s'était transformée en décapotable sous l'effet du choc.

À travers le pare-brise troué, il distingua le preneur d'otages juché sur une moto. Un instant, il crut que l'autre cherchait à s'enfuir, puis avisa le guidon qui le transperçait de part en part.

— Un de chute, murmura Charlie Conlan. Celui-là aura payé pour Rooney.

Il se retourna et constata que les deux passagers installés à l'arrière étaient en vie. Todd Snow détacha sa ceinture et s'appliqua à arracher le scotch qui enserrait les poignets de Conlan, tandis que l'autre passager retirait sa cagoule.

— Bien joué, les mecs, fit Mercedes Freer avec un sourire ravageur. Vous nous avez sauvé la vie !

Elle avait à peine achevé sa phrase que Todd Snow effaçait son sourire d'une droite bien appliquée et faisait voler en éclats ses dents de devant.

79

La pilote a foncé vers le showroom dans lequel venait de s'écraser la voiture de tête. De l'autre côté de la vitre, j'ai entraperçu une guirlande de Noël accrochée à l'escalier de secours d'un vieil immeuble.

Il y avait du verre partout, les montants de la vitrine étaient tordus dans tous les sens, et des flics accouraient vers le lieu de l'accident à la lueur des gyrophares.

« À chaque jour suffit sa guerre », ai-je pensé de manière absurde, sans vraiment comprendre ce qui venait de se passer.

En tournant la tête, j'ai vu les quatre autres Chevrolet continuer à filer vers l'ouest. Loin de ralentir leur course, elles franchissaient le West Side Highway désert.

J'étais persuadé que les conducteurs allaient tenter de passer le barrage en force, en tournant à la dernière seconde. Les flics qui se trouvaient derrière les barrières ont dû penser la même chose parce que j'en ai vu trois ou quatre plonger de côté pour se mettre à l'abri.

Ils avaient tort, et moi aussi.

Ébahi, j'ai assisté à la suite dans un épais brouillard gris, convaincu d'avoir des hallucinations à force de stress, de café et de manque de sommeil.

Au lieu de virer à droite ou à gauche, les quatre voitures ont foncé sur le parapet longeant l'Hudson.

Depuis l'intérieur de l'hélico, on a entendu les pneus avant exploser comme des bombes artisanales en tapant de plein fouet le rebord du trottoir. Les voitures ont sauté l'obstacle et fait éclater les chaînes bordant la rive, avant de s'envoler au-dessus des eaux glacées du fleuve et de retomber dans un bruit effrayant de tôles froissées.

Je ne sais pas à quoi je m'attendais, mais certainement pas à un suicide collectif.

Un cri a jailli dans mon casque.

— Elles sont tombées à l'eau ! Les six voitures sont tombées dans l'East River. C'est complètement dingue !

Je n'ai pas fait le lien tout de suite. J'ai d'abord cru qu'il s'agissait d'un appel lancé par un flic en dessous de nous. Mais non ! Il s'agissait du second convoi, celui qui avait remonté la 57e Rue vers l'est.

Les preneurs d'otages s'étaient tous jetés à l'eau avec leurs voitures !

Sans attendre mon signal, la pilote de l'hélico s'est dirigée vers l'Hudson. Nous sommes arrivés juste à temps pour voir disparaître les feux arrières des autos.

Il n'y avait pas à hésiter et j'ai défait ma ceinture avant de débloquer la porte de mon côté.

— Descendez le plus bas possible ! Et appelez la brigade fluviale par radio !

Une rafale de vent a pénétré dans l'habitacle, me giflant le visage. L'instant d'après, je me jetais dans le vide au-dessus des eaux grises de l'Hudson.

80

La température de l'eau était supportable – à condition d'appartenir au club des Ours polaires qui, tous les dimanches, quelle que soit la saison, se baignent à Coney Island.

Le froid m'a fait l'effet d'un électrochoc et je me suis débattu quelques instants jusqu'à ce que mes pieds heurtent ce qui devait être un pare-chocs. J'ai plongé tête la première dans l'eau trouble en me guidant avec les mains.

Je ne sais toujours pas comment j'ai pu trouver la poignée de la portière dans l'obscurité. J'ai tiré de toutes mes forces, la portière a cédé et j'ai senti une première forme sortir de l'auto, suivie d'une autre.

Deux autres silhouettes m'ont frôlé et je suis remonté à la surface en frappant du talon le toit de la voiture, tétanisé par le froid, les poumons prêts à exploser.

Mes vêtements pesaient des tonnes et j'avais le plus grand mal à me maintenir à la surface. Au total, j'ai compté douze personnes qui surnageaient. Toutes avaient retiré leur cagoule et la plupart des visages m'étaient familiers. Le tout était de savoir si tous les otages avaient réussi à s'en sortir.

— Est-ce qu'il reste encore quelqu'un dans les voitures ? ai-je crié à Kenneth Rubinstein qui flottait à quelques mètres de moi.

Il m'a regardé comme si je parlais chinois. Il était en état de choc. Le mieux était encore d'aider le maximum d'entre eux à regagner la rive.

La pilote de l'hélico est arrivée sur ces entrefaites, et elle a prouvé qu'elle n'avait pas obtenu son brevet dans une pochette surprise. Se servant des patins de l'hélicoptère comme d'une gaffe, elle a réussi à nous soulever de l'eau avant de nous déposer un à un sur le quai le plus proche. Nous étions à la limite de l'asphyxie et de l'hypothermie.

Des éboueurs qui avaient assisté à la scène nous ont entraînés au chaud dans un bâtiment. Je me suis retrouvé enveloppé dans une couverture. Un éboueur à la carrure de mammouth a dû faire le bouche-à-bouche à une dame d'un certain âge, qui a fini par l'écarter d'une main ferme. J'ai reconnu Laura Winston, la rédactrice en chef d'un grand magazine de mode. À côté d'elle, la jeune femme qui se vomissait dessus était Linda London, l'enfant terrible de la télé-réalité.

Une demi-heure plus tard, j'avais Will Matthews au téléphone. Tous les otages qui avaient fait le plongeon dans l'East River avaient pu être secourus. Nos vedettes étaient trempées et sous le choc, mais tout le monde allait apparemment s'en tirer.

Beaucoup plus surprenante était l'absence des preneurs d'otages. Restait à savoir s'ils s'étaient noyés, ou s'ils se trouvaient toujours à l'intérieur de la cathédrale. Avant de raccrocher, Matthews m'a demandé de retourner au showroom BMW afin de voir ce qui s'était passé.

Au point où j'en étais…

D'une main tremblante, j'ai rendu son téléphone portable au sergent qui me l'avait prêté.

J'ai voulu me rassurer en me disant qu'on avait échappé au pire puisque les otages étaient sains et saufs – sauf ceux qui avaient été tués dans la cathédrale, bien évidemment.

Piètre consolation en vérité. Les paroles que Jack avait prononcées au tout début du siège me sont revenues en mémoire.

Il m'avait prévenu qu'il s'en tirerait : il avait tenu parole.

81

Au pied d'un dock abandonné, à quelques encablures du centre sportif de Hell's Kitchen, plusieurs kilomètres au sud de l'endroit où la moitié des voitures s'étaient jetées dans le fleuve, une tête émergea de l'eau entre les piles de bois d'un ponton.

Jack observa longuement les alentours afin de s'assurer qu'aucune vedette de la brigade fluviale ne se trouvait dans les environs et qu'on ne pouvait pas non plus le voir depuis la rive.

Il saisit un sac étanche à l'intérieur de sa tenue de plongée, sortit un téléphone portable et appuya sur la touche rappel.

— Où sont-ils ? demanda-t-il.

— Toujours sur les lieux des deux accidents, occupés à secourir les otages, répondit la voix de Mr Clean. Ils ne vous cherchent pas encore. La voie est libre, mon petit vieux, mais pas pour longtemps. Dépêchez-vous.

Jack ne se le fit pas dire deux fois. La communication terminée, il rangea le portable dans le sac étanche et s'enfonça dans l'eau saumâtre, détendeur en bouche.

Cinq minutes plus tard, il prenait pied avec quatre de ses complices sur un ponton en béton près du centre sportif. Les cinq hommes se débarrassèrent des tenues de plongée qu'ils avaient pris soin d'enfiler sous leurs robes avant de quitter la cathédrale, puis ils expédièrent au fond de l'eau les bonbonnes d'air comprimé dissimulées à l'avance sur le lieu de l'accident. Elles étaient légères, suffisantes pour le petit quart d'heure de plongée qui devait leur permettre de s'éloigner à la nage.

L'accident lui-même constituait la partie la plus périlleuse de l'opération. Une fois sortis des voitures, récupérer les bonbonnes et s'éloigner était un jeu d'enfant. Après avoir réussi le kidnapping du siècle, ils disparaissaient sans laisser de traces !

Jack était particulièrement fier de ses hommes. Ces idiots s'étaient comportés de façon exemplaire. Mais il aurait tout le temps de s'attendrir un peu plus tard. Il fallait encore récupérer dans le Queens ceux qui s'étaient jetés dans l'East River, en espérant qu'ils s'en soient également tirés sans casse.

Jack jeta un coup d'œil en direction du West Side Highway, très chargé à cette heure. Il sourit en constatant que son cœur battait vite. Il avait connu pas mal de situations extrêmes, mais rien de comparable à ça. Si Fontaine et José n'étaient pas restés sur le carreau, tout aurait été parfait.

Le dernier de ses hommes venait de retirer sa combinaison de plongée, dévoilant une tenue de jogger. Tout risque était à présent écarté. Les preneurs d'otages avaient cédé la place à une petite bande de jeunes cadres dynamiques, décidés à passer Noël ensemble au lieu de s'emmerder en famille.

— Allez, les filles, plaisanta Jack. On y va. À nous la Coupe du monde.

Ils franchirent un petit parapet et longèrent le bâtiment principal du centre sportif, à côté duquel les attendait une camionnette.

Jack sentit son sang se glacer en apercevant une voiture de police s'approcher d'eux à toute vitesse, sirène hurlante, et poussa un ouf de soulagement en la voyant s'éloigner en direction du lieu de l'accident.

Trente-cinq minutes plus tard, ils récupéraient les autres membres du commando à Long Island City, sur le dock d'une usine d'embouteillage désaffectée. Little John et les cinq hommes montèrent à bord de la camionnette dans un festival de rires et de claques dans le dos.

— Vous en avez mis du temps, s'exclama le géant en prenant la Heineken glacée que lui tendait Jack. Où est José ?

— Il a eu un accident au coin de la 11e Avenue, répliqua Jack d'un air sombre.

Les yeux au plancher, Little John rumina la nouvelle.

— Et ses empreintes ? demanda-t-il enfin.

Un petit sourire étira les lèvres de Jack.

— Tu te souviens quand on disait qu'il ne fallait rien laisser derrière nous ? Pour ne pas risquer de laisser d'empreintes, cet enfoiré s'est cramé le bout des doigts au Zippo pendant un mois.

— À José ! fit Little John, rassuré, en levant sa bouteille de bière. Ce salopard avait des couilles.

— Fontaine aussi, enchaîna Jack en posant machinalement les yeux sur le sac plastique contenant les mains de son ancien frère d'armes, sagement posé sur un lit de glace au milieu des canettes de bière. De loin, on aurait dit des ailes de poulet surgelées.

— Quel est le programme ? reprit Little John.

— Tu fais comme tu veux, mais après trois jours sans me changer, et un bain dans l'un des fleuves les plus pollués de la planète, je crois que je vais prendre une douche bien chaude.

— Y'a pas que la douche que je vais prendre bien chaude, ajouta l'un des preneurs d'otages, provoquant une vague d'hilarité.

— D'accord, mais après ? insista Little John.

— On fait comme on a dit. On bouge pas pendant deux ou trois mois, et puis à nous le Costa Rica.

Ses compagnons ponctuèrent sa réponse de *Arriba ! Arriba !* sonores. Jack avait encore du mal à réaliser. Ils avaient réussi et la suite était de la rigolade. Quelques semaines de patience et ils seraient libres de dépenser leurs millions.

82

J'ai dû emprunter des vêtements secs et c'est en combinaison verte d'éboueur que je suis arrivé chez le concessionnaire BMW de la 11e Avenue.

Deux médecins légistes tout en blanc tentaient désespérément de dégager le corps d'un preneur d'otages en tenue de moine, empalé sur le guidon d'une moto. Pour parvenir à désincarcérer le mort, il leur a fallu l'aide d'un type des forces spéciales équipé d'une pince coupe-boulon.

Près d'un distributeur de boissons en miettes, Charlie Conlan, mon chanteur de rock préféré, et Todd Snow, de l'équipe des Giants, répondaient aux question d'une batterie d'inspecteurs de la brigade du grand banditisme. Ils n'étaient visiblement pas d'humeur à donner des autographes. À voir l'état de la voiture dans laquelle ils s'étaient trouvés, c'était étonnant qu'ils s'en soient aussi bien tirés. Seule Mercedes Freer avait un œil au beurre noir et un hématome géant à la lèvre ; l'air mauvais, sans un mot de remerciement à quiconque, la petite chanteuse s'est éloignée en compagnie d'un ambulancier.

Je me suis agenouillé à côté de ce qui restait du preneur d'otages. Les légistes venaient de l'allonger sur le sol du showroom. Je leur ai emprunté une paire de gants et j'ai lentement retiré sa cagoule.

Je me suis frappé le front du poing en découvrant un masque en caoutchouc noir.

Un masque de plongée sous-marine.

Voilà comment ils nous avaient échappé !

J'ai téléphoné à Will Matthews afin de lui faire part de ma découverte. Après s'être défoulé en débitant une bordée d'injures dans le combiné, il a demandé d'urgence du renfort aux gardes-côtes et à la brigade fluviale du New Jersey.

Dès que j'ai eu raccroché, je suis retourné près du corps et je lui ai ôté son masque. Le mort était un Latino proche de la quarantaine. Ses poches étaient vides, mais il avait un Beretta 9 mm dans un étui à hauteur de l'aisselle. Le numéro de série du pistolet avait été soigneusement limé. J'ai grincé des dents en regardant ses mains. J'avais déjà vu la même chose chez certains drogués dont les empreintes s'étaient effacées sous l'effet des pipes de crack brûlantes.

Ces salauds n'allaient tout de même pas s'évanouir dans la nature sans laisser la moindre trace ! Je suis allé trouver Lonnie Jacob, un enquêteur avec qui j'avais eu l'occasion de travailler à plusieurs reprises, et je lui ai montré les mains du preneur d'otages.

— Tu penses pouvoir identifier quand même ses empreintes ?

— Peut-être en partie, a répondu Lonnie d'un air sceptique. Je m'en occuperai une fois qu'il aura été transféré à la morgue, mais je ne suis pas très optimiste. Ce type-là s'est donné beaucoup de mal pour qu'on ne puisse pas l'identifier.

Quelques instants plus tard, le commissaire Matthews faisait son apparition.

— Alors, Mike ? m'a-t-il demandé en traversant la pièce jonchée de débris. Vous avez décidé de quitter la police pour ramasser les poubelles ?

— Je me suis dit que c'était peut-être un secteur porteur.

Will Matthews est redevenu sérieux en jetant un regard meurtri à la scène de désolation qui nous entourait.

— Nous avons fait tout ce que nous avons pu, Mike. Je n'en démordrai pas et je vous conseille de dire la même chose à tous ceux qui ne vont pas manquer de nous étriller.

— Vous pouvez compter sur moi. Nous avons fait tout ce que nous avons pu, et c'est vrai.

— Maintenant, débarrassez le plancher et rentrez vous occuper des vôtres. Mon chauffeur vous attend dehors. C'est un ordre.

En sortant dans la rue, j'ai été accueilli par une bourrasque. Je n'avais guère eu le temps d'y prêter attention, mais ce jour de Noël avait la couleur grise des hivers interminables. En pensant à ma pauvre femme au moment de monter à l'arrière de la voiture de Matthews, je me suis dit que c'était aussi bien comme ça.

Maeve ne reverrait jamais le printemps, et je ne voyais pas pourquoi il aurait dû en être autrement du reste de la planète.

83

On dit souvent que Noël à New York est un enchantement, mais la ville ne m'a jamais parue aussi sinistre que ce jour-là. Après être rentré chez moi et m'être changé, j'ai conduit ma petite troupe à l'hôpital. Aveugle aux guirlandes lumineuses et autres couronnes de houx, je ne voyais que des façades en béton et des fenêtres anonymes. Un auteur irlandais a comparé Manhattan à une cathédrale ; j'aurais personnellement penché pour un chantier boueux et froid.

J'ai dû me retenir à la porte de mon minibus pour ne pas tomber d'épuisement pendant que Mary Catherine faisait sortir les enfants, tous sur leur trente et un, leurs cadeaux sous le bras.

Même les infirmières de corvée ce jour-là avaient les larmes aux yeux en nous voyant rejoindre l'ascenseur en procession.

Arrivé au quatrième étage, j'ai tâté mes poches, affolé.

— Attendez une seconde... La vidéo du spectacle de Noël. J'ai dû l'oublier dans...

— Je l'ai, m'a interrompu Mary Catherine en me tendant la boîte.

C'était à se demander si « au pair » ne veut pas dire « bonne fée » en gaélique. La malheureuse aurait passé un bien meilleur Noël en Afghanistan, mais c'était chez nous qu'elle avait choisi d'atterrir.

— Transmettez mes amitiés à Maeve, m'a-t-elle dit à voix basse. Si vous avez besoin de moi, je serai dans la salle d'attente.

En arrivant dans le couloir, j'ai aperçu, par l'entrebâillement de la porte, Seamus agenouillé à côté du fauteuil roulant de Maeve.

Il tenait à la main une Bible ouverte. Je me suis arrêté net en le voyant tracer un signe de croix sur le front de ma femme. L'extrême-onction, déjà ?

La scène n'était pas facile à encaisser. Surtout un jour comme celui-là.

J'ai toqué au chambranle et une Maeve souriante a tourné la tête. Elle avait pris le temps de s'habiller et de troquer sa casquette des Yankees contre un bonnet de Père Noël.

Seamus a refermé sa Bible avant de me serrer fort dans ses bras.

— Que Dieu te donne la force, Michael, m'a-t-il soufflé à l'oreille. Tu as épousé une sainte. Toi aussi, tu es un saint.

Il a hésité un instant avant de poursuivre.

— Je reviens tout de suite. J'ai besoin de prendre l'air.

Je pensais avoir touché le fond, mais quelque chose a lâché dans mon cœur, comme une corde de guitare qui casse, en voyant Maeve prendre Chrissy et Shawna sur ses genoux décharnés.

J'aurais pu faire fortune au rayon mélo en racontant mon histoire. J'avais déjà le titre : *Noël au pavillon des cancéreux.*

C'était trop injuste. Maeve avait toujours fait du sport, elle ne fumait pas, elle mangeait sainement. J'ai dû me mordre les lèvres pour ne pas craquer et me mettre à hurler.

Brian a sauvé la situation en démarrant le DVD du spectacle de l'école après avoir aidé sa mère à s'allonger sur le lit. Maeve s'est mise à rire. Pas un petit rire poli. Un vrai rire qui la secouait. Je me suis installé à côté d'elle et j'ai trouvé sa main au milieu de la forêt de nos enfants.

Pendant dix minutes, la chambre d'hôpital s'est effacée ; on se serait crus sur le vieux canapé du salon en train de regarder un film de Charlot, ou un match des Yankees.

Ma colère impuissante s'est métamorphosée en hilarité lorsque j'ai vu Eddie, déguisé en berger, se prendre les pieds dans son bâton au beau milieu du gymnase.

Le film terminé, Maeve a félicité tous ses enfants en leur tapant dans la main.

— Vous êtes tous formidables ! Le clan Bennett a fait un véritable malheur. Je suis très fière de vous.

— Qu'est-ce que c'est que ce vacarme ? a tonné la voix de Seamus.

Il a pris la main de Maeve, ravie, et y a déposé un baiser.

— Joyeux Noël, a-t-il dit avec un clin d'œil en cachant une boîte de chocolats Godiva sous son oreiller.

Tout le monde s'échangeait des cadeaux et des cartes de Noël. On se serait cru dans un magasin Hallmark. Julia et Brian se sont avancés avec un écrin de velours noir. Le sourire de Maeve, lorsqu'elle a découvert un collier en or avec un pendentif « Top Maman », aurait dû lui assurer l'éternité.

— Tout le monde s'est cotisé, a expliqué Brian. Même les petits.

Il a tenu à lui accrocher lui-même le bijou autour du cou. Elle en a profité pour l'embrasser.

— Je compte sur vous pour continuer à tout faire ensemble, leur a-t-elle dit, au bord de l'épuisement. L'union fait la force et vous ne manquez pas de bras. Ni de cœur. Si vous saviez comme je suis fière. Papa vous donnera mes cadeaux tout à l'heure. En attendant, joyeux Noël à tous. Et n'oubliez jamais à quel point je vous aime.

84

J'ai souhaité rester avec Maeve pendant que Seamus et Mary Catherine raccompagnaient les enfants à la maison. Alors que j'aurais dû être épuisé, je me sentais brusquement fort, serein et parfaitement réveillé. J'ai refermé la porte de la chambre et je me suis assis sur le lit à côté de Maeve avant de la serrer dans mes bras. Après quelques minutes de silence, je lui ai pris la main et j'ai regardé nos deux alliances, collées l'une contre l'autre.

En fermant les yeux, je la revoyais dans la salle des urgences de l'hôpital, au tout début de notre histoire. À l'époque, c'était elle qui tenait la main des autres. Des mains noires, blanches, jaunes, brunes, jeunes ou vieilles, des mains usées, abîmées, écorchées par la vie. J'ai repensé à toute ces âmes qu'elle avait su toucher – à commencer par la mienne et celle de nos dix enfants.

Vers minuit, j'ai voulu me dégourdir les jambes. Maeve a ouvert les yeux en sentant que je me levais et elle m'a agrippé la main.

— Je t'aime, Mike.

Elle a dit ça sur un ton si insistant que je me suis raidi.

Mon Dieu ! Pas maintenant, je t'en prie ! Pas tout de suite !

J'ai cherché du doigt le bouton pour appeler l'infirmière, mais Maeve m'a arrêté et une larme solitaire a roulé sur sa joue décharnée tandis qu'elle faisait non de la tête.

Et puis elle a souri.

Non !

Elle a plongé ses yeux dans les miens, à la recherche du mystère qui l'attendait.

— Sois heureux.

Et elle m'a lâché la main.

Ses doigts ont glissé lentement le long de la paume de ma main et j'ai senti s'ouvrir un gouffre immense tout au fond de moi.

J'ai juste eu le temps de la rattraper avant qu'elle ne retombe. Elle ne pesait plus rien. Sa poitrine ne bougeait déjà plus. D'une main, j'ai posé sa tête sur l'oreiller, avec la même douceur que le soir de notre nuit de noces.

Cette fois, c'était vraiment la fin.

La pièce s'est mise à tourner autour de moi, je n'arrivais plus à respirer, à penser, à exister.

Tout ce qui avait pu me rendre heureux au cours de mon existence, tous les rires, les couchers de soleil, les moments d'espoir et de bonheur passés ou à venir se sont envolés.

J'ai redressé la tête en entendant des voix.

La vidéo des enfants s'était mystérieusement mise en route. Sur l'écran, Chrissy traversait la scène dans son costume d'ange argenté, au son de la chorale de l'école interprétant *Douce Nuit.*

J'ai éteint la télévision et me suis allongé à côté de ma femme. Dehors, de gros flocons s'écrasaient paresseusement contre la fenêtre.

Comment pouvais-je encore être en vie ? Chacun des battements de mon cœur me rappelait à cette réalité égoïste.

J'ai pris la main de Maeve dans la mienne. Son alliance était glacée. J'ai revu ses larmes au moment où je la lui glissais au doigt dans la petite église où nous nous étions mariés, les grains de riz et la neige lorsque nous avons descendu les vieilles marches de bois, main dans la main.

J'ai fermé les yeux. Les bruits de l'hôpital se sont estompés dans l'obscurité et le monde s'est éteint autour de moi. Je me retrouvais seul au milieu de l'univers, la main glacée de ma femme dans la mienne, les oreilles bourdonnantes.

85

Sally Hitchens, l'infirmière-chef, est entrée dans la chambre vers quatre heures et demie et elle m'a aidé à me relever avec un sourire. Voyant mon désarroi, elle m'a promis de s'occuper de Maeve, de la garder le temps qu'il faudrait.

Je suis rentré à la maison à pied, le visage brûlé par la morsure du froid dans l'aube naissante. Un patron de café d'Amsterdam Avenue qui s'apprêtait fermer les grilles de son établissement s'est signé en me voyant passer.

Les enfants se trouvaient dans le salon quand je suis arrivé.

Je me suis assis et ils ont tous voulu me prendre dans leurs bras. Je me suis aperçu que j'avais tort de croire que le pire était derrière moi. En les dévisageant l'un après l'autre, j'ai cru que mon cœur allait exploser. J'ai vu les larmes dans les yeux de ma petite Chrissy et mon chagrin a atteint des proportions cosmiques.

Tous les flics qui travaillent à la Criminelle vous le diront : avertir les familles est l'une des tâches les plus éprouvantes qui soient. Aujourd'hui, c'était à mes propres enfants que j'allais devoir annoncer la nouvelle.

Il m'a fallu les serrer dans mes bras pour trouver la force de parler.

— Maman est partie au ciel. Prions pour elle.

Je les ai laissés là, en sanglots, et je suis allé prévenir Seamus et Mary Catherine dans la cuisine.

Ensuite, je me suis enfermé dans ma chambre et je me suis assis au bord du lit.

Quand Seamus est entré dans la pièce, dix heures plus tard, je n'avais pas bougé.

Il s'est assis à côté de moi.

— Quand j'ai perdu ta grand-mère, m'a-t-il dit d'une voix douce, j'aurais tué tout le monde : les médecins qui m'ont appris la nouvelle, les gens venus assister à la veillée mortuaire, même le curé pendant la messe d'enterrement. J'en voulais à la terre entière de la chance qu'ils avaient de pouvoir rentrer tranquillement chez eux, alors que je me retrouvais seul avec le silence insoutenable de son absence. C'est Eileen qui m'avait tiré de l'alcool, mais j'ai bien failli recommencer à boire. Et tu sais pourquoi je ne l'ai pas fait ?

J'ai fait non de la tête, incapable de répondre.

— Parce que je ne voulais pas insulter, non pas tant sa mémoire, mais Eileen elle-même. C'est à ce moment-là que j'ai compris qu'elle ne m'avait pas abandonné définitivement ; elle était partie avant moi, c'est tout. Eileen m'a appris une chose : tant qu'on peut se lever, on s'habille et on fait ce qu'on doit faire. Ce que j'essaye de te dire, c'est que Maeve n'est pas vraiment partie. Elle a simplement pris un peu d'avance et elle t'attend, Mike. C'est pour ça que tu dois faire face. Nous autres Irlandais, on ne va peut-être pas toujours au bout des choses, mais on est têtus.

Je n'ai pas répondu tout de suite.

— Têtus jusqu'à la mort. Tu parles d'un programme, Seamus Bennett. Tu te prends pour Deepak Chopra[1] ou quoi ?

— Je reconnais bien là ton sens de l'humour, a répliqué Seamus en me donnant un coup de poing amical sur le genou. Maeve serait fière de toi : tu es un vrai Irlandais.

Le temps de prendre une douche et nous avons fait ce qu'il y avait à faire. Ou plutôt, Seamus et Mary Catherine ont

1. Médecin indien dont les théories, conjuguant science et spiritualité, ont fait l'objet de nombreux best-sellers. *(N.d.T.)*

fait ce qu'il y avait à faire. Ils se sont occupés de l'église et des pompes funèbres pendant que je me contentais de hocher la tête comme un zombie. Têtu jusqu'à la mort.

86

Deux jours plus tard, l'église du Holy Name était noire de monde pour l'enterrement de Maeve. Déjà, la veille, lors de la veillée funéraire, ma femme avait rassemblé une foule aussi impressionnante que celle venue à St Patrick rendre hommage à l'ex-First Lady – mais sans presse ni célébrités cette fois.

Parmi les visages défaits, j'ai reconnu d'anciens collègues et d'anciens malades, et même une bonne partie des snobs de notre immeuble. La Brigade criminelle se trouvait là au grand complet, ainsi que tout le NYPD ou presque, venu soutenir un frère d'armes.

Lors de la veillée, j'avais été surpris du nombre de gens qui m'ont raconté des choses que j'ignorais sur Maeve. Des histoires d'enfants, de conjoints, de parents qu'elle avait réconfortés en les conduisant en salle d'opération ou en salle de travail, parfois en les aidant à mourir. Aux moments les plus difficiles, elle avait toujours montré une compassion et une force de caractère exemplaires.

New York sait faire preuve d'indifférence, mais en voyant Seamus descendre les marches de l'autel et faire le tour du cercueil de Maeve en agitant son encensoir, j'ai senti autour de moi un élan de solidarité qui n'avait rien à envier à celui dont on bénéficie souvent dans les petites villes.

Après la lecture du Nouveau Testament, Seamus a prononcé l'éloge funèbre de ma femme.

— Aussi étrange que cela puisse paraître, l'un des meilleurs souvenirs que je garderai de Maeve est associé à

Ground Zero. Nous étions tous les deux volontaires, et on nous avait affectés sur le *Spirit of New York*, amarré à Battery Park City, pour servir des repas chauds aux secouristes. Un soir de championnat de base-ball, je réconfortais un chef d'équipe qui venait de perdre l'un de ses hommes, quand on a entendu de grands cris sur le pont inférieur. Persuadés que quelqu'un était passé par-dessus bord ou s'était fait tirer dessus, on s'est précipités et on a trouvé Maeve dans la grande pièce qui servait de réfectoire, des écouteurs sur les oreilles, sautant à faire chavirer le bateau en hurlant comme une possédée : « Tino Martinez vient d'égaliser ! Il vient d'égaliser ! » Quelqu'un est allé chercher une télé et l'a posée sur le buffet. On parle souvent du délire qui s'est emparé du Yankee Stadium le jour où Derek Jeter a fait gagner son équipe, mais je peux vous affirmer qu'on a battu tous les records ce jour-là, agglutinés autour du poste. Je reverrai toujours Maeve, poing en l'air au milieu de tous ces types au bord de l'épuisement. Son énergie vitale aura suffi à transformer ces heures sombres en un moment unique, proche du sacré.

Seamus a serré les mâchoires, prêt à craquer comme tous ceux qui l'écoutaient.

— Je ne vais pas vous raconter d'histoires. Je ne sais pas pourquoi Dieu a choisi de nous l'enlever aujourd'hui. Mais si sa présence parmi nous n'est pas la preuve que Dieu nous aime, je ne sais pas quoi vous dire. Et s'il y a une leçon à tirer de l'épreuve que nous traversons, c'est celle que nous a enseignée Maeve à chaque instant de sa vie : elle nous a montré qu'en toute circonstance, nous devons être prêts à tout donner.

Tout le monde pleurait dans l'église, moi le premier. À côté de moi, Chrissy a repoussé le pan de mon manteau et s'est essuyé les yeux sur mon pantalon.

Quelques heures plus tard, un rayon de soleil a percé au moment où le cercueil était mis en terre au cimetière Gates of Heaven, dans les hauteurs du comté de Westchester. Les enfants ont tous défilé devant la fosse, une rose à la main. J'ai bien failli fondre en larmes derrière mes lunettes noires en voyant Shawna poser un baiser sur les pétales de sa rose avant de la lancer sur le cercueil, puis à nouveau quand un joueur de cornemuse du NYPD a joué *Danny Boy* entre les tombes gelées.

Mais j'ai tenu le coup.

Je me suis demandé ce que Maeve aurait fait à ma place et j'ai ravalé mes larmes. J'ai pris nos petits dans mes bras et je lui ai promis de toujours tenir bon, contre vents et marées.

87

Je ne comptais pas aller travailler, d'autant que les enfants étaient en vacances, mais Seamus et Mary Catherine n'ont rien voulu entendre.

— Désolé, mon jeune ami, m'a dit Seamus. Ces gamins ont besoin d'être pourris gâtés, et avec ton humeur actuelle, je préfère que tu nous laisses faire. Sans compter que ça te fera du bien de sortir un peu au lieu de rester ici à te ronger les sangs. Tu ferais mieux d'alpaguer la bande d'enfoirés qui ont pris en otage la cathédrale.

Je n'ai pas pu m'empêcher de sourire.

— Alpaguer la bande d'enfoirés ?

— Et alors ? a fait Seamus en levant les yeux au ciel. Je n'ai pas le droit de regarder *NYPD Blue* comme tout le monde ?

Le lundi matin suivant l'enterrement, j'étais de retour à mon bureau de la Criminelle Nord à East Harlem.

Mon chef Harry Grissom et mes collègues faisaient tous preuve d'une sollicitude extrêmement énervante. Je n'aurais jamais cru que ça puisse me manquer de me faire chambrer.

J'ai commencé par appeler Paul Martelli et Ned Mason, mais le dossier était au point mort. Le marbre et les vitraux de St Patrick avaient été passés au peigne fin sans qu'on trouve l'ombre d'une empreinte. Les ravisseurs avaient fait preuve d'une prudence admirable.

Selon Martelli, la découverte du corps du preneur d'otages dans la crypte des archevêques les avait un moment maintenus en haleine, mais le soufflé était retombé quand on s'était aperçu que toute identification serait impossible, ses complices ayant pris soin d'emporter sa tête et ses mains.

Jack nous avait bluffés en menaçant de faire sauter la cathédrale car on n'avait retrouvé aucune trace d'explosif. Un point de plus pour lui.

Quelqu'un avait collé sur mon ordinateur un Post-It avec le numéro de Lonnie Jacob, le collègue chargé d'enquêter chez le concessionnaire BMW, et j'ai appelé le service des empreintes au One Police Plaza.

— Salut Mike, a fait la voix de Lonnie. J'ai cherché à te joindre. J'y suis arrivé.

— Arrivé à quoi ?

— Ça n'a pas été facile, mais à force de lui passer les doigts à l'hydroxyde de sodium, j'ai pu retirer la peau brûlée. La couche inférieure de l'épiderme n'est pas aussi lisible, mais c'est mieux que rien. J'ai déjà appelé mon contact habituel au FBI. Tu veux que j'envoie les empreintes à Washington ?

Je lui ai donné mon feu vert et il m'a promis de me rappeler dès qu'il aurait les résultats. Ces types-là avaient pris trop de précautions pour ne pas avoir quelque chose à cacher.

88

Le lendemain, on a appris qu'au vu des maigres résultats de notre enquête, le préfet de police nous demandait de tout reprendre à zéro, avec la consigne de ne pas revenir bredouilles.

Les types des forces spéciales sont retournés les premiers à St Patrick, où ils ont repris leurs investigations depuis le début, vérifiant une nouvelle fois que les preneurs d'otages n'avaient pas piégé la cathédrale.

Les inspecteurs du NYPD et les équipes de la police scientifique ont pris le relais, à la recherche d'empreintes ADN. Ils se sont également assurés qu'aucun objet religieux n'avait été profané, ce qui aurait pu nous donner une indication utile sur le profil psychologique des preneurs d'otages.

Tout ce qu'il était matériellement possible de vérifier a été contrôlé une seconde fois.

Les taches de sang.

Les cheveux, les poussières, les fibres textiles.

Les bouts de verre, qu'il s'agisse de morceaux de vitraux, de tessons de bouteilles ou de débris de lunettes.

Les armes à feu.

Les traces éventuelles d'outils, la présence de liquides inflammables.

Les substances suspectes, plus particulièrement dans la crypte des archevêques où s'étaient dissimulés les preneurs d'otages avant l'attaque.

Pour donner une idée de l'impatience des autorités, deux agents en uniforme faisaient le pied de grue en permanence à St Patrick, prêts à filer au labo avec le moindre indice.

Mais, après trois jours de ce régime, le résultat était le même : Jack et ses hommes n'avaient laissé aucune trace.

89

J'en avais assez de rester enfermé au bureau et j'ai décidé un beau matin d'aller faire un petit tour du côté de St Patrick. Je n'ai pu m'empêcher de sourire en voyant les embouteillages, sans parler de la foule bruyante des piétons sur les trottoirs de la 5e Avenue. La ville avait survécu à des émeutes, à plusieurs pannes d'électricité, au drame du 11 septembre et à l'ancien maire David Dinkins. Ce renouveau était une nouvelle preuve de sa capacité de résistance.

La cathédrale était fermée au public pour cause de travaux, mais les agents en uniforme postés sur le parvis m'ont laissé passer lorsque je leur ai montré mon badge.

J'ai remonté l'allée centrale et effectué une génuflexion devant l'autel avant de m'asseoir sur un banc.

J'avais envie de humer l'atmosphère austère et solennelle de la cathédrale. On aurait pu croire que j'avais fréquenté assez d'églises ces derniers temps, mais, pour une raison qui m'échappe, le simple fait de me trouver là, dans la pénombre et l'odeur des cierges, avait pour moi quelque chose d'apaisant.

C'est ici que j'avais reçu mon diplôme à la fin du lycée. J'ai souri en me souvenant à quel point j'étais mauvais en grec et en latin. En revanche, les Jésuites m'ont enseigné l'importance de la raison, insistant sur la valeur de la rationalité humaine lorsqu'il s'agit d'aller à l'essentiel. C'est même pour ça que j'ai choisi de faire des études de philo lorsque je suis entré au Manhattan College, un excellent petit établissement universitaire du Bronx. C'est aussi pour ça que j'ai rejoint la police : pour assouvir un besoin inné de découvrir la vérité.

Tout en regardant fixement l'autel, j'ai repensé à l'enquête.

Nous savions où, quand, comment et pourquoi. Restait à savoir qui.

Qui avait pu monter une telle opération avec autant d'intelligence et de brutalité ? Des gens résolus, ne reculant pas devant la violence.

Cinq innocents étaient morts au cours du siège de la cathédrale. Un agent du FBI et un membre des forces spéciales, abattus dans le passage souterrain ; un prêtre tué « accidentellement » d'une balle en pleine tête, à en croire Jack ; John Rooney, exécuté à bout portant, ainsi que le confirmaient ceux qui avaient assisté à la scène.

Restait le maire. Pourquoi avoir poignardé Andrew Thurman ? Les traces de cigarettes sur ses bras prouvaient qu'il avait été torturé. C'était d'autant plus curieux que ces types-là n'étaient pas du genre à perdre du temps sans raison. Pourquoi avoir changé de méthode avec lui ? Il était tellement plus facile et efficace d'abattre quelqu'un : pourquoi le poignarder ? Qu'avait bien pu leur faire le maire ?

Il y avait forcément une raison, mais je ne savais pas laquelle.

Pas encore.

J'ai effectué une dernière halte dans la chapelle, où j'ai allumé un cierge pour chacune des victimes de ce drame, plus un pour ma femme. Le froissement des billets dans le tronc a brièvement brisé le silence. Les yeux brillants, j'ai pensé aux ailes d'un ange. Je me suis agenouillé sur un prie-dieu, j'ai fermé les paupières et posé le front sur mes poings serrés.

Chère Maeve, je t'aime. Tu me manques horriblement.

J'attendais avec impatience le coup de téléphone de Lonnie au sujet des empreintes, mais comme il n'avait toujours pas appelé à mon retour au bureau, je me suis fait un café et j'ai attendu en regardant par la fenêtre.

Dans un terrain vague à côté du commissariat, des gamins avaient mis le feu à de vieux sapins de Noël. Les troncs rongés par les flammes faisaient penser à des ossements calcinés.

Nous n'étions pas encore à bout de ressources. On avait notamment l'espoir de faire parler les armes laissées par les preneurs d'otages, ou encore les balles et les douilles retrouvées sur place. Plus curieux, nos équipes avaient récupéré une demi-douzaine de pistolets à balles en caoutchouc. Je trouvais surprenant qu'ils aient pensé à se munir d'armes de dissuasion. Et même s'il s'agissait vraisemblablement d'un détail mineur, il nous fallait encore comprendre comment ils s'y étaient pris pour entreposer des bonbonnes de plongée dans l'Hudson et l'East River.

J'étais plongé dans la lecture des interrogatoires quand le téléphone a sonné sur mon bureau deux heures plus tard.

— Désolé, Mike, m'a dit Lonnie d'une voix déçue. Les empreintes n'ont rien donné. Il n'avait pas de dossier criminel.

Au moment de raccrocher, j'ai cru entendre le rire de Jack filtrer à travers les petits trous noirs de l'écouteur.

90

Le téléphone sonnait sur mon bureau quand je suis arrivé le lendemain matin.

La voix à l'autre bout du fil ne m'était pas étrangère, mais je ne m'attendais pas à un tel appel.

— Bonjour, Cathy Calvin du *Times.* J'aurais aimé parler à l'inspecteur Bennett.

J'ai hésité entre raccrocher ou répliquer « *No hablo inglès* » à cette plumitive sans foi ni loi.

— C'est au sujet de la prise d'otages.

Je me suis tout de même décidé à répondre.

— Bennett à l'appareil. Vous savez, Calvin, j'en ai assez de jouer au chat et à la souris. Surtout avec vous.

— Mike, a dit la journaliste d'une voix particulièrement aimable. Je voudrais d'abord m'excuser pour l'article de l'autre jour. Vous savez ce que c'est, j'ai fait ça dans le feu de l'action. J'avais mon rédacteur en chef sur le dos et... Qu'est-ce que je suis en train de raconter ? Je n'ai aucune excuse. J'ai merdé dans les grandes largeurs, j'en suis sincèrement désolée et j'ai une dette envers vous. Une dizaine de dettes, même. Sinon, j'ai su pour votre femme et je souhaitais vous présenter mes condoléances les plus sincères, à vous et à vos enfants.

Je me suis demandé un instant si c'était du lard ou du cochon. Elle avait l'air sincère, mais j'avais appris à me méfier d'elle. Elle m'avait fait passer pour un idiot aux yeux de tout le monde, et le NYPD avec. D'un autre côté, entretenir de bons rapports avec une journaliste du *Times* n'était pas inutile.

— Je vous en prie, Mike, acceptez mes excuses, a insisté Cathy. Je me sens vraiment nulle.

— Vous êtes réaliste, au moins.

— Je savais bien qu'on finirait par devenir amis, s'est empressée de dire Calvin. Je vous appelle pour une raison précise. J'essaie en ce moment de réaliser des interviews des otages, sans grand succès. Je me heurte constamment au barrage de leurs agents et de leurs avocats. J'ai néanmoins réussi à interviewer le pasteur Solstice, celui qui milite pour les droits civiques, et vous savez ce qu'il m'a dit ?

— Non, mais je m'en doute.

Solstice était un animal politique qui avait bâti sa réputation en montant les communautés les unes contre les autres. Il était surtout connu pour sa haine des flics.

— Il est persuadé que les preneurs d'otages sont des flics, a poursuivi Calvin. Je tenais à vous en parler, tout en précisant que je n'ai aucune intention de raconter ce genre de conneries à mes lecteurs. Vous voyez que je ne suis pas si méchante que ça.

— Bien. En tout cas, merci de m'avoir appelé.

Après avoir raccroché, je me suis penché en arrière sur ma chaise et j'ai réfléchi aux accusations de Solstice. Ce type-là était prêt à tout pour faire parler de lui, mais il était assez malin pour savoir qu'il lui fallait du concret s'il voulait qu'on l'écoute. Savait-il vraiment quelque chose ? Aurait-il pu être au courant d'un détail important ?

J'ai rappelé Calvin et je lui ai demandé le numéro du pasteur.

Solstice a décroché à la première sonnerie.

— Bonjour, mon révérend. Inspecteur Michael Bennett du NYPD. J'enquête actuellement sur la prise d'otages de la cathédrale. On me dit que vous avez un avis sur la question et j'aurais souhaité en savoir plus.

— Ah ! s'est exclamé Solstice. Mon avis sur la question ! Je n'ai pas d'avis, je sais ce que vous êtes en train de faire. Votre appel en est la meilleure preuve.

— La preuve de quoi, mon révérend ?

— La preuve que vous n'avez pas votre pareil pour étouffer les affaires gênantes. Écoutez, mon vieux, pas la peine de me la faire, j'étais là. Je vous connais comme ma poche : il n'y avait que des flics pour nous traiter de cette façon-là. Et, comme par hasard, les preneurs d'otages disparaissent sans laisser d'adresse. C'est bête, non ? Cette opération a été montée par des flics et vous essayez de les couvrir. C'est toujours la même histoire.

Et s'il avait raison ? J'avais du mal à le croire, mais la réaction de Solstice mettait en lumière deux points essentiels : les preneurs d'otages étaient parfaitement au courant de notre tactique, et ils avaient constamment un coup d'avance sur nous.

91

Rikers Island, dans le Bronx, n'est pas une prison, mais dix prisons différentes avec un total de 17 000 détenus. Une véritable ville avec ses écoles, ses hôpitaux, ses terrains de sport, ses chapelles et ses mosquées, des supermarchés, des coiffeurs, une gare de bus, et même une station de lavage de voitures.

Je me suis présenté aux portes de Rikers tôt ce matin-là, plein d'espoir. Il m'était venu une idée pendant la nuit et je voulais la tester séance tenante.

Il était un peu plus de huit heures quand je suis passé devant l'Amnistie – la boîte dans laquelle les visiteurs peuvent déposer sans crainte de représailles la drogue ou les armes qu'ils pourraient avoir sur eux. N'ayant rien à me faire pardonner, j'ai poursuivi mon chemin, escorté jusqu'à une petite salle de réunion à l'intérieur du Bing, le surnom de l'unité de ségrégation punitive centrale.

Un quart des détenus de Rikers n'ont pas les moyens de verser une caution, même lorsqu'elle est inférieure à 500 dollars. Je n'étais pas venu pour eux. Aujourd'hui, je m'intéressais aux prisonniers condamnés à de lourdes peines ; j'en ai vu plusieurs dizaines en l'espace d'une matinée.

J'ai fait écouter à chacun d'entre eux les enregistrements de mes conversations avec Jack, dans l'espoir que quelqu'un reconnaisse sa voix pour l'avoir entendue à Rikers ou dans une autre prison.

J'ai fait chou blanc avec Angelo, un cambrioleur qui se tenait les épaules rentrées, à la façon d'un boxeur.

Même chose avec Hector, un membre de gang de vingt et un ans avec deux larmes tatouées au coin de l'œil droit, signe qu'il avait déjà deux meurtres à son actif.

Même chose encore avec J.T., un loubard blanc du comté de Westchester affligé d'un sérieux problème de drogue, véritable encyclopédie vivante des médicaments et pilules qu'on trouve sur le marché.

Idem avec Jesse, un type de Harlem au visage placide, amblyope d'un œil, un triangle de poils sous la lèvre inférieure, condamné pour coups et blessures aggravés.

En fait, aucun des soixante-dix-neuf premiers détenus qui m'ont rejoint dans la minuscule pièce où je me trouvais ne m'a rien dit d'utile.

Je commençais à désespérer quand on m'a amené le quatre-vingtième, Tremaine. Un type tout maigre, un « vieux » qui devait avoir dans les quarante ans, même s'il en paraissait cinquante. Quand je lui ai fait écouter l'enregistrement, il a cru reconnaître la voix.

— J'en suis pas sûr, mais peut-être.

Sur le chemin du retour, j'ai téléphoné à Lonnie au One Police Plaza et je lui ai demandé de transmettre les empreintes du preneur d'otages à toutes les polices et prisons de la ville, de l'État et du pays, pour les comparer aux empreintes de leurs employés.

Quand le fax a sonné une heure plus tard, je me suis précipité et j'ai vu sur la page de garde qu'il s'agissait des résultats obtenus par Lonnie.

J'ai cru mourir d'impatience en attendant que sorte la deuxième page.

Je l'ai prestement récupérée dans le panier en prenant garde à ne pas étaler l'encre encore humide.

Ce n'est pas la photo d'identité souriante du mort qui m'a fasciné, mais la légende qui se trouvait en dessous.

Un goût amer m'est monté dans la bouche, qui s'est rapidement transformé en crampes d'estomac.

J'avais du mal à y croire.

J'ai appelé le bureau du commissaire Matthews. On me l'a passé rapidement.

— Bennett à l'appareil. Je crois qu'on les tient.

92

À la sortie de la ville, il s'est mis à neiger. Je roulais sur le Saw Mill River Parkway en direction du nord, suivi par un convoi de huit véhicules composé de voitures du FBI et de camions des forces spéciales du NYPD. L'autoroute traversait une forêt mais ce n'était pas avec Mère-Grand que nous avions rendez-vous.

Nous avons pris la sortie de Pleasantville et poursuivi vers l'Hudson avant de nous arrêter au fin fond de la vallée, devant une enceinte de béton gris fané surmontée de fil de fer barbelé. Une pancarte à peine lisible, mangée par le soleil, était boulonnée dans le mur : « Centre pénitentiaire de Sing-Sing » – Sing-Sing, prison tristement célèbre, surnommée « La grande maison » par les uns, « Le refuge du bord de l'eau » par les autres.

En descendant de voiture, j'ai tout de suite été frappé par la froideur du lieu, comme si un courant d'air polaire suintait de ces murs. La présence d'un gardien armé qui m'observait à l'aide de jumelles depuis une sorte de tour de contrôle miniature ne faisait qu'ajouter à cette atmosphère glaciale. L'éclat du canon de son M16 était le seul point lumineux à des kilomètres à la ronde.

Quelle ironie ! Tant de gens se démenaient depuis des jours et des jours pour envoyer les preneurs d'otages derrière les barreaux, alors qu'ils s'y trouvaient déjà !

L'empreinte du preneur d'otages retrouvé dans le showroom de la 11e Avenue était celle d'un certain José Alvarez, un gardien de prison qui travaillait encore à Sing-Sing il y a six mois.

Un coup de téléphone au directeur de la prison nous avait appris qu'une douzaine de gardiens de la brigade du début de nuit étaient absents au moment de la prise d'otages.

D'un seul coup, tout devenait limpide : les grenades lacrymogènes, les balles en caoutchouc, les menottes, l'argot mélangé à des termes paramilitaires... La réponse était là, évidente, mais il avait fallu les soupçons du pasteur Solstice et les souvenirs d'un certain Tramaine Jefferson, autrefois détenu à Sing-Sing avant d'être transféré à Rikers, pour nous ouvrir les yeux.

Au même titre que les flics, les gardiens de prison apprennent à contenir une foule comme à faire usage de violence.

— Prêt, Mike ? m'a demandé Steve Reno.

Il avait avec lui une douzaine de ses hommes.

— Je suis prêt depuis le matin où j'ai débarqué à St Patrick.

De service ce jour-là, les suspects se trouvaient à l'intérieur. Nous allions devoir les chercher dans le ventre même de la bête. Les flics n'aiment pas tellement les prisons en général, mais pour une fois, cette petite visite à Sing-Sing ne me dérangeait pas. J'étais même impatient de mettre un visage sur cette grande gueule de Jack.

Malgré le vent qui me giflait le visage, j'ai adressé un grand sourire à mes compagnons.

— Allons rendre une petite visite à ce cher Jack.

93

Avant d'accéder à l'entrée principale de la prison, il fallait commencer par traverser à pied un petit pont surmonté de barbelés. À contrecœur, nous avons déposé nos pistolets au guichet de l'arsenal, aucune arme à feu n'étant autorisée à l'intérieur de la centrale.

Le directeur, M. Clark, nous attendait dans le couloir de son bureau.

— Nous avons déjà rassemblé dans une salle les employés malades l'autre jour, nous a-t-il déclaré.

Nous descendions à l'étage inférieur lorsque sa radio a émis un signal aigu. Il l'a aussitôt portée à l'oreille.

— Que se passe-t-il ? lui ai-je demandé.

— Du grabuge au bloc A, m'a répondu Clark. Des cris et des hurlements. Sans doute pas grand-chose : nos clients se plaignent constamment de la qualité du service.

Quelques instants plus tard, le directeur s'arrêtait devant une porte munie d'une vitre grillagée.

— Vous êtes certain que tous les hommes concernés se trouvent là ?

Clark s'est approché de la vitre afin de compter les gardiens qui faisaient nerveusement les cent pas.

— Il me semble, oui. Attendez… Non ! Leurs deux chefs d'équipe, Rhodes et Williams, ne sont pas là. Où peuvent-ils bien se trouver ?

Les chefs d'équipe. Les meneurs, probablement. J'ai repensé à l'appel que venait de recevoir Clark sur sa radio.

— Laissez-moi deviner. Les deux chefs d'équipe en question sont-ils affectés au bloc A ?

Clark a acquiescé.

— Oui, c'est l'unité de sécurité maximum.

— On fonce là-bas !

94

Comme l'enquête elle-même, les choses s'emballaient à Sing-Sing. En compagnie de Clark et d'une demi-douzaine de ses meilleurs éléments, nous avons emprunté toute une série d'escaliers en béton et de couloirs à la peinture écaillée, avant d'arriver devant une porte métallique donnant sur un sas blindé.

Le sas s'est ouvert avec un claquement sec et nous avons traversé un immense hall, le long duquel s'alignaient de chaque côté plusieurs étages de cellules.

Le vacarme caractéristique de l'univers carcéral résonnait dans mon ventre. Une rumeur cauchemardesque de radios, de cris et de bruits métalliques s'élevant d'un puits sans fond aux parois d'acier.

En nous voyant passer, les détenus enfermés dans les cellules les plus proches se sont levés derrière leurs épais barreaux et nous ont abreuvés d'obscénités. Le bâtiment devait faire deux fois la longueur d'un terrain de football et j'apercevais de tous côtés le reflet des miroirs permettant aux détenus de distinguer ce qui se passait dans le couloir. J'espérais seulement ne pas être « gazé », le terme servant à décrire le mélange de matière fécale et d'urine dont les prisonniers arrosent parfois les visiteurs.

— Allons voir le terrain de sport avant de faire le tour des étages, a suggéré le directeur.

Il était quasiment obligé de hurler pour couvrir le vacarme ambiant.

Un deuxième sas s'ouvrait à l'autre extrémité du bâtiment. Nous avons découvert des appareils de musculation inutilisés, un terrain de basket désert, des tribunes vides. Où pouvaient bien être Jack et Little John ? J'espérais qu'ils ne se soient pas échappés une nouvelle fois, tout en me demandant comment ils pouvaient bien deviner tous nos faits et gestes.

Nous avons rebroussé chemin et je pénétrais le premier dans le bloc A lorsqu'on m'a donné un grand coup dans le dos qui m'a envoyé rouler par terre. Le temps de me mettre à quatre pattes et j'ai entendu le claquement du sas derrière moi.

Je me suis retourné. Deux des adjoints du directeur me regardaient avec un grand sourire. Coincés sur le terrain de sport, Clark, Reno et les autres tambourinaient contre la porte.

Le premier des deux gardiens était aussi grand et large d'épaules que son collègue était petit et râblé. J'ai compris, mais un peu tard, qu'il s'agissait de Little John et Jack. Une leçon de plus pour le professeur Bennett.

Mon ami Jack, les cheveux bruns frisés coupés très court, un sourire méprisant aux lèvres, jouait avec sa matraque. Il avait vraiment le physique de l'emploi.

— Alors, mon Michou ? Ça faisait longtemps.

Cette voix... Pas étonnant que Tremaine Jefferson n'ait jamais pu l'oublier.

— Tu ne m'as pas beaucoup appelé ces temps-ci. Moi qui croyais qu'on était copains.

Je n'en menais pas large, mais j'ai voulu lui montrer qu'il ne me faisait pas peur.

— C'est drôle, Jack. Au son de ta voix, jamais je n'aurais pensé que tu étais un nabot.

Jack a éclaté de rire, plus décontracté que jamais. S'il avait peur de voir arriver des renforts, il le cachait bien.

— Tu viens de commettre une nouvelle bourde, Mike. Une bourde fatale. On t'a jamais dit que ça se faisait pas de débarquer chez les gens sans prévenir ? T'aurais pu te douter qu'on avait tout prévu, même que tu nous trouves. Parce que tu crois peut-être que ce gros porc de Clark dirige quoi que ce soit ici ? C'est ma prison, mon territoire et mes hommes.

— C'est fini pour toi, Jack.

— Mon petit doigt me dit que non, Mike. Réfléchis un peu. On a déjà réussi à se tirer une fois d'une forteresse assiégée : ça nous gêne pas de recommencer. Surtout maintenant qu'on tient des otages. Tu sais, je te verrais bien négocier toi-même ta libération. Qu'est-ce que t'en dis ?

— J'en dis que c'est super.

J'essayais de reculer discrètement, mais le talon de ma chaussure a rencontré l'acier de la porte. J'étais coincé.

La seule chose qui pouvait vaguement ressembler à une arme était la grosse radio que m'avait donnée le directeur. Je l'ai soupesée machinalement en voyant Little John sortir sa matraque avec un sourire sadique. Ce type-là était aussi répugnant qu'un cafard.

— On devrait peut-être prendre le temps de discuter, vous ne trouvez pas ?

J'ai lancé ma radio de toutes mes forces. Roger Clemens aurait été fier de moi car elle a explosé le nez de Little John, qui a poussé un grand cri. L'instant d'après, je me suis senti littéralement soulevé de terre par mes deux adversaires.

— Mon pauvre Mike, j'ai bien peur que tu te fasses bobo, m'a hurlé Jack à l'oreille.

Et puis ils m'ont lâché tous les deux en même temps et je me suis écrasé la tête la première sur le sol en béton.

95

Le brouhaha de tout à l'heure n'était rien à côté du vacarme qui régnait à présent dans le bloc A. Je tentais désespérément de résister aux assauts de Jack et Little John, sous les huées des détenus dont les hurlements, amplifiés par la hauteur du bâtiment, donnaient l'impression d'un avion décollant dans un hangar.

Des projectiles de toutes sortes nous tombaient dessus : des liquides plus ou moins douteux, des draps souillés, des magazines, un rouleau de papier toilette enflammé... Je m'attendais à tout moment à être « gazé ».

Jack m'a assené un coup de matraque sur l'occiput et j'ai posé un genou à terre. Les sons se sont mis à flotter dans ma tête comme une radio mal réglée. J'étais à la limite de la perte de connaissance lorsque Little John m'est tombé dessus.

J'ai poussé un hurlement.

Je me souviens avoir pensé aux enfants. Je n'avais pas le droit de les abandonner, de les laisser tout seuls. C'était tout simplement hors de question. Je me suis remis à genoux à grand-peine, mais Little John s'est redressé et m'a labouré les côtes à grands coups de pied.

Je me suis écroulé, le souffle coupé. Il en a profité pour m'enfoncer le plexus solaire avec la pointe de sa chaussure de sécurité. Jack a levé sa matraque et je me suis demandé si son visage serait la dernière vision que j'emporterais avec moi.

Au moment où tout espoir semblait perdu, un bras s'est glissé entre les barreaux derrière Jack.

Un bras énorme, entièrement couvert de tatouages, donnant l'impression que son propriétaire portait une chemise psychédélique. Une main gigantesque a agrippé le col de chemise de Jack dont la tête s'est écrasée contre les barres d'acier avec un bruit de gong.

— Alors, ça te plaît, le gardien ? a demandé le détenu en cognant la tête de son prisonnier dans un va-et-vient infernal. Ça te plaît, espèce de sale petit vicelard ? Ça te plaît ?

Little John a voulu venir en aide à son collègue et j'en ai profité pour me relever tant bien que mal. La matraque de Jack était tombée par terre et je l'ai ramassée péniblement.

Je n'avais pas manié de matraque depuis mes débuts comme îlotier dans le Bronx. Les nuits de grand froid, je m'amusais à la faire siffler pour me réchauffer.

L'art de la matraque, c'est comme la bicyclette : ça ne s'oublie pas. Elle a fendu l'air en sifflant comme au bon vieux temps avant d'exploser la rotule de Little John.

J'ai reculé précipitamment car le géant s'est rué sur moi à cloche-pied avec une vitesse surprenante. Il avait les yeux exorbités et bavait de haine en hurlant comme un possédé.

Je me suis hissé sur la pointe des pieds et je lui ai donné un grand coup en pleine mâchoire. Il a voulu esquiver, mais trop tard. La matraque s'est brisée sur sa tempe et il s'est écroulé par terre.

D'un pas hésitant, sous les hurlements de joie des détenus, j'ai fait le tour de son énorme masse sanglante. Je me suis approché de Jack dont le visage était devenu violacé entre les mains monstrueuses du prisonnier. Les cris se sont transformés en litanie :

— Tue ! Tue ! Tue !

J'ai ramassé la matraque de Little John sous les hurlements des détenus déchaînés.

Je dois avouer que leurs encouragements avaient quelque chose de tentant.

J'ai levé la matraque, mais au lieu de frapper Jack, j'ai donné un coup sur les mains tatouées qui l'étranglaient. Le détenu a poussé un cri et lâché Jack qui s'est écroulé par terre, évanoui.

— Putain, mec. T'as une drôle de façon de remercier tes potes, m'a dit le gros détenu sur un ton de reproche en se frottant la main.

J'ai tiré le corps de Jack vers le sas, sous une pluie de projectiles.

— Désolé, mon vieux, mais je n'aurais pas pu l'arrêter s'il était mort.

« Mais rien ne m'empêche de péter les dents de ce salaud. En souvenir du bon vieux temps et de ton copain Michou, mon petit Jack. »

Joignant le geste à la pensée, je lui ai donné un grand coup de pied et le bloc A est devenu comme fou.

96

Parce que rien n'est jamais simple, la suite ne pouvait pas l'être.

Les deux chefs d'équipe soupçonnés, Rhodes et Williams, ont été retrouvés menottés dans une cellule du bloc A.

« Jack » et « Little John » s'appelaient en réalité Rocco Milton et Kenny Robard. En leur qualité de cadres de la prison, ils avaient eu vent de notre venue par le directeur. Ce dernier s'était bien étonné de leur absence au moment du siège de la cathédrale, mais ils l'avaient convaincu du bien-fondé de leurs excuses. Ils avaient ensuite tendu un guet-apens aux deux chefs d'équipe, qu'ils avaient enfermés dans une cellule. Il s'agissait de détourner les soupçons et de nous attirer dans le bloc A, où il serait plus facile de se débarrasser de nous. Comme nous l'a expliqué le directeur par la suite, Milton et Robard avaient de nombreux contacts au sein de la population carcérale. Ils comptaient probablement s'en tirer en déclenchant une émeute avant d'organiser une évasion massive en prenant des otages.

Sur le parking de Sing-Sing, j'ai lu ses droits à Rocco « Jack » Milton. Autant par plaisir que pour éviter toute contestation future, je l'ai fait en présence de Steve Reno et de ses hommes, avant de l'enfermer à l'arrière de ma voiture.

Reno est reparti de son côté avec un panier à salade dans lequel étaient montés les autres gardiens soupçonnés d'avoir participé au siège. Quant à Kenny « Little John » Robard, il a été conduit à l'hôpital avec une fracture du crâne. Personnellement, ça ne m'aurait pas dérangé si l'ambulance avait traîné en chemin.

Je ne suis pas monté tout de suite dans ma voiture. Il me fallait réfléchir à la suite. J'ai commencé par récupérer dans le coffre un truc dont j'avais besoin, avant de regagner New York en compagnie de ce cher Jack.

Aussi étrange que cela puisse paraître, beaucoup de suspects éprouvent le besoin de se confesser. Plus ils sont satisfaits d'eux-mêmes, plus ils vous donnent de détails – et j'avais cru comprendre que Jack était très fier de sa personne.

Je me suis donc appliqué à garder le silence sur le chemin du retour, à son grand agacement, me contentant de questions banales.

— Ça va, derrière ? Pas trop froid ou trop chaud ?

Jack a fini par craquer.

— Bennett, tu te souviens des quatre gardiens pris en otages à Rikers en 1994 ?

Je lui ai lancé un coup d'œil à travers le grillage.

— Et alors ?

— Seulement deux d'entre eux s'en sont tirés.

— Little John et toi, je suppose ?

— Je vois que tu comprends vite, Mike. Tu devrais t'inscrire à « Jeopardy », tu gagnerais des millions. À l'époque, tout le monde s'en foutait royalement, à commencer par le maire. Deux matons de plus ou de moins, qu'est-ce que ça peut foutre ?

— C'est pour ça que vous l'avez poignardé après lui avoir brûlé les bras avec des cigarettes ?

Jack s'est gratté le menton d'un air perplexe.

— Ça reste entre toi et moi ?

Je lui ai adressé mon plus beau sourire.

— Et comment !

— Pour que tu comprennes le tableau, les bêtes féroces qui nous retenaient en otages ont crevé les yeux d'un de mes collègues avec un couteau à beurre, avant de nous écraser des mégots sur les bras. Et voilà que Monsieur le Merde décide qu'il n'a pas envie de se salir les mains en négociant avec des détenus. Il faut croire que certains individus naissent un peu plus égaux que d'autres. C'est marrant, mais j'ai pas vu le maire aux côtés de la veuve le jour de l'enterrement de mon pote. Pour avoir droit à ce genre d'honneur, il faut sans doute être pompier, ou flic, comme toi.

J'ai hoché la tête d'un air neutre. Le tout était de ne pas l'interrompre.

— Quand ma demande de pension d'invalidité a été refusée pour la troisième fois par la municipalité, j'étais tellement écœuré que j'ai décidé de monter un gros coup, quitte à y laisser des plumes. L'idée de la prise d'otages m'est venue un jour en faisant un extra à St Patrick pour les obsèques du dernier cardinal. J'étais persuadé qu'il y aurait une sécurité maximum, avec les fameux caïds des services secrets et tout le tintouin, mais je me suis rendu compte que c'était bidon. Comme tous les types des services de sécurité, ces connards-là n'ont rien dans le froc. Tout pour la photo.

— Et les autres preneurs d'otages ? Ceux que tu as recrutés pour l'opération ? Comment les as-tu convaincus de marcher dans la combine ?

— Les convaincre, tu dis ? Je sais pas comment c'est chez vous, mais je peux te dire que la vie de maton, ça te bouffe. L'enfer, on le vit au quotidien, exactement comme les détenus, sauf qu'on n'a rien fait pour se retrouver là. Si t'ajoutes à ça un salaire de misère, un taux de divorce et un taux de suicide stratosphériques et les crétins de chefs qu'on nous refile, ça fait un cocktail plutôt détonant. T'as déjà reçu de la merde en pleine gueule, Mike ? Je t'assure, c'est pas super pour le moral.

— Arrête, tu me fends le cœur. Et puis, assassiner une ancienne First Lady, le maire, un curé et John Rooney, uniquement parce que ton job te pèse, tu m'excuseras, mais ça va être dur de faire passer la pilule au juge.

Les yeux perdus de l'autre côté de la vitre, Jack n'avait pas l'air de m'entendre. Le soleil couchant entre les arbres dessinait sur la route des ombres en forme de code-barre.

— On a fait ça pour nous, a repris Jack. Tu peux nous foutre en taule tant que tu veux, on s'en fout. J'ai déjà passé quinze ans de ma vie en taule. Les gardiens sont condamnés à vie, comme les détenus, mais en faisant les trois-huit.

D'un doigt, j'ai éteint l'enregistreur dissimulé dans la poche de mon blouson.

— Si tu as peur de la perpétuité, Jack, je peux te rassurer tout de suite : je ferai tout mon possible pour que tu sois condamné à mort.

97

Il était huit heures du soir et la nuit était tombée depuis longtemps quand je me suis garé le long du trottoir, à quelques mètres d'une petite maison de Delafield Avenue, un quartier chic de Riverdale dans le Bronx – tout près du Manhattan College, où les Jésuites m'avait appris les mérites de la pensée rationnelle.

Cinq minutes plus tôt, nous achevions de mettre au point notre plan d'attaque sur le parking d'un Food Emporium à quelques rues de là. Steve Reno avait déjà posté ses gars un peu partout dans le quartier. La maison était cernée et sous contrôle vidéo.

L'heure était venue de prendre livraison d'un dernier sac de merde.

Le traître, celui que Jack appelait Mr Clean.

D'après l'un des tireurs d'élite perché sur un mur au fond du jardin, notre homme se trouvait au rez-de-chaussée où il achevait de dîner en famille. Au menu, le grand jeu : côte de bœuf, purée de pommes de terre et asperges.

Une Lincoln bleue est passée à côté de moi et j'ai pris ma radio. Elle a ralenti en arrivant devant la maison et j'ai vu à une étiquette collée sur la vitre arrière qu'il s'agissait d'un service de taxi d'aéroport.

— Voiture en vue. Notre oiseau ne va pas tarder à s'envoler. Où est-il en ce moment ?

— Il vient de monter au premier, a répondu la voix du sniper.

— Qu'est-ce qu'il fait ?

— Il se lave les mains. Voilà, il a fini, il redescend.

— Attention, Steve. Je prends le relais. J'y vais.

Je suis descendu de voiture en espérant que tout se passe bien. Je me suis approché du taxi, côté conducteur, et j'ai sorti mon badge.

— Vous n'aurez qu'à trouver un autre client. Son vol a été annulé.

J'ai monté les quelques marches en brique conduisant à la maison, j'ai sonné et je me suis caché derrière une haie taillée au cordeau. J'ai coulé un regard par la petite fenêtre à côté de la porte : une femme et trois enfants débarrassaient la table de la salle à manger.

Leur cher papa avait sans doute oublié de les inviter au Costa Rica.

Une silhouette est passée devant la fenêtre et j'ai sorti mon Glock, puis la porte s'est entrouverte.

Empêtré avec une valise noire et un énorme sac de voyage, Paul Martelli a eut l'air étonné en voyant le taxi s'éloigner. J'en ai profité pour sortir de ma cachette.

— Alors, Paul, comment ça va ? C'est drôle de se retrouver ici. Figurez-vous que je parlais récemment de vous avec l'un de vos amis, Jack. Il m'a demandé de vous dire bien des choses.

J'ai vu le déclic dans les yeux du négociateur du FBI. La main qui tenait la valise, tout près de son .9 mm, a légèrement bougé, mais je lui ai montré mon Glock. Au même instant, les lasers rouges des snipers se sont mis à danser sur sa poitrine comme un essaim d'abeilles en furie.

— Ce serait une grosse erreur de votre part, Paul. Mais si vous y tenez vraiment, vous pouvez toujours essayer, Mr Clean.

98

— Je v-v-v-v-veux un avocat, bégayait une demi-heure plus tard Paul Martelli, menotté à mon bureau.

Le personnage au calme olympien que j'avais connu lors du siège de St Patrick s'était évaporé. Ses mains tremblaient et de larges cercles de transpiration s'étalaient au niveau des aisselles sur sa chemise bleue toute propre. Une armée d'agents fédéraux attendaient dans le couloir, mais je n'étais pas décidé à le remettre entre leurs mains tant que toute la lumière n'aurait pas été faite.

Un détail me dérangeait.

Jack m'avait quasiment tout raconté. Martelli et lui étaient devenus amis à la suite de la prise d'otages de Rikers Island. Ils s'étaient découverts une même haine vis-à-vis d'un système qui ne les reconnaissait pas à leur juste valeur.

Martelli avait servi d'agent infiltré tout au long du siège. C'était lui le cerveau de l'opération, celui qui réglait les détails et prenait les décisions en coulisses. Pour avoir écrit un ouvrage de référence sur le sujet, il savait d'avance comment nous réagirions et il lui était facile de nous influencer.

— Je n'ai pas besoin de vous faire un dessin, Paul. Le mieux que vous ayez à faire à ce stade est encore de coopérer. Vous connaissez le jeu des chaises musicales, non ? Vous ne voudriez tout de même pas vous retrouver debout tout seul quand la musique s'arrêtera ?

Martelli transpirait à grosses gouttes et papillonnait des yeux. Je lisais quasiment dans ses pensées. Son genou droit s'est mis à trembler et il s'est enfin décidé.

— Je suis prêt à tout vous dire, à une seule condition.

— Laquelle ?

— Cet endroit est répugnant. Je voudrais une lingette humide. J'ai peur, Mike.

Je lui ai tendu un rince-doigts parfumé au citron qui traînait dans un tiroir de mon bureau. Martelli a déchiré le sachet et s'est longuement essuyé le visage et les mains.

— Comment a été tuée la First Lady ?

— Alvarez s'en est chargé.

— José Alvarez ? Le preneur d'otages tué chez le vendeur de voitures ?

— Plus précisément son cousin Julio, a répondu Martelli en regardant fixement le dos de mon écran d'ordinateur. L'équation n'était pas simple à résoudre. Pour qu'il y ait des funérailles d'État à St Patrick, il fallait tuer quelqu'un d'important en faisant croire à un accident. J'avais lu quelque part que l'ancienne First Lady était allergique à l'arachide. Comme je savais qu'elle dînait rituellement une fois par an à L'Arène avec son mari, le problème était réglé. On s'est tous mis d'accord. Julio a quitté son boulot à Sing-Sing avant de se faire engager comme aide-cuisinier à L'Arène. Quand le président et sa femme sont arrivés, il a mis de l'huile d'arachide sur son foie gras en cuisine.

— Si je comprends bien, vous avez fait ça pour l'argent ?

— Tout le monde n'a pas votre âme de boy-scout, monsieur Papa Poule, a rétorqué le négociateur en croisant mon regard pour la première fois. Bien sûr qu'on a fait ça pour l'argent. Posez la question à n'importe lequel des connards qu'on a kidnappés, il vous dira la même chose – s'il accepte de vous prendre au téléphone, ce qui n'est pas gagné. Redescendez sur terre, Mike. C'est l'argent qui fait tourner la planète.

J'ai détourné les yeux, écœuré. Le jeune type du FBI, marié et père de deux enfants, qui avait laissé sa peau au cours de l'attaque ne comptait manifestement pas aux yeux de Martelli.

Je l'ai vu paniquer quand j'ai ouvert la porte et que ses anciens collègues ont pénétré dans la pièce.

— Mike, s'il vous plaît. Vous n'auriez pas une autre lingette, par hasard ?

J'ai entrouvert le tiroir avant de le refermer aussitôt.

— Pas de chance, Paul. Je n'en ai plus une seule.

ÉPILOGUE

Les saints

Il gelait, il y avait du vent, mais le soleil brillait lorsque nous avons franchi le portail en pierre de Riverside Park le samedi suivant. Derrière les arbres dénudés, les eaux de l'Hudson – « notre rivière à nous », comme disait toujours Maeve – ressemblaient à une coulée d'argent.

J'ai retrouvé l'emplacement presque tout de suite, grâce au bâton orange planté dans le sol, tout près d'un talus surplombant le fleuve. Ma chère femme et moi l'avions choisi ensemble trois mois plus tôt.

J'ai déposé le jeune chêne que je portais sur l'épaule et j'ai retiré le bâton avant de me tourner vers mon aîné. Brian m'a fait un petit signe de tête et il a commencé à bêcher.

Nous nous sommes tous relayés. Il m'a fallu aider Shawna et Chrissy, mais Trent a absolument voulu se débrouiller tout seul. Quand le trou a été assez grand, j'y ai déposé le chêne, puis je me suis mis à genoux et j'ai repoussé la terre avec mes mains. Tous les autres membres du clan Bennett se sont aussitôt joints à moi.

Je me suis relevé et j'ai longuement regardé l'arbre. À cause du vent froid et humide, mes mains pleines de terre étaient gelées. Seul le bruit d'un remorqueur remontant l'Hudson troublait le silence.

J'avais vu le soleil se coucher au même endroit un soir d'été où nous étions venus pique-niquer, l'année précédente.

Avant le cancer, quand tout allait encore bien. Les enfants essayaient d'attraper des lucioles et je regardais le ciel virer au rouge, le menton sur l'épaule de Maeve. Je sentais encore sa présence aujourd'hui, tout contre moi, comme le membre fantôme de mon cœur amputé.

— Maman est toujours avec nous, a fini par dire Chrissy en caressant le tronc du jeune chêne. Pas vrai, papa ?

— Bien sûr que oui, Chrissy.

J'ai pris mon bébé dans mes bras et je l'ai hissée sur mes épaules.

— Depuis que tu es toute petite, c'était l'endroit préféré de maman quand on allait quelque part tous ensemble. Elle m'a souvent dit que chaque fois que vous auriez envie de penser à elle ou de lui parler, il vous suffirait de venir ici ou de regarder cet endroit depuis la fenêtre.

J'ai donné la main à Julia et Bridget, et nous avons fait un cercle autour du chêne. Je sentais le poids de l'anneau que je porterais à l'oreille gauche toute ma vie, quelle que soit la mode, quel que soit mon âge.

J'ai regardé mes enfants l'un après l'autre.

— Maman nous a réunis. Tant qu'on restera ensemble, elle sera avec nous.

Sur le chemin du retour, Chrissy s'est mise à pleurer en silence. Je l'ai descendue de mes épaules et je l'ai serrée dans les bras.

— Qu'est-ce qu'il y a, ma poupée ?

— Maman Peep manque beaucoup à bébé Peep. Elle me manque tellement, tellement.

Elle était inconsolable et je n'arrivais pas à sécher ses larmes, encore moins les miennes. Le vent s'est levé, dessinant des ronds dans l'eau, laissant des sillons gelés sur nos joues humides.

— Maman Peep manque beaucoup à papa Peep aussi.

DU MÊME AUTEUR
CHEZ LE MÊME ÉDITEUR

PROMESSE DE SANG

LA VENGEANCE ?

Nick Pellisante, responsable de la section C10 du FBI de New York, a réussi l'impossible : mettre la main sur Dominic Cavello, le *capo di tutti i capi*, le chef de toutes les mafias.

Un plat qui ne peut se manger...

Mais celui-ci parvient à faire déposer une bombe dans le bus qui mène les membres du jury à la salle du tribunal. Un répit dont Cavello profite pour se faire la belle...

... que saignant !

Débute alors une chasse à l'homme pour laquelle Pellisante reçoit l'aide d'Annie DeGrasse, jurée rescapée de l'attentat qui n'a plus qu'une idée en tête : se venger...

Dès sa parution, Promesse de sang *a été propulsé au premier rang des ventes aux États-Unis et en Grande-Bretagne. Presque la routine pour James Patterson, l'homme aux 130 millions de livres vendus dans le monde... et le n° 1 du suspense toutes catégories confondues. Parmi ses romans récents, parus aux éditions de l'Archipel*: Lune de miel *(2006) et* Garde rapprochée *(2007).*

« Une course haletante contre le plus pervers
et maléfique des mafiosi. Ayez le cœur bien accroché ! »
Book Reporter

« Patterson est le meilleur. Nous, ses fans,
n'avons qu'une revendication : encore ! »
Larry King, *USA Today*

ISBN 978-2-8098-0004-3 / H 50-5182-3 / 374 pages / 22 €

LUNE DE MIEL

Si vous êtes riche et beau, vous êtes mort...

« Nora se mit à dresser deux listes avec méthode et concision, comparant les avantages des deux hommes. Agréables, amusants, ils s'étaient révélés des amants merveilleux. En outre, ils n'avaient rien à envier aux stars de cinéma en matière de séduction. Ce qui rendait sa décision infiniment délicate. Lequel des deux allait-elle supprimer ? »

J.P.

Les maris de Nora, invariablement riches et séduisants, rencontrent tous une fin précoce, au profit de leur veuve... éplorée, bien sûr !
John O'Hara, inspecteur du FBI se faisant passer pour un agent d'assurances, parviendra-t-il à confondre la mante religieuse sans succomber à son charme vénéneux ?
Numéro 1 des ventes aux États-Unis et en Grande-Bretagne, *Lune de miel* s'est vendu à 2,8 millions d'exemplaires.

Né en 1949, ancien patron de l'agence de publicité J. Walter Thompson, James Patterson est, avec John Grisham et Michael Crichton, l'auteur de thrillers le plus populaire outre-Atlantique. La série des aventures d'Alex Cross l'a rendu célèbre dans le monde entier. Les éditions de l'Archipel ont publié La Dernière Prophétie *(2001) et* La Maison au bord du lac *(2005).*

« Un thriller digne d'un Hitchcock au sommet
de sa forme. James Patterson a encore gravi un échelon. »
Pittsburgh Tribune

ISBN 2-84187-767-1 / H 50-7569-2 / 330 pages / 19,95 €

LA MAISON AU BORD DU LAC

Afin que le projet le plus diabolique conçu par la science demeure à jamais secret, le Dr Kane doit faire disparaître six enfants qui ont été le jouet de ses expériences de laboratoire.

Six enfants...

Pour échapper à leur sort, ils se sont retranchés dans une maison au bord d'un lac, où ils se croient en sécurité. Mais c'est compter sans l'obstination du démiurge qui a programmé leur mort !

... liés par un secret indicible

Avec *La maison au bord du lac*, James Patterson nous plonge dans un univers où clonage humain et organismes génétiquement modifiés font partie de plans bien plus machiavéliques encore.

... qu'un médecin criminel s'est juré d'éliminer

Né en 1949, James Patterson est, avec John Grisham et Michael Chrichton, l'un des auteurs les plus lus aux États-Unis. Le cinéma a porté à l'écran Le Masque de l'araignée, *une des aventures d'Alex Cross qui l'ont rendu célèbre. Parmi les quelque 25 romans qu'il a publiés :* Noires sont les violettes *(Lattès, 2004),* L'Été des machettes *(Fleuve Noir, 2004),* La Dernière Prophétie *(l'Archipel, 2001) et* Souffle le vent *(Lattès, 2000), dont ce roman reprend les principaux protagonistes.*

« Avec ce roman, Patterson tient le lecteur en otage :
il ne relâche la pression qu'à l'ultime mot de l'ultime page ! »
Booklist

ISBN 2-84187-660-8 / H 50-3106-7-0 / 330 pages / 19,95 €

Cet ouvrage a été composé
par Atlant' Communication
aux Sables-d'Olonne (Vendée)

Impression réalisée sur CAMERON par

CPI
Brodard & Taupin
La Flèche

en mai 2008
pour le compte des Éditions de l'Archipel
département éditorial
de la S.A.R.L. Écriture-Communication

Imprimé en France
N° d'édition : 2055 – N° d'impression : 47441
Dépôt légal : juin 2008